# 허공록

# 허공록 5

## 민학기 판타지 장편 소설

초판 1쇄 찍은 날 § 2004년 12월 30일
초판 1쇄 펴낸 날 § 2005년 1월 10일

지은이 § 민학기
펴낸이 § 서경석

편집장 § 문혜영
편집책임 § 김규진
편집 § 김희정 · 유경화
마케팅 § 정필 · 강양원 · 이선구 · 홍현경

펴낸곳 § 도서출판 청어람
등록번호 § 제1081-1-89호
등록일자 § 1999. 5. 31
어람번호 § 제1-0572호

주소 § 경기도 부천시 원미구 심곡1동 350-1 남성B/D 3F (우) 420-011
전화 § 032-656-4452   팩스 § 032-656-4453
E-mail § eoram99@chollian.net

ⓒ 민학기, 2003

값 8,000원

ISBN 89-5831-377-3 04810
ISBN 89-5505-814-4 (SET)

민학기 판타지 장편 소설

# 허공록

虛 空 錄

## 5

바람이 걷는 길

도서출판
청어람

# 바람이 걷는 길

제4장 폭풍 전야(暴風前夜)

『…〈전략〉…때문에 당시 양국의 군사적 긴장 상태는 대륙 역사를 통틀어 유래를 찾아볼 수 없을 정도로 격했다. 마치 불로 뛰어드는 불나방과도 같이 양국은 나라의 기둥을 뿌리 뽑을 만큼 막대한 재화를 전쟁 물자로 만들어냈으며 수많은 인적 자원을 징용하였다. 가장 넓다고 하는 그랜드플랜 대평원에 모인 양국의 총 인원은 병참 인원까지 합하여 오백만. 문서에 기록되지 못한 인원까지 합하면 육백만 명에 달하는 인간이 모인 것이다.

숫자로 따져 볼 때 사상 최대이며 군사학적으로 따져 볼 때 최악인 전쟁은 쉬이 발발하지 않고 반년이라는 기이할 만큼 오랜 시간 동안 대치되었다. 그 같은 군대가 반년 동안 소모한 병참의 액수는 양 왕국의 재정 10년치. 지금도 수수께끼로 꼽히는 그 대치 상태는 마치 폭풍이 불어오기 전의 적막 같다 하여 '폭풍 전야'라고 사학자 및 군사학자들은 명명하였다.』

통일력 543년

리버티 헤드 저 '격동의 역사'에서 발췌

# 제14장 폭풍 전야(暴風前夜)

애야, 미친 바람이 불어오기 전에는 바다는 너무나도 조용하단다.

소름 끼칠 정도로……

⟨오래된 어부가 손자에게 들려주는 말⟩

창세력 제2기 8012년 12월 23일. 대붕괴로부터 5개월 후. 크라인 왕국 수도 쉬스만.

하늘은 어두웠다. 해는 이미 지평선으로 숨어버린 아득한 밤. 지금은 만월이 떠 어두운 세상을 훤히 비추어야 할 것이나 암울한 정세를 예견하기라도 하는 듯 달은 온통 붉고 또 붉었다. 구름이 이지러져 하늘을 조각내고 있었고 붉은 월광을 받아 하늘은 벌겋게 물들어 있었다.

탁탁탁.

어두운 미로와 같은 골목. 끝없이 엉켜 있으며 하루에도 몇 번이고 담이 무너지고 생기기를 반복하는 뒷

골목. 구렁이의 아가리 같은 골목 끝으로 두 인영은 가쁜 숨을 몰아쉬
며 내달리고 있었다. 발걸음이 골목의 구정물을 밟으며 생기는 작은
소음이 그들을 뒤따르고 그 뒤를 보면 무장을 한 수십 명의 병사가 골
목을 휩쓸어 버리겠다는 듯 몰아닥치고 있었다.

"허억……! 허억……!"

두 인영은 거칠게 숨을 몰아쉬면서도 끝없이 달렸다. 이 복잡한 뒷
골목을 마치 제집마냥 거침없이 내달렸다. 그러다 어느 꺾어진 골목에
들어선 순간 두 인영은 걸음을 멈추고는 서로를 마주 보며 고개를 끄
덕였다.

어스름한, 그러나 붉은 월광이 조용히 이들 머리 위로 드리워졌다.
아스라이 드러난 인영 중 여성으로 보이는 한 사람이 등에서 작은 석
궁을 꺼내더니 가볍게 시위를 당겨 퀘럴 한 발을 재었다. 그와는 반대
로 남성은 무언가 집중하는 듯한 표정을 지었다. 그러자 눈에 보이지
않는 무언가가 빠르게 공간을 훑어나갔다.

구정물이 흔들렸다. 바람도 불지 않아 퀴퀴한 냄새가 가득 밴 뒷골
목 바닥에 흘러 다니는 구정물에서 파문이 일어났다. 파문이 심해지더
니 물방울이 하나둘씩 허공으로 튀어 올랐다.

사방에 조용히 잠자고 있던 염(念)이 모여들었다. 보이지 않는, 그러
나 지독하리만치 여기저기 남아 있던 염들이 하나둘씩 뭉치기 시작하
였다.

뒷골목은 음습하다. 빈민의, 걸인들의 생들이 피어나고 꺼져 가는
곳. 삶에 대한 한탄과 생에 대한 원망, 그리고 불평등한 현실에서 오는
절망과 증오. 자연의 염도 위대하다지만 이렇게 오랜 시간 동안 형성

된 뒷골목에서의 염들도 그 못지않다. 오히려 자연이 남겨놓은 기억보다 더욱 처절하며 지독한 사념이 배어 있었다.

그 음습한 덩어리는 보이지 않게 허공에서 뭉치더니 물과 동화되어 천천히 제 모습을 가지기 시작하였다. 마치 생명이 태동하는 것처럼 영혼이 만들어지고 육신에 정착하는 모습이었다. 하나 시전자는 그 육신이 만들어지기도 전에 염을 끌어 모으고 뭉쳤던 의지의 끈을 놓아버렸다.

정신은 만들어졌으나 통제하는 손이 사라지자 본래의 염(念)으로 돌아가야 마땅했다. 그러나 인간들이 만들어낸 염에서 탄생된 정령은 달랐다. 자연의 순리를 거슬러 집착하게 되고 내제되었던 질투와 분노, 증오가 한꺼번에 폭발하였다.

…카앗!

악의가 일었다. 저급한 감정들이 소용돌이치더니 이윽고 힘차게 박동하기 시작했다. 제 스스로 태동해 버린 정령은 마침내 폭주하였다. 미약하기 이를 데 없는 힘이라지만 사람 몇은 가볍게 죽일 수 있을 정도의 증오였다.

이제 정령이라고 부를 수도 없는 악념덩어리는 육신을 구성하기 위해 골목 곳곳의 구정물 웅덩이에 스며들었다. 마치 아메바처럼 가장 가까운, 생전에 그토록 두려워했고 증오하던 인간들을 향해 소리없이 덮쳐 갔다. 강제로 정령을 폭주시켜 버린 사내는 뇌리로 덮쳐 오는 고통을 이겨내며 허리춤에서 장검을 뽑아 들었다.

"후읍! 우흡!"

안색이 창백하게 질린 사내는 심호흡을 통해 애써 정신을 가다듬었다. 그냥 맥없이 주저앉고 싶었지만 결코 그럴 수 없었다. 병사들이 들고 있는 횃불에서 뻗어 나온 불빛이 골목 끝을 밝히기 시작한 것이다.

여인은 점차 밝아지는 빛에 적응하기 위해 눈을 지그시 떴다. 들려오는 발걸음 소리에 맞춰 속으로 호흡을 고르던 그녀는 트리거를 당겼다. 그 순간 막 꺾어진 골목을 돌아오던 일단의 병사들은 난데없는 쿼럴 세례를 받아야만 했다.

피핑—

"크아악!"

"커억!"

"뭐, 뭐야!"

'픽' 하는 소리와 함께 두 명이 짧은 간격을 두고 쓰러졌다.

"방패!"

그 순간 무리를 인솔하던 장교가 외쳤다. 명령을 받은 몇 명의 병사는 온몸을 가릴 수 있는 강철제 방패로 앞을 가로막았다.

팅—

금속성 소리와 함께 검게 칠해진 쿼럴 한 발이 방패에 맞고 허공으로 튕겨졌다. 화살을 막았다는 안심도 잠시, 위험은 화살만이 아니었다.

콰드득!

"크윽!"

순간 방패로 전면을 가리고 있던 사람들이 신음을 흘리며 물러섰다. 양손으로 부여잡은 방패의 가운데가 형편없이 찌그러져 있었고 사태를 파악하기도 전에 방패를 든 병사의 목에서 시뻘건 선혈이 불빛을 타고 허공으로 솟구쳤다.

눈에 보인다는 것. 인지할 수 있다는 것이 공포감을 줄이는 데 크나큰 역할을 했다. 사방은 횃불로 훤하게 밝아져 있었다. 하나 사람들은 죽어갔다. 화살은 날아오지 않았다. 눈에 보이지도 않는 무엇에 사람들의 팔이 물어뜯기고 목에 구멍 나서 쓰러져 가니 얼마나 두려운가.

검은 구정물에 담긴 악념이 병사들의 몸을 스칠 때마다 갑옷이 여지없이 잘려 나갔으며 팔다리에서 피가 솟구쳤다. 순식간에 대여섯이 쓰러지자 그제야 그 무리를 지휘하던 장교가 소스라치며 외쳤다.

"히익! 크레이지 블러드(Crazy blood)!"

퍽!

외치기가 무섭게 어둠 저편에서 쿼럴 한 발이 날아오더니 장교의 이마에 꽂혔다.

"……!"

무언가 할 말이 있다는 듯 입을 떨던 장교는 이마에 화살을 박아 넣은 채 스르륵 무너졌다. 귀신같은 솜씨였다.

몇 명이 쓰러졌다고 하지만 아직도 수십 명이 장교를 중심으로 배치되어 있었다. 그런 상황이거늘 흔들리는 횃불에 의지해 사람들 사이의 교묘한 틈새로 장교를 저격한 것이다.

장교가 대번에 쓰러지자 더 이상 공포감을 이기지 못한 병사들이 하나둘씩 뒷걸음치더니 이윽고 비명을 지르고는 도주하였다. 미친 듯이 병사들의 목을 물어뜯던 악념도 그들이 흘린 피에 만족했는지 어디론가 흔적도 없이 사라지고 말았다.

　병사들이 멀리 도주해 버리자 그제야 둘은 어두운 골목 한 귀퉁이에서 천천히 걸어나왔다. 바닥에 나뒹구는 횃불에서 타오르는 불꽃만이 쓰러진 이들을 을씨년스럽게 비출 뿐이었다. 어둠 속을 걸어나온 두 인영은 쓰러진 시신들을 딱딱한 표정으로 내려다보았다.

　"우리가 이래도 될까?"

　여인이 나직이 말했다. 남자는 애써 굳은 얼굴을 비틀어 냉소적인 비웃음을 지어 보였다.

　"마누라 앞에서 크레이지라고 했으니 죽어도 싸지."

　"하지만 가우스!"

　"시끄러! 빌어먹을 놈들. 크윽!"

　크게 화를 내던 남자, 가우스는 머리를 감싸 쥐고는 무릎을 꿇었다. 정령을 소환하기 위해서는 인간의 정신력을 매개 삼아 자연의 염을 끌어 모으는 고도의 집중력을 요한다. 그러할진대 가우스는 정령과의 교감을 끊어 강제로 폭주시켰다. 교감 중의 충격이란 일방적이지 않다. 현재 가우스는 뇌가 녹아버리는 듯한 고통에 휩싸인 상태였다.

　"괜찮아?! 여보, 가우스!"

　잠시 정신을 놓았는지 가우스의 무릎이 힘없이 꺾였다. 크게 놀란 카리나가 석궁을 내려놓으며 가우스를 부축했다.

　"가우스, 괜찮아?! 가우스! 여보!"

　고개를 푹 숙이고 있었던 가우스가 신음 같은 말을 흘렸다.

　"스승님……."

가우스의 흐릿한 말을 듣는 순간 카리나의 얼굴은 납덩이처럼 굳었다. 갑자기 등골이 오싹해졌다. 악몽 같던 그 순간. 스승 제프만의 피맺힌 외침과 흐르는 선혈. 남편의 광기 어린 절규. 쏟아지던 눈물. 이루 표현할 수 없을 만큼 비참했던 그때.

생각하면 생각할수록 마음 깊숙이 끓어오르는 분노를 잠재울 수 없었다.

"여보, 카리나……. 스승님의 복수를 다하기 전에는 절대 죽지 않을 거야. 미치지도 않을 거야."

가우스는 천천히 일어서며 말했다. 이제는 꺼져 가는 횃불의 불빛이 드리워진 그의 눈빛에는 오직 단호함과 불타는 분노만이 시퍼렇게 빛날 뿐이었다. 잠시 남편을 올려다보던 카리나는 땅에 내팽개친 석궁을 주워 들었다.

"가자, 카리나. 2차 접선 장소로."

가우스의 말을 들은 카리나는 고개를 끄덕였다.

둘이 사라지고 나자 골목은 언제 그랬냐는 듯 잠잠해졌다. 하늘은 여전히 어두웠고 또 어두웠다. 어둠은 모든 것을 덮으니 더욱더 깊은 뒷골목은 그 어둠에 온통 잠길 수밖에 없었다. 그리고 그 어둠에 짙은 혈향과 싸늘히 식어가는 시신도 묻혀갔다.

창세력 제2기 8012년 12월 23일. 대붕괴라는 희대의 참변이 일어난 지도 어언 오 개월이 지났다. 대붕괴의 잔해를 수습하던 카밀 왕국의 병사들에 의해 발견된 드골 백작에 의해 촉발된 양국의 군사적 긴장 상태는 이제 극에 달해 남대륙에 널리 걸친 군소 왕국 및 공국들은 두 강대국을 주축으로 뭉치게 되었다.

연합 대(對) 연합. 힘 대 힘. 풍요로운 남대륙은 철천지원수가 되어 버린 두 나라로 인해 전화(戰火)의 불길 속에 서서히 달아오르고 있었다. 복수에 돌아버린 카밀 왕국은 국민 총동원령이 내려져 17세부터 45세의 성인 남성들을 징병 또는 징용하여 시민군을 구성하기 시작하였다. 아니, 공문이 떨어지기도 전에 전국에 설치된 모병소로 자원 입대를 원하는 자들이 엄청나게 몰려들어 건물이 무너져 내릴 정도였다.

금방이라도 터질 듯한 전쟁은 무려 5개월을 끌어왔다. 5개월이나 비축하고 또 비축했으니 이제는 전쟁이 터진다면 두 무리 중 하나는 완전히 망할 때까지 계속 전쟁을 치를 것이었다.

크라인 왕국민들은 바보가 아니었다. 귀족들은 그들을 우민(愚民)이라 부르며 벌레로 매도하지만 그들도 지성을 가진 인간이었다. 최소한 옳고 그름을 가릴 줄 아는 인간들이었다. 남의 수도에 테러를 가한 주제에 싹싹 빌지는 못할망정 검을 빼 들고 찌를 궁리를 하고 있으니 제 나라를 욕하지 않을 바보는 없는 것이다.

그렇다고 귀족들 자신이 전면에 서서 돌격하는 것도 아니다. 화목하게 잘 사는 평민들을 군복을 입히고 무기를 쥐여 전쟁터로 내몰았다. 칼받이, 화살받이인 셈이다.

그들에게 전쟁은 땅 따먹기이자 자존심 싸움이었다. 승전은 그들의 기쁨이요, 재산의 증가였고 패전은 분노이고 치욕이었다. 전쟁은 승패일 뿐 죽음이 아니었다. 죽는 당사자는 귀족이 아닌 국민들인 것이다.

최초로 징용장이 발행되자 '니미럴! 니들이 나가 싸워라!' 하며 쉬스만에 거주하던 서민들이 왕성 앞에서 농성을 벌였다. 그 결과는 참혹했다. 당장 국왕 친위대의 말발굽에 쓸려 버렸고 운 좋게 살아남은 자들은 최전방으로 보내졌다.

그 다음날 국왕은 국무대신을 비롯하여 군부를 구성하는 귀족을 필두로 계엄령을 선포, 모든 법은 일시에 폐기되고 군법에 의한 독재 전시 체제로 돌입하였다.

특히 크라인 왕국에 자리잡고 있던 용병 길드 '케샤크'의 모든 길드원은 강제로 징병당해 용병군에 소속되었고 국가 전복 및 왕실 음해죄를 물어 시프 길드를 토벌하였다. 이 밖에도 전투가 가능한 모든 인원들이 징병당했는데 마법사에 뒤지지 않는, 오히려 더 뛰어날 수도 있는 휘라인 교단의 사제들까지도 국왕의 무자비한 손길에 속절없이 전쟁터로 끌려갔다.

경비대는 해산되고 대신 국왕 친위대를 필두로 병사들이 경비를 시작했다. 무력에 의한 공포 통치가 이루어지자 징용장이 날아온 사내들은 산속으로 혹은 집 안 깊숙한 곳으로 숨어들었다.

쉬스만의 밤은 잔혹했다. 밤이면 밤마다 병사들에 의한 거주 구역 가택 수사가 이루어졌고 무기를 소지하거나 불순분자라고 생각되는 사람이 발견되면 즉시 연행되거나 심지어는 즉결 처분까지 이루어졌다. 그렇지 않으면 온갖 죄목을 씌워 군대로 끌고 갔다. 말이 수사고 수색이지 수도에 남아 있는 남자들이란 남자들은 죄다 끌어 모아 병사를 만들려는 심보였다.

막 신혼의 단꿈을 시작하는 꽃 같은 신부가 신랑을 뺏겼고, 어느 중년 부인은 막 성년이 된 쌍둥이 아들과 남편을 동시에 뺏겼다. 가족이 모두 죽어 피붙이라고는 오빠밖에 남지 않은 여동생이 끌려가는 오빠를 보며 통곡하였다. 남편을 잃고 과부가 된 여인이 뒷바라지하여 키워낸 하나밖에 없는 아들이 끌려갔다.

밤이면 밤마다 여인들이 울부짖었다. 눈물이 강을 이루고 물결이 되어 쉬스만의 밤을 뒤덮었다.

가우스와 카라나는 미로 같은 쉬스만의 뒷골목을 굽이굽이 돌아 어느 모퉁이에 들어섰다. 모퉁이에는 여느 뒷골목을 이루는 집과 다를 바 없는 다 허물어져 가는 집이 있었다. 가우스는 주위를 두리번거리더니 천천히 문 앞에 섰다. 매번 하는 거지만 긴장되기는 마찬가지였다. 가우스는 마른 입 안의 침을 꿀꺽 삼켰다.

접선하기 위해서는 여러 가지 조건이 충족되어야 한다. 예컨대 미행은 없는지, 지나가는 사람들의 의심을 불러일으키지 않아야 된다든지, 가장 중요한 접선 장소에서 약속된 구호나 행동을 취해야 한다는 것이다.

마찬가지로 가우스도 약속된 흑화(黑話)를 행했다. 아니, 하려 하였다. 그 순간 모퉁이 집의 문이 벌컥 열리지만 않았어도.

벌컥!

"뭐 하쇼? 마스터가 기다리우."

"……."

빤히 쳐다보는 사내의 눈길에 가우스는 잠시 얼어붙었다.

"뭐 해, 자기. 어서 들어가지 않고."

"어, 어! 그래. 가야지……."

한데 어째 말이 영 힘이 없다!

'이러면 흑화 따위는 필요없잖아!'

가우스는 어이없다는 듯 고개를 저었다. 그런 가우스를 본 카리나는 쓴웃음을 지으며 가우스의 등을 떠밀었다. 이제는 망해 버린 시프 길드원의 안내로 모퉁이 집 안으로 들어섰다. 길드원이 작은 방 한가운데 놓인 책상을 왼쪽으로 약간 돌리자 바닥 한 귀퉁이가 벽 쪽으로 빨려 들어가며 통로가 드러났다.

"몇 번을 봐도 신기하구만."

가우스는 시프 길드의 저력에 혀를 내두를 수밖에 없었다. 군대를 동원한 대대적인 토벌 작전으로 인해 길드가 풍비박산이 났는데도 쉬스만 뒷골목 곳곳에 이렇듯 은신처를 만들어놓은 것이다. 그들의 목숨이 경각에 달려 쫓기고 있을 때도 시프 길드의 감쪽같은 은신처로 목숨을 구할 수 있었고 접선 장소도 제각각에다가 귀신처럼 은밀했다.

"가우스, 잡히는 도둑은 도둑이 아니다라는 말이 실감나네요."

카리나의 말에 앞선 길드원은 쓴웃음을 지었다. 과연 그러하였다. 시프 길드는 초토화되었을지라도 그 정수라 할 수 있는 간부급을 비롯하여 정보망들은 건재하였다. 더군다나 몇백 년 동안 어쎄신들을 동원한 암살 의뢰를 통해 쌓아온 막대한 부(富)는 현재 게릴라전에 없어서는 안 될 중요한 밑거름이 되었다.

"자, 다 왔소. 마스터는 이 안에 있수."

지하로 이어지는 기다란 복도 끝에 이르러 길드원은 벽의 한곳을 손으로 짚었다. 그러자 벽에서 미세한 적광색 빛이 떠오르더니 문이 나타났다. 환영 마법을 동원한 은폐. 그러하니 마법을 모르는 일반 군장 교로서는 도저히 찾아낼 수 없는 것이다.

열리는 소리조차 들리지 않을 만큼 부드럽게 밀리는 문 너머로 시프 길드의 마스터와 그의 절친한 친구이자 이인자인 록이 모습을 드러냈다.

천장에 걸린 등불 아래로 책상에 기대어 서류를 보고 있던 타슈는 가우스들을 반갑게 맞이하였다.

"어이쿠! 이제야 오셨군요. 자자, 이리 앉으시지요."

몰락한 길드의 마스터라고 보기에는 믿기지 않을 정도로 모자라 보였다. 하나 달랐다. 겉보기에는 그저 백수처럼 보이는 이 사내의 속은 그야말로 능구렁이였다. 도대체 머리 속에 뭐가 들었는지 귀신도 껌뻑 속아 넘어갈 만한 신출귀몰한 작전을 세워 쉬스만 주둔 군대에 심각한 피해를 입히고 있었다.

가우스와 카라나를 의자에 앉힌 타슈는 웃으며 말했다.

"며칠 사이에 수고 많으셨습니다. 덕분에 경비 부대의 교대 인원수가 증가했습니다."

가우스와 카라나는 단둘이라고는 믿기지 않을 만큼의 전과를 올리고 있었다. 현존하는 지상 최강의 정령술사의 모든 것을 이어받은 가우스는 그 하나만으로도 웬만한 오러 유저 한둘은 찜 쪄 먹을 무력을 소유하고 있었다.

카라나라고 뒤질까. 그녀도 화려한 전적을 소유한 용병이었다. 막말로 죽이는 것 하나는 남 못지않은 그녀였다.

그런 둘이 작정하고 게릴라전을 펴니 작은 분대 단위로 경비하는 경비대가 박살나는 것은 실로 일순간이었다. 그렇게 며칠 사이에 백여 명가량이 죽어나자 그제야 상부에서도 분대당 구성 인원수를 늘린 모양이었다. 한정된 병력으로 교대 인원수를 늘리면 그만큼 쉴 수 있는 사람이 줄어들게 된다. 때문에 피로가 중첩되고 그 영향은 기동력과 전투력의 저하로 이어지게 되는 것이다. 이것은 단순히 인적인 측면이니 그 비용이며 소모되는 시간까지 추산하면 어마어마한 손실인 것이다.

"현재 왕국의 거의 모든 병력은 전쟁을 위해 국경 지대로 나가 있는 상황입니다. 수도 쉬스만과 몇몇 거점 도시만이 치안 유지를 위해 소수의 병력이 거주하고 있지요. 물론 국경 지대에서의 대규모 군사 훈련이 끝나면 그중 일부 병력이 수도 방위를 위해 다시 귀환하겠지만 말입니다."

가우스는 잠시 머리를 긁었다. 도저히 저 국왕이라는 놈의 머리를 이해할 수 없었다. 아무리 국가 총력전을 대비한 대규모 합동 군사 훈련이라도 그렇지 어떻게 도시의 경비대까지 깡그리 징병해서 국경 지대로 보낸단 말인가? 그리고 그 뒤를 이어 수도 상비군이 곳곳에 분산되어 도시의 치안 유지를 하다니. 아무리 따져 보아도 손해였다. 시간적으로 보나 인적으로 보나.

물론 그에 대해 타슈는 설명하였다. 국무대신이 제안한 '전투력의 상향평준화 계획'. 칼을 쥔 자들을 모조리 끌어 모아 국경 지대로 이동하며 대규모 합동 군사 훈련을 통한 개별 병사들의 훈련과 각 군단들의 병력 이동 및 전투력 상호 공조를 통한 전투력 상향평준화. 자칫 길어질 보급선의 단일화. 더불어 언제 전쟁이 터질지 모르는 비상 상황에 적의 대규모 병력이 국경에 침입하여 본토에 막대한 손실을 끼칠 가능성이 있기에 적 병력의 국내 진입을 사전 차단하여 본토의 안전 방위를 목표로 했다는 거창한 계획이라는 것이다.

얼핏 듣기에는 그럴듯했지만 허점은 많았다. 하나만 따져 봐도 그랬다. 수도 상비군이라는 정예 병력을 한낱 경비대로 써먹는 것도 그러했고 그러한 과오를 통해 각개 격파당하는 수도 상당했다. 다시 말해 국왕은 손 안에 든 옥수수로 맛있는 팝콘을 튀기기도 전에 들쥐들이 와서 옥수수 낟알들을 파 먹히게 하는 과오를 범하고 있었다.

"머리에 화살이 박힌 게 분명해. 국왕이라는 녀석은……."

가우스는 나직하게 중얼거렸다. 한데 타슈는 가우스의 말은 물론 뜻을 대번에 이해하였다.

"당연하지요. 그것을 위해 엄청난 자금을 소요하여 공작을 벌였습니다. 작전 입안위원회에 많은 공작을 펼쳤지요. 각개 격파 말고도 상당한 이득도 있습니다. 사람이 모이면 불만이 쌓이게 되지요. 더군다나 수많은 인원이 강제로 차출되어 지독한 훈련을 받는다면 더 더욱 커지게 됩니다. 그게 촉발되면 대대적인 반란으로 이어지지요. 다시 말해 정규군이 대번에 반란군으로 돌변하게 됩니다. 물론 그들을 자극할, 그리고 이끌 사람들은 우리 길드원들의 수뇌부들이지요."

타슈는 활짝 웃었다. 가우스의 눈썹이 순간 움찔거렸다. 반란군에게 보급해 줄 국가는 없다. 당장 보급품들이 끊길 것이다. 그럼 그 수많은 사람들은 누가 먹여 살릴 것인가. 해답은 하나. '약탈'이었다. 반란군들에게 재산을 강제로 양도당할 사람들의 모습이 눈에 선했다. 그런 가우스의 심정이야 어떻든 타슈는 계속 말을 이었다.

"수도를 경비하던 한정된 인원에 단위 분대의 구성 인원이 증가하였으니 병사 개개인의 휴식 시간이 단축되고 몇몇 분대는 아예 해체되어 기존 분대로 통합되었습니다. 덕분에 쉬스만 경비 체제 곳곳이 구멍 나기 시작했지요. 일단 길드원들을 동원해서 곳곳에 분란을 일으키겠습니다. 우리의 최종 목표는……!"

"잠깐!"

그 순간 가우스가 타슈의 입을 가로막았다.

"어이어이, 이봐요. '우리'의 최종 목표라니. 나는 엄연히 조력자예요. 댁과 나는 다른 목표를 가지고 있다고요. 댁이 내 목숨을 구해줬다는 사실은 지금껏 수많은 사람을 죽여 내 손에 가득 묻은 이 피의 대가로 무마할 수 있다고 생각해요. 솔직히 말해 봐요. 댁 작전을 나 이외에 할 사람이 또 누구 있습니까. 당신이 국왕이 되든 국가 전복을 하든 나와는 상관없어요. 내 목표는 단 하나 내 스승을 죽인 용병 길드의 대가리, 카스터의 목만을 원해요."

그것은 가우스가 이들과 협력할 당시 내걸었던 조건 중 하나였다. 카스터를 떠올리니 분노가 머리끝까지 치밀어 올랐다. 가우스는 이를 뿌득 갈았다. 카라나는 그런 가우스의 등을 가볍게 쓰다듬었다.

가우스를 가만히 쳐다본 타슈는 깍지를 꼈다.

"인정하지요. 제 목표와 가우스 씨의 목표가 엄연히 다르다는 사실을요. 하지만 이미 우리는 한 배를 탄 공동체입니다. 수많은 사람들이 이에 연관되어 있어요. 거지부터 병사, 창녀, 심지어 휘라인 교단의 교황까지."

"……."

알고 있었다. 그를 반갑게 맞이해 주던 시라이 4세를. 어떻게 된 영문인지 이 저항 세력은 전 계층을 통해 퍼져 있었다. 그들의 기치는 기존 질서의 붕괴, 새로운 질서의 성립이었다. 다시 말해 귀족 계층 소멸, 더 나아가 국가 전복인 것이다. 참으로 위험천만한 계획이 아닐 수 없으나 시프 길드의 성립 목적이 바로 이 귀족들의 소멸과 왕정 전복이었다.

금서(禁書)로 지정된 어느 한 권의 책에 나와 있는 공화정. 인민에 의한 통치. 그 원대한 꿈을 이루기 위해 시프 길드는 몇백 년 동안 수많은 인력과 헤아릴 수 없을 만큼의 막대한 재화를 투자해 왔다. 그리고 그 열매를 거두기 직전 대대적인 토벌로 치명타를 입은 것이다.

"솔직히 말입니다. 원래 용병 길드도 우리와 같은 맥락이었습니다. 그런 것이 몇 대 전부터 서서히 반목이 생기더니 현재에 이르러서는 카스터라는 반푼이가 완전히 길드를 말아먹었지요. 용병 길드가 수백 년 동안 쌓아온 재화며 각종 자료를 그대로 왕국에 갖다 바쳤으니 말입니다."

뿌드득!

카스터 이야기가 다시 언급되자 가우스는 발작하려 하였다. 카리나가 애써 뜯어말리지 않았으면 벌써 한바탕 난리를 피웠을 것이다. 카리나는 남몰래 한숨을 쉬었다. 장난기 넘치고 위트가 넘치던 남편은 사라지고 언제부터인가 복수에 혈안이 되어 난폭하고 감정적으로 변해 버렸다. 그게 다 스승을 살해한 카스터 때문이라고 생각하니 카리나 또한 혈압이 오를 지경이었다.

"가우스, 그리고 타슈 씨. 오늘은 그만 하죠. 좀 피곤해서요. 쉴 곳은 있지요?"

가우스의 두 팔을 꼭 감싼 카라나는 살짝 미소 지으며 타슈에게 말했다. 타슈는 고개를 끄덕였다. 잠시간의 휴식이라. 하긴 이들도 많이 피곤할 것이다. 며칠 밤 동안 밤이슬을 맞으며 경비대를 괴롭혔으니 말이다. 벽 한편에 말없이 기대고 있었던 록은 몸을 바로 세우더니 카라나를 향해 따라오라는 제스처를 취했다.


스승은 계속 외쳤다. 어서 도망가라고. 그에게 어서 피하라고 그렇게 끊임없이 외쳤다. 카스터의 친위대는 진정 강했다. 특히 그를 가장 가까이 경호하는 네 명의 인물은 그 하나하나가 오러 유저. 그 넷이 제프만을 몰아붙이고 있었다.

휘몰아치는 오러의 빛 속에서 온몸이 난자당하면서도 당신은 제자를 걱정하셨다. 그렇게 제자를 살리고 죽기로 결심하는 순간 스승의 정령은 울부짖었다.

스승의 피를 머금어 핏빛으로 물든 정령은 난폭하게 포효했고 분노하였다. 불타오르는 마지막 생명 속에서 스승은 마지막 혼을 불살랐다.

쏟아져 오는 검들. 그중 하나가 가슴을 찔러도, 복부를 꿰뚫어도 스승은 무릎 꿇지 않았다.

"내 제자는 반드시 지킨다!"

마지막 절규. 그리고 스승, 제프만의 목이 피보라 속에서 떠올랐다.


"아아악!"

가우스는 비명을 지르며 눈을 떴다. 온몸이 식은땀으로 푹 절었다.

몸에 오한이 일어 부들부들 떨었다. 정작 중요한 건 그게 아니다. 제프만의 마지막 눈빛, 반드시 살라는 그 눈빛. 그것이 그토록 가우스를 괴롭혔다.

"하악! 하악! 하윽! 으흐윽, 흑흑……."

가우스는 오열을 토해냈다. 슬펐다. 슬프고 서러워서 미칠 것 같았다. 담요를 부여잡은 두 주먹 위로 가우스의 눈물이 떨어졌다.

"여보……."

카라나는 그런 남편의 등을 어루만지고 가우스의 머리를 손으로 감싸고는 가슴으로 품었다. 따뜻한 체온. 가우스는 그런 카라나의 가슴 위로 얼굴을 파묻었다.

제프만은 처절하게 죽어갔다. 용병 길드의 마스터 카스터의 제안을 거부한 제프만을 카스터의 친위대원들이 기습했다. 하나하나가 오러 유저이니 그 넷의 합격술은 가히 천하를 울릴 만하였다.

제프만은 제자를 살리기 위해 자신을 희생했다. 정령을 소환하여 의도적으로 폭주시켰다. 미쳐 버린 정령과 생명을 모조리 불살라 정령을 폭발시킨 제프만은 기어코 친위대원 한 명을 죽였다. 제자를 도피시키고 오러 유저 넷에게서 합공받는 와중에서 그중 하나를 죽였으니 제프만에게 붙은 대륙 최강의 정령술사라는 칭호는 무색하지 않았다.

그리고 스승의 목은 베어져 광장에 효시되었다. 몸은 십자형을 당해 그 옆에 세워졌다. 광장 한가운데 걸린 스승의 목을 보며 가우스는 피눈물을 흘리다 기절하였다.

카스터는 집요했다. 그들의 목에 막대한 현상금을 걸어 수도 곳곳에

붙였다. 가뜩이나 어려운 때. 한 푼이라도 절실할 때에 가우스와 카라나의 목에 걸린 현상금은 기적 같은 금액이었다. 소재만 신고해도 그 4할을 줄 정도이니 오죽할까.

많은 사람들이 그들을 찾기 시작했고 추적했다. 하루하루가 어려웠다. 힘들고 괴로웠으며 미칠 것 같았다. 힘이 없기에 복수하고 싶어도 복수하지 못한 채 원수한테 쫓기는 심정이란 기가 막히다. 용병으로 살면서 갖은 경험을 했다지만 이건 도저히 감내할 만한 정도가 아니었다. 그러나 가우스는 견뎠다. 그 치욕을 꼭꼭 씹으며 독기를 품었다.

세상은 잔인했다. 한 개인이 독기를 품는다 하여 바뀌는 것이 아니었다. 힘이 있고 조력자가 있어야 했다. 구정물을 마시고 썩은 빵을 뜯으며 뒷골목 구석구석을 숨어 다니며 며칠을 보냈건만 결국엔 붙잡힐 위기에 처했다.

그런 그들을 구해준 것이 바로 시프 길드였다. 군대에 의해 토벌당했다고 알려진 시프 길드가 나타난 것이다. 그것뿐만이 아니었다. 구해준 것도 모자라 스승의 목과 시신을 귀신같이 수습했다. 물론 다음 날 아침 광장에서 없어진 제프만의 시신을 찾으라는 카스터의 발광이 있었지만 그런 사소한 것에 신경 쓸 사람은 아무도 없었다.

가우스는 스승이 간직했던 유품을 손에 쥐며 감격의 눈물을 흘렸다. 스승의 스승이 남긴 것. 엘프의 머리칼. 스승이 그토록 귀하게 여겼으며 죽어서도 품 안에 들어 있었던 그 물건이 이제는 가우스의 손에 넘어오게 된 것이다. 가우스는 유품을 손에 쥐며 맹세했다. 복수를 하겠다고. 카스터의 목을 베겠다고. 그때까지 무슨 짓이든 하겠다고.

생이 다하는 날까지! 복수하겠다!

　스승의 죽음으로부터 받은 충격은 그를 진정한 정령술사의 길로 이
끌었다. 자연을 다루는 강력한 힘. 천지를 아우르는 파괴력. 그 힘은
가우스의 분노를 타고 더욱 커졌다. 가우스 자신도 알지 못할 그 끝.
그 힘을 빌어 가우스는 자객이 되었다.
　"카리나, 카리나, 카리나, 카리나, 카리나, 카리나, 카리……."
　가우스는 끝없이 중얼거렸다. 카리나는 눈물이 나올 것만 같았다.
그래서 더욱더 가우스의 머리를 강하게 끌어안았다. 정령의 의도적인
폭주는 탄생되는 정령에게 강한 정신적인 충격을 준다. 그래서 미치게
만든다. 하나 모든 것은 원인이 있으면 결과가 있다. 가우스라고 그 충
격을 안 받는 것은 아니다. 오히려 더욱 크게 받는다. 그 결과로… 남
편은 미쳐 가고 있었다.
　"알았어, 가우스……. 어서 자. 여보야, 착하지? 빨리 자……."
　가우스의 손이 카리나의 가슴을 더듬었다. 불안감. 꺼질 줄 모르는
불안감에 비롯한 행동이다.

　그 시각, 타슈는 고민하고 있었다.
　"록, 우리가 너무 일을 빨리 한 것은 아닐까?"
　이제껏 아무 말 없이 벽에 기대어 눈을 감고 있던 록은 눈을 떴다.
　"이미 날아간 화살. 돌이킬 수 없다네, 친구."
　타슈는 눈웃음을 지었다.

"자네, 많이 똑똑해진 것 같아."

"아무렴. 누구 친구인데?"

타슈와 록은 마주 보며 소리없이 웃었다. 이미 한 일을 후회할 리 없는 타슈였다. 기왕 저지를 일이라면 골백번이라도 더 생각해서 완벽을 기하는 그였다. 그것을 록이 모를 리가 없었다.

시프 길드의 성립 목적은 바로 크라인 왕국의 전복 및 신분제 철폐였다. 이 한 국가를 전복하는 것은 여간 어려운 일이 아니었다. 하물며 아무런 힘이 없는 평민이야 어찌할 것인가. 당시로 따지면 선각자(先覺者)에 속했던 초대 길드 마스터는 시프 길드를 창립하였다.

초대 길드 마스터는 대단한 자였다. 몇백 년에 걸쳐 사회, 경제, 교육 등 전 분야의 발전도상을 예측했다. 놀랍게도 그것들 대부분이 적중하였으며 길드 마스터가 내다본 대로 역사가 이루어지고 있었다. 초대 길드 마스터는 자신이 예측했던 것을 바탕으로 몇백 년에 걸친 장기 계획을 마련하고 왕국의 뿌리부터 조금씩 잠식해 갔다.

그러던 것이 200년 전부터 어긋나기 시작하였다. 엘프의 대대적인 학살로 인한 반정(反正). 새로운 국왕의 출현으로 그들이 의도했던 귀족들의 힘은 다소 약화되었으나 왕실의 힘은 도리어 막강해졌다. 그때부터 조금씩 어긋나기 시작하더니 현재에 이르러 몇백 년 동안 차근차근 일어날 일들이 한꺼번에 벌어져 난세(亂世)가 되어버렸다.

일이 너무 빨리 진행되어 뭐가 어떻게 된 것인지 감이 잘 오지 않았다. 길드가 토벌될 것은 초대 길드 마스터가 예측한 것 중 하나였지만 뜻밖의 시기에 일이 벌어져서 정신이 없었다. 자료도 부족하고 인원도 부족했다.

무엇보다도 비장의 무기라 할 수 있는 어쎄신이 거의 전멸에 가까운 타격을 입은 것이 크나큰 손실이었다. 그런 상황에서 타슈는 과감하게 결단을 내렸다. 그의 직감이 외치고 있었다. 지금을 놓친다면 돌이킬 수 없다고.

화살은 이미 쏘아졌다. 혁명은 시작되었다.

"자, 그런 의미에서 한잔하지?"

록은 진하게 웃으며 검붉은빛을 띤 위스키를 꺼내 들었다.

"흐, 자네가 그토록 아끼는 보헤미안 XO인가? 그래, 그래. 좋아."

투박한 컵에 대충 술을 채운 록은 그것을 타슈에게 건넸다.

"악당을 위해 건배."

록은 잔을 들었다. 검붉은 액체 속에 빛이 부서졌다.

"국가 전복을 위해 건배."

타슈는 말과 동시에 술을 들이켰다. 술은 아주 썼다. 온몸이 불타 버릴 정도로.

*　　　*　　　*

창세력 제2기 8012년 12월 25일. 드리오닌 산맥.

대간(大幹). 거대한 산들의 집합체. 능선이 봉우리에 봉우리를 타고 거대한 산줄기를 이룬다. 특히나 중앙대간은 그야말로 자연의 벽이었다.

대륙의 정중앙에 위치해 대륙을 동서로 분할하여 남대륙과 북대륙으로 나누어 버린 이 자연의 벽은 그야말로 신이 만들어낸 걸작 중에 걸작이었다.

평균 고도 25,000피트. 깎아 만든 듯한 절벽과 영혼까지 얼어붙을 정도로 차가운 추위. 키를 훌쩍 넘어 쌓인 눈. 그리고 호흡마저 곤란한 희박한 공기. 이 모든 요소들이 합쳐서 중앙대간은 인간으로서는 감히 다가갈 수 없는 불가해의 영역이었다. 이렇게 인간이 다가설 수 없을 정도로 거대하니 중앙대간을 처음 찾은 사람들은 그 위용에 숨을 쉴 수조차 없을 정도로 감동에 빠져들게 된다.

인간의 무모할 정도로 발달한 정복욕으로 이 불가해의 영역에 수많은 간 큰 모험가들이 도전하였지만 전부 실패하였다. 인간의 강력한 의지는 언젠가 저 산봉우리의 가장 높은 곳에 우뚝 설 수 있지만 몬스터 위에 군림하지는 못하기 때문이다.

중앙대간 중에서도 가장 험난한 드리오닌 산맥은 그 이름에 걸맞게 수많은 드래곤, 혹은 비룡들이 몰려 산다. 그 드래곤들의 강력한 카리스마에 이끌려 몬스터들이 산맥에 몰려 살기 시작하였고 더 더욱 인간들의 손길을 거부하게 되었다.

사방은 온통 눈으로 덮여 있었다. 덮여 있는 것만 아니라 눈 위로 햇빛이 반사되어 눈[目]이 멀어버릴 것 같은 강렬한 설광이 사방에 뻗어 나갔다. 강렬한 바람에 이끌려 때때로 쌓여 있던 눈발이 허공에 휘날릴 때면 그 자잘한 알갱이에서 퍼져 나가는 은광에 혼이 나가 버릴 것 같은 아름다운 설경이 연출되었다.

해발 25,000피트의 험준한 이곳은 그 어떤 생명도 불허했다. 아득한 옛날부터 지금까지 그 누구의 발걸음도 거부하였다. 아득한 옛날부터 지금까지, 그리고 앞으로도 영원토록 그 같은 모습이 유지될 것만 같았다.

후두둑.

그때 눈이 잔뜩 쌓여 있던 경사진 한곳에서 눈이 떨어지더니 무언가가 불쑥 튀어나왔다. 사방을 휘휘 둘러보던 그 인영은 천천히 걷기 시작하였다.

뽀도독, 뽀독.

눈이 발밑에 부서지며 내는 소리가 바람 소리만이 지배하는 이곳에 아스라이 퍼졌다. 잠시 걷던 인영은 이윽고 평평한 곳에 도달하자 작게 한숨을 내뱉었다.

"후우……."

인영, 칼의 입에서 입김이 뿜어져 나와 안개처럼 퍼진다. 그 안개는 얼마 나가지도 못하고 바람에 의해 사라진다. 지독할 정도로 강한 설광에 눈을 찌푸린 칼은 주머니에서 천을 꺼내더니 눈을 가렸다. 강한 설광에 눈이 상할까 가린 것이다. 샤이라의 조언에 의해서였다. 물론 그 이면에는 눈이 멀어도 설경을 보겠다는 칼의 고집을 짓밟은 샤이라의 마법이 자리잡고 있었다.

"아, 시원하다."

칼은 살짝 손을 비볐다. 영하 20도의 기온 속에서도 방한복조차 걸치지 않은 채 그저 간단한 갑옷을 입고 시원하다라는 소리가 입에서 나오다니 정신 상태를 의심해 봐야 하겠지만 실지로 칼은 그리 춥지 않았다. 오러를 깨우치니 약간이나마 한서(寒暑)가 물러간 까닭이었다. 그래도 이렇게 추운 곳에서는 춥기 마련이거늘 칼은 아무렇지도 않은 듯 검집에서 검을 빼 들었다.

스르릉—

은빛의 찬란한 강철이 잔잔히 울며 햇빛에 모습을 드러냈다. 눈 위에 부서지는 설광과 달리 인간이 만들어낸 강철 위에 맺힌 은광은 또 다른 서늘한 느낌을 가져다주었다.

칼은 머리 속에서 자신의 모습을 그리며 천천히 검을 휘둘렀다. 그가 그리고자 하는 모습과 실지로 휘두르는 검의 궤적은 처음에는 어긋났지만 점차 일치되기 시작하였다.

일단 일치되기 시작하자 칼은 좀 더 빨리 휘두르기 시작하였다. 팔(8) 자 형태로 검을 휘두르던 칼은 이윽고 사방(四方)으로 검을 내뻗더니 휘두르고 찌를 수 있는 갖가지 방법을 동원해 검을 내지르기 시작하였다.

"하압!"

강한 기합이 천지를 진동하며 눈을 울렸다. 그가 내지른 기합성은 증폭되고 증폭되어 저 멀리 어느 산에서 눈사태를 불러일으켰지만 지금 그에게는 별로 중요하지 않았다. 지금 이 순간 검을 휘두른다는 그 자체가 중요할 뿐이었다.

충실히 머리 속의 영상과 실지의 놀림을 일치해 나가자 그의 몸속에 유유히 흐르던 오러가 검신(劍身)을 타고 검로(劍路)를 따라 유유히 흐르기 시작하였다. 찬란한 은광이 환상처럼 그의 검을 감싸더니 불쑥 튀어나왔다. 오러의 기세는 공간을 격하고 사방으로 퍼져 나갔고 쌓여 있던 눈들은 검끝에 맺혀 있는 오러의 기세에 소리없이 갈라져 버렸다.

"차압!"

검을 휘두르고 몸을 놀린다. 강하게 내뱉은 기합성이 사방을 울린
다. 비록 눈은 가렸지만 극도로 차가운 곳에서 이루어지는 검무는 그
토록 아름다웠다. 분분히 휘날리는 눈 속에 찬란한 은광이 사방을 베
어갔고 눈은 허물어져 다시 뭉치기를 반복하니 그야말로 한 폭의 아름
다운 설경이었다.

분명 보이지도 않거늘 날리는 눈발 하나하나 사이로 검이 지나가더
니 눈송이가 허공에서 반으로 쪼개진다. 하늘을 수놓은 은광은 예리한
비수와 같았다. 마치 한이라도 풀어내듯 볼이 빨개지고 입술이 퍼렇게
질려 버릴 만큼 미친 듯이 검을 휘둘러 댄 칼은 크게 숨을 내쉬더니 천
천히 검을 집어넣었다.

스르릉 소리와 함께 찬란한 은빛을 내뱉던 검이 검집 속으로 빨려
들어갔다. 칼은 천천히 눈을 가린 천을 풀었다.

"아……!"

아찔할 만큼의 강력한 설광이 눈을 찔렀지만 방금 전 불러일으킨 강
력한 오러의 기세는 칼의 눈을 보호하였다. 뼛골 속으로 스며드는 강
한 한기에 칼의 입술과 손이 파랗게 질렸고 몸이 와들와들 떨렸지만
칼은 그저 산을 바라볼 수밖에 없었다.

언제 봐도 기가 막힌 광경이었다. 어제 다르고 또 오늘 달랐다. 눈
사태가 일어나 매일 지형이 바뀌니 그토록 변화무쌍한 것이다. 잠시
경치를 구경하던 칼은 고개를 가로젓더니 한숨 섞인 푸념을 내뱉었
다.

"빠르기만 했지 예리하기는커녕 부드러움도 없구나."

강렬한 춤사위기는 하지만 그것은 단지 춤사위에 지나지 않았다. 검을 휘둘러 일체되는 춤. 그것이 성진이 해준 조언이었고 성진이 보여준 그 흐름에 칼조차 감동받은 그 춤. 도저히 그것처럼은 되지 못했다. 오러가 가야 할 길의 굽이굽이가 부드럽지 못하고 격하게 꺾여 있으니 오러의 흐름이 부자연스러웠다. 그랬기에 검을 펼치고 나면 그토록 힘들고 답답한 것이다.

"하긴 반년도 채 안 됐는데……."

다섯 달 만에 부드러움을 깨우친다면 그는 정녕 검의 천재였을 것이다. 하나 다른 오러 유저들이 칼의 진도를 안다면 입에 거품을 물었을 터였다. 오러를 깨우친 지 불과 반년도 안 되는 애송이가 빠름을 갖추고 예리함에 도전한다는 것은 그야말로 기가 막힌 일이었다. 만약 이 같은 사실이 대륙에 퍼져 나간다면 절망한 오러 유저들 중 일부가 검을 꺾을 수도 있는 놀라운 성과였다.

비록 성진이라는 걸출한 마스터의 지도가 있었다고는 해도 대륙의 그 누구도 이룩해 낸 적이 없는 전무후무한 속도였다.

칼은 이 같은 수련—하이단이 말하기를 미친 짓—을 근 한 달 동안 계속해 왔다. 혹독한 자연 속에서 그 스스로를 채찍질하며 수련한 것 때문인지 그의 실력은 이제 하이단조차 함부로 장담할 수 없을 정도로 성장했다.

"벌써 다섯 달인가? 아니… 다섯 달이 넘었구나……."

칼은 그토록 웅장한 산들의 집합을 보며 중얼거렸다. 그 지옥 같은 곳을 탈출해 이 아득한 곳, 대지의 지붕이라 불리는 드리오닌 산맥에 온 지 반년이 다 돼간다.

칼의 머리 속에는 그간 복잡했던 시간들이 흘러갔고 그 같은 감상 속에 칼은 하염없이 산들을 바라보았다. 그러다 문득 지독할 정도의 추위를 느꼈고 칼은 온몸이 새파랗게 질려 버린 자신을 발견하였다. 오러가 버텨낼 수 있는 수위를 넘어선 것이다.

"이대로 있다가는 진짜 얼어 죽겠다!"

장난이 아니었다. 그대로 한 시간만 있는다면 진짜 얼어 죽을 판이었다. 칼은 허겁지겁 그가 나왔던 작은 동굴을 찾기 시작하였다. 동굴 쪽으로 정신없이 걸음을 재촉하던 칼은 이윽고 동굴이 있는 근처에 도착하였다. 하나 늘 보이던 흔적이 보이지 않았다. 눈이 부서져 쌓여 있는 곳 말이다. 그가 나오면서 만들어놓았던 눈 무더기들이 흔적도 없이 사라졌다.

칼의 얼굴은 딱딱하게 굳었다. 그리고는 정신없이 손을 놀려 근처를 파헤쳤지만 그가 나온 동굴은 찾을 수가 없었다. 아마도 바람 속에 묻혀 버린 모양이었다.

처음에는 천천히 눈을 파헤쳤지만 시간이 조금씩 지날수록 그의 몸은 점차 굳어갔고 미칠 듯한 한기에 얼어붙었다. 진짜 죽을 것만 같았다. 농담이 아니었다. 칼은 필사적으로 눈 속을 누비고 다녔지만 그가 나왔던 동굴은 죽어도 보이지 않았다. 칼은 절망감에 결국 소리치고 말았다.

"샤이라님! 살려줘요―! 아무나 나 좀 살려줘요! 하이다아안!"

그리고 그 말은 칼의 일생일대 내뱉어서는 안 될 말 중의 하나였다.

"오? 그래, 내 자네를 구해줌세."

칼의 등 뒤에는 어느새 방한복을 껴입은 하이단이 서 있었다. 하이단은 빙글빙글 웃고 있었다.

동굴로 돌아오며 하이단은 계속 칼을 놀려댔다. 어쩌나 놀려댔던지 칼의 꽁꽁 얼어붙은 안면 근육이 움직여 '나 화났소!' 라는 뜻을 강력히 표현할 정도였다. 하나 생명의 은인(?)에게 뭐라 할 수도 없는 노릇. 그렇게 부끄러운 소리를 질러댔으니 칼은 끽소리도 하지 못했다. 그렇게 그 놀림은 난로가 피워져 있는 따뜻한 굴방으로 들어설 때까지 계속되었다. 하나 그 놀림은 이윽고 꾸지람으로 바뀌었다.

"나참, 번번이 앞마당에서 조난당하면 어쩌자는 건가?"

하이단은 꽁꽁 얼어붙은 칼의 머리를 후려치며 말했다. 머리가 떵할 정도의 충격이었지만 꽁꽁 얼어붙은 터라 칼은 그게 아픈지도 몰랐다. 그저 저절로 숙여지는 머리 때문에 알았을 뿐이다.

"……."

하이단은 옆에 있던 모포를 칼에게 집어 던졌고 칼은 파랗게 얼어붙은 두 손으로 모포를 받아 들고는 곧바로 뒤집어썼다.

"이제 그만 좀 하지?"

하이단은 뜨겁게 끓인 차를 들고 칼에게 건네주며 나지막하게 말했다. 칼은 떨리는 손으로 컵을 움켜쥐었다. 손바닥이 짜릿해지더니 잊었던 냉기가 엄습했다. 온기에 의해 꽁꽁 얼어붙었던 신경이 녹으며 아우성쳐 댔다.

"아뜻뜻땃따—!"

칼은 뜨겁다는 건지 따갑다는 건지 알 수 없는 소리를 지르고는 손으로는 연신 컵을 비벼댔다. 그렇게 소리 질러놓고 쑥스러운지 칼은 하이단에게 히죽 웃어 보였지만 하이단의 굳은 얼굴을 보고는 이내 고개를 숙이고 말았다.

"자네가 아무리 오러 유저라지만 이런 강추위 속에 그렇게 개지랄 떨다가는 제 명에 못 죽어. 이제 그만 학대해. 자네 몸이 불쌍하네."

"…후룩."

칼은 아무런 말도 하지 않고 컵에서 김을 모락모락 피워내는 찻물을 한 모금 머금었다. 입 안을 휘감는 뜨거운 찻물이 이윽고 냉랭한 몸속으로 조용히 빨려 들어갔다. 하이단은 칼의 침묵에 비위가 뒤틀리기라도 했는지 거친 말투로 빠르게 말을 내뱉었다.

"그래, 그렇게 미친 듯이 개지랄 떨어서 어쩌자고? 그래, 검술이 늘었지? 그렇게 늘어서 뭐 하게? 손발이 얼어 터져서 잘려 나가면 반 푼의 가치도 없는 걸 가지고 왜 지랄해? 응? 손발이 떨어져 나가면 샤이라님이 붙여주겠지. 또 한 번 그렇게 조난당해서 '하이단님~ 살려주세요~'라고 애걸하지도 못하고 얼어 뒈지면 이번에는 누가 자네를 살려줄 건가!"

하이단은 '하이단님~ 살려주세요~'를 그답지 않은 가느다란 여자 목소리로 섞어 넣으며 말을 토해냈다. 무척 웃기게 들릴 수도 있겠지만 하이단의 말투는 빈정거리는 투였다.

"그래, 그 개지랄은 그렇다고 쳐. 성과도 있으니 말리지는 못하겠어! 하나 며칠 잠잠해지더니 또 조난당하면 어쩌자고? 죽으려면 그냥 죽지 왜 사람을 못살게 굴어? 이 참에 내가 그냥 죽여주랴?! 이런 머저리 자식!"

하이단은 인상을 찌푸리며 흉험한 말로 소리쳤다. 말뿐만이 아니라

은근한 살기까지 내뿜었다. 칼은 고개를 숙인 채 히죽 웃었다. 말은 저래도 그 속에 스며든 걱정을 모를 그가 아니었다. 그 걱정이 지나쳐 분노로 표현된 것이다. 그가 알고 있던 하이단이라면 죽어도 내뱉지 않을 말이었다. 그러나 하이단은 변했다.

그 일이 있은 후로. 붕괴(崩壞)가 있은 후로. 붕괴는 그들의 마음까지 무너뜨렸다. 모든 것이 변해 버렸다.

"……"

"……"

칼이나 하이단이나 아무런 말도 하지 않았다. 침묵. 고요한 침묵만이 난로에서 타오르는 장작불을 먹이 삼아 굴방을 잠식할 뿐.

바짝 마른 장작이 타오르며 내뱉는 섬유의 단말마가 그저 조용한 적막을 간간이 깰 뿐이었다. 침묵이 어둠을 머금어 커지고 커질 때, 장작이 타며 내뱉은 작은 소리와 불씨가 그들의 눈앞을 잔뜩 스칠 때 칼은 조용히 말을 하였다.

"벌써… 반년이 다 돼가네요. 이곳 고룡(古龍) 모디프스의 레어에 온 지 말이죠."

"……"

이번에는 하이단이 아무런 말도 하지 않았다. 그런 하이단의 태도에 아랑곳하지 않는다는 듯 칼은 말을 이었다.

"인간이 결코 밟을 수 없다는 드리오닌 산맥 한복판에 서다니. 놀랍지 않아요? 그 누가 이곳에 올라올 수 있을까요. 정말 우리는……"

"…본론이나 얘기하게."

하이단은 칼의 말허리를 끊었다. 이렇게 빙빙 돌려서 이야기하는 것은 싫었다. 지금은 서로가 피폐해져 곧 쓰러질 지경이었다. 심적으로…….

하이단의 말에 칼은 주저하다 입을 뗐다.

"너무… 비참해서요. 이렇게라도 혹사하지 않으면 미칠 것 같아서요. 저는……."

지금껏 아무렇지도 않은 듯 꾹 참고 있었지만 막상 말을 꺼내놓으니 봇물이 터진 것처럼 터져 나왔다. 그렇기에 칼은 입을 다물었다. 너무나 비참했다. 생명의 대가로 '그녀'의 영혼을, 세르피아의 영혼을 지불했다는 것을. 비록 당시에는 그 사실을 몰랐다고는 하지만 결과적으로 그러하였다. 그 무력감에 치욕에 미칠 것만 같았다. 그리고 그 물음은 하이단에게도 해당되었다. 하이단은 칼이 삼켜 버린 말의 끝부분을 짐작하였다. 그리고 둘은 그 뼈아픈, 그러나 도무지 알 수 없는 물음에 깊은 침묵 속에 빠져들었다.

*　　　　*　　　　*

창세력 제2기 8012년 7월 24일. 지옥의 날.

쿠오오오—

마기와 성화가 충돌하며 엄청난 섬광과 함께 강대한 에너지가 수직으로 뻗어나갔다. 유노가 펼친 자기 희생 주문은 유노의 생명을 바탕으로 하늘에 닿은 믿음에 힘입어 다크 엘프의 잠들어 있는 마기를 압도하고 중화시켰다. 그리고 그 여력은 천장과 지하를 발기발기 찢어버렸다.

"키아아아아악!"

―키아아아아악!

다크 엘프가 내뱉는 단말마가 귀로, 그리고 마음으로 울리는 가운데 천장과 지하를 중심으로 균열이 일어나기 시작하였다. 균열은 방사 형태로 퍼져 나가기 시작하고 그에 따라 엄청난 진동이 발생하였다.

드드드드―

무지막지한 기운이 휘몰아친 다음에는 고요였다. 언제 그 같은 일이 있었냐는 듯 방 한가운데는 다크 엘프가 서 있었고 사방에는 향기로운 향기가 휘몰아치고 있었다. 유노의 육신이 소멸하며 세상에 내놓은 마지막. 그의 믿음만큼 그토록 달콤했으나 일행은 그 같은 여유를 즐길 시간이 없었다. 언제 이곳이 무너질지 몰랐다. 매우 넓었으나 통제실은 엄연히 지하. 그것도 지하 수만 피트의 까마득한 곳이었다.

성진은 천천히 몸을 일으켰다. 상반신을 가로지르는 깊은 자상에 엄청난 양의 피가 흘러 머리가 아득했지만 철혈의 의지로 이겨냈다. 성진은 천천히 걸었다.

눈앞에는 만신창이가 되어버린 세르피아가 서 있었다. 유노가 그 스스로를 희생하며 피워낸 성화는 세르피아의 몸을 잠식하고 있는 마기의 잔재들을 죄다 떨쳐 내버렸다. 하나 마기가 사라지자 육체를 수복하던 힘 또한 같이 사라졌다. 지금 그녀는 말로 표현할 수 없을 정도로 엉망이 된 상태였다.

"카르르르커엑!"

성대가 반쯤 부서져 나가 비명 소리라고도 할 수 없는 괴성을 갑작스레 지른 세르피아의 복부가 크게 부풀어 오르며 찢어지더니 '퍽' 소리와 함께 피에 젖은 두 개의 신기가 밖으로 튀어나왔다. 어디서 그 많은 피가 생겨났는지 알 수 없을 정도로 엄청난 피보라가 피어났다. 성진은 반사적으로 한 걸음 내디뎠다. 그러자 그녀와 그 사이의 거리가 사라졌고 성진은 허물어지듯 쓰러지는 세르피아의 신형을 받아 들었다.

"……."

가까이서 보니 더욱 참혹했다. 팔이 부러진 것은 예사요, 피부가 터져 나가고 군데군데 근육이 뭉텅이로 떨어져 나가 뼈가 허옇게 드러났다. 얼굴도 크게 훼손되어 도무지 세르피아의 원래 모습을 찾을 수가 없었다. 가장 큰 상처는 역시 복부가 찢어진 것이었다. 그 큰 신기가 어떻게 세르피아의 몸속에 있어 복부를 찢고 나왔는지 이해할 수 없었다.

두 신기는 땅바닥에 떨어져 구르고 있었고 찢겨진 세르피아의 복부에서는 다량의 출혈과 함께 허연 내장이 고스란히 모습을 드러냈다.

성진은 황급히 오른손을 놀려 그녀의 상처를 막았지만 환부가 워낙 커 출혈을 도무지 막을 수가 없었다. 왼손으로 옷을 찢어 붕대라도 만들고 싶었지만 상체를 가로지르는 깊은 자상은 성진의 상반신 근력을 죄다 앗아가 버렸다.

"흐읍!"

흐릿해지려는 정신을 기합으로 부여잡은 성진은 왼손을 어깨춤으로 가져간 뒤 상의를 잡아 뜯었다.

부욱—

피에 젖은, 이제는 걸레가 되어버린 상의가 찢겨져 나왔다. 그 때문에 피딱지가 덮여져 있던 상처가 다시 터져 피가 흘렀지만 성진은 찢은 상의를 대충 구겨 세르피아의 복부에 대고 강하게 압박했다.

일단은 가장 큰 출혈은 막았다. 하나 이대로 잠시라도 지체한다면 세르피아가 곧 죽을 수도 있었다. 그녀만 죽는 게 아니라 일행 전체가 죽을 수도 있었다. 현 상태에서 붕괴가 시작된다면 그 누구라도 살아남을 수가 없었다. 순간 성진은 과다출혈로 인한 현기증으로 눈앞이 하얗게 변했다.

'방법이 없다.'

성진은 난생처음으로 암담함을 느꼈다. 그 자신은 네거티브 플레인과의 연결 고리를 파괴하는 과정에서 충격을 받아 정신이 흔들려 창생력도 사용할 수 없는 판이었다. 솔직히 말하자면 이렇게 상황을 판단할 수 있는 사고가 가능한 게 신기할 지경이었다.

쿠르르르―

그때 한차례 커다란 진동이 사방을 흔들었다. 진동은 지하 깊숙한 곳에서 시작되고 있었다. 거의 정지해 버린 성진의 감각에도 느껴질 정도로 무언가가 움직이고 있었다.

'아!'

성진은 문득 떠올랐다. 옛 영혼들이 그들의 도시를 떠날 때 성진과 약조한 사실을. 그 약조 내용은 커다란 진동이 도시를 울리는 것. 그러고 보니 지하로 향한 에너지는 지하 도시의 외벽을 흔들고도 남을 에너지였다.

당연히 영혼들은 그것이 약조인 줄 알고 승천을 준비할 터였다.

'만약 물이 다 차지 않았다면?'

그래도 그들은 승천해야 했다. 그들을 대신해 엄청난 크기의 공간에 작용할 압력을 감당해 낼 매개체는 바로 물. 도시가 완전히 수몰되지 않은 채 그들이 승천해 버린다면 도시 외벽에 작용하는 압력이 고루 분산되지 못하고 붕괴되어 버릴 터였다.

아니나 다를까, 지하에서 거대한 진동이 느껴지더니 통제실 전체가 심하게 흔들리기 시작하였다. 바닥에 커다란 균열이 생기기 시작하였고 일부가 침하되기 시작하였다. 결국 우려했던 사태가 벌어지는 것이다.

지하 도시와 통제실 사이의 깊이가 얼마인지도 알 수 없었고 통제실에서 지상까지의 깊이가 얼마인지도 알 수 없었다. 그러나 확실한 것은 그들은 수백억 파운드의 토사와 암반이라는 빵 사이에 끼인 고기 신세라는 것이다. 제아무리 성진이라도 그런 엄청난 무게를 감당해 낼 수 없었다. 하물며 이렇게 아무런 능력도 사용할 수 없는 시점이라면 더 더욱 불가능하였다.

이제는 꼼짝없이 화석(化石)이 될 처지였다.

그 순간 샤이라가 몸을 일으켰다. 천지가 온통 진동하는 가운데 샤이라는 입으로 선혈을 토해내며 몸을 일으켰다. 순간 입술을 질끈 깨문 샤이라는 왼손을 복부로 박아 넣었다.

픽!

엄청난 고통을 참아내는지 샤이라의 눈꼬리가 찢어져 피가 줄줄 흐르고 입술이 터졌다.

"아흑!"

샤이라는 크게 외마디 신음을 내지르며 왼손을 쑥 뽑아냈다. 선혈로 번들거리는 그녀의 손에는 그녀를 그토록 괴롭히던 마력 구속구가 들려 있었다. 몸 밖으로 뽑아낸 그 악몽 같은 것을 놀랍게도 다시 품 안에 집어넣은 샤이라는 텔레포트를 시전하였다.

천장이 그 힘을 잃고 완전히 무너지려는 그 순간 샤이라를 중심으로 반경 20야드가 통째로 사라졌다. 흡사 스푼으로 떠낸 푸딩처럼 직경 40야드라는 거대한 반구형 공백이 생긴 것이다. 엄청난 양의 토사가 일행을 덮치기 직전에 행한 텔레포트이니만큼 워낙 급해 임의로 설정한 반경 20야드를 중심으로 마력을 있는 대로 퍼부어 통째로 텔레포트시켜 버린 것이다. 때문에 필요없는 것—조각난 시신들과 게일—까지 죄다 이동하게 되었다.

작은 돌멩이 하나라도 공간을 뛰어넘어 다시 구현시키기 위해서는 상당한 노력이 필요하다. 부여되는 마력과 설정된 좌표, 위상 공간에서 물질이 차지하는 부피 등 그 모든 조건을 만족시켜야 한다. 일반 마법사들이 보았다면 입에 거품을 물 이적을 행한 샤이라는 에크라노의 광장에 모습을 드러냈다. 그 짧은 시간에 좌표와 현실화될 공간을 죄다 설정한 것이다. 참으로 경악스런 순간이었다.

하나 그녀라도 그 엄청난 물질들을 고스란히 유지하여 이동시킬 수는 없었다. 놀랍게도 샤이라는 그 짧은 순간에 비유기체는 그냥 기존의 공간에 자리잡은 물질과 겹쳐 버렸고 유기체는 절묘하게 빈 공간상에 출현시켰다. 간단하게 표현하자면 살아 있는 사람들은 멀쩡하게 나타났다.

"하악, 하악!"

마력 구속구를 몸속에서 뽑아낸 다음 몸을 추스를 시간도 없이 텔레포트를, 그것도 대단위 텔레포트를 시전해 낸 샤이라는 거칠게 숨을 몰아쉬고는 그 자리에서 털썩 주저앉고 싶었다. 하나 그녀도 잘 알고 있었다. 조금만 지나면 이 광장은 흔적도 없이 사라지고 그저 깊고 깊은 구덩이가 만들어질 것이라는 것을.

지금 이 순간에도 착실하게 지하는 붕괴되어 지상으로 내달리고 있을 것이었다. 그 생각이 떠오르자 등골이 오싹해졌다. 자연이 만든 재해는 강력했다. 마스터마저도 한순간 본능에 지배될 정도로. 당장 쓰러지고 싶었지만 그랬다가는 영원히 잠들 수도 있었다.

"제길!"

샤이라는 욕지기를 내뱉으며 재차 텔레포트를 시전하려 하였다. 하나 마력 구속구 때문에 마력의 흐름이 죄다 헝클어진 탓인지 마법이 번번이 실패하였다. 붕괴가 찾아올 시간은 자꾸만 다가오고 연이어 마법이 실패하니 제아무리 그녀라도 조급함에 쫓길 수밖에 없었다. 자칫 잘못하면 역류(逆流—Reverse Flow) 현상까지 일어날 수 있는 상황이었다.

"크윽!"

결국 우려하던 일이 벌어지고 말았다. 마력의 흐름이 뒤틀리더니 거꾸로 흐르기 시작하였다. 당장에 샤이라의 코와 입에서 선혈이 터져 나오기 시작하였고 내장이 뒤틀렸다. 일반인이라면 당장 자지러질 고통 중에서도 샤이라는 단지 혀를 찰 뿐이었다.

"정말 죽으라는 뜻이로구나!"

수백 피트의 지하로부터 차례차례 붕괴되는 상황에서도 그녀는 단지 혀를 찼다. 죽는 게 그리 우스운 건지 너무나도 태연한 것이다. 운명에서 벗어나 새로이 창조하는 이가 마스터라고 하지만 능력이 이토록 제약받은 상황에서는 어찌할 도리가 없는 것이다. 샤이라는 허탈한 미소를 지었다.

"미안하군요, 성진. 여기까지가 제 한계인가 봐요."

잠시 그녀의 눈빛을 응시하던 성진은 고개를 끄덕였다.

샤이라는 하늘을 올려다보았다. 죽는 것은 두렵지 않다. 단지 허탈할 뿐이었다. 그토록 애를 썼거늘. 그토록 필사적이었거늘. 이렇게 끝나 버리니 허무할 뿐이었다. 샤이라는 자신의 삶을 떠올렸다. 세상을 걸은 지 어언 수백 년. 천 년이 다 돼가는 세월 속에서 이토록 치열하게 달려왔던 적이 또 있던가?

단연코 없었다. 과거에도 없었고 미래에도 없을 것이다. 지금 성진과 달려온 며칠 동안이 그녀가 살아온 인생을 무색하지 않게 만들어주었다. 그것을 생각하자 마음이 후련해졌다. 그녀가 죽고 난 후의 대혼란 따위는 이미 머리 속에서 사라져 버렸다.


**후회는 없다.**


얼굴 위로 빗물이 흐르고 핏물이 흘렀다. 샤이라는 웃었다.

"하하하하……."

자신이 가고 난 다음에 찾아올 혼돈 따위는 더 이상 생각하고 싶지가 않았다. 온몸이 텅 비었다. 마력도, 힘도 없다. 순간 너무도 피곤했다. 샤이라는 광장 위로 털썩 주저앉았다.

쿠르르르르—

엉덩이로 희미한 진동이 느껴졌다. 밑에서부터 꺼져 가는 지반. 이제 이곳까지 당도하려면 얼마 걸리지 않았다. 남겨진 시간은 얼마일까? 몇 초, 몇 분? 다 부질없다.

"아직 포기하기는 이릅니다."

그때 한 인영이 힘겹게 몸을 일으켰다. 게일이었다. 형편없는 몰골로 빗물에 젖으니 그야말로 부랑자 같았다. 천하의 고고한 쿠르시아 엘프가 저런 모습으로 변할 줄이야 누가 상상했겠는가. 샤이라는 피식 웃었다.

"이곳을 빠져나가려면 텔레포트가 필요하죠. 아, 당신이 가진 아티 펙트라면 홀로 살아남기 족하겠군요. 하나 아쉽게도 방금 전 제가 대규모 텔레포트를 시전한 탓에 이곳 공간이 상당히 불안정하지요. 뭐혼자 살고 싶다면야 도망쳐도 되지만 공간 사이에 찢기고 싶지 않다면야 이곳에서 맞이하는 고통없는 죽음을 권해주고 싶군요."

빈정대는 것인지 체념한 것인지 도무지 짐작할 수 없는 말투였다.

"당신은 할 수 있다는 뜻이군요."

게일은 가만히 샤이라의 눈을 바라보았다. 희망이라고는 하나도 없는 상황에서 게일의 말은 무슨 의미를 담고 있는 것인가. 샤이라 또한 게일의 눈 속에서 그 의미를 찾고 있었다.

"할 수 있지요. 하지만 할 수 없어요. 마력이라고는 눈곱만큼도 끌어올릴 수 없습니다. 불과 몇 분의 시간이 주어진다면 가능할지 몰라도 지금 이 순간은 불가능합니다."

"……."

쏴아아아—

비는 미친 듯이 쏟아졌다. 이미 그녀의 몸은 흠뻑 젖었다. 흙과 피로 더러워진 몰골에 다시 빗물이 부어진다. 마치 그녀의 심정 같았다.

잠시 침묵을 지키던 게일이 입을 열었다.

"거래를 합시다."

"방책이 있다는 뜻이군요."

게일은 마스터다. 마스터는 허언을 하지 않는다. 할 수 없는 일로 흥정 따위는 하지 않는다.

"조건을 말하세요."

게일은 무겁게 입을 뗐다.

"신루와 대지의 창."

"으음……."

대지의 창은 원래 게일의 것이다. 하나 신루는 그녀가 잠시 빌린 것. 대행한 물건이었다. 함부로 할 성질의 것이 아니었다. 그러나 목숨은 소중하다. 하늘이 점지해 주는 것이 목숨이라 하였다. 더군다나 하늘이 점지해 준 수많은 목숨 중에서 더욱 지고한 경지로 나아간 것이 마스터들이다. 생명의 무게란 모두 똑같다고 하지만 마스터의 생명의 무게는 다르다.

마스터는 세상의 또 다른 축. 구심점이다. 그러하기에 마스터의 목숨은 비단 그 하나만의 것이 아니다. 모두의 것이다.

"좋아요."

시간은 박하다. 결코 기다려 주지 않는다. 망설임은 잠시, 결정은 지금이다. 샤이라는 두말하지 않고 품속에서 신루를 꺼내 던졌다. 신루를 받아 든 게일은 만족한 웃음을 짓더니 옆구리에 찬 벨트에서 작은 주머니를 꺼내어 그녀에게 던졌다.

"철목(鐵木)의 꽃가루입니다. 사용법은 아시리라 믿습니다."

샤이라의 얼굴에 황당함이 서렸다. 설마 하니 이것일 줄은 몰랐다. 분명 철목의 꽃가루는 지금과 같은 상황에서 한 줌의 마력을 만들어내는 데 도와준다.

"내가 이런 것까지 사용할 줄은……."

가볍게 한숨을 내쉰 샤이라는 주머니에 코를 대고 깊게 들이마셨다.

"후웁!"

지독한 무언가가 샤이라의 숨결에 따라 코를 통해 비강 깊숙이 스며들었다.

"크윽!"

순간 샤이라는 머리 속으로 벼락이 떨어지는 충격을 받았다. 화끈한 무언가가 뇌를 어루만지더니 온몸으로 퍼져 나갔다. 활화산 같은 열기가 샤이라를 후려쳤다.

철목의 꽃가루는 강력한 각성제였다. 아울러 지독한 마약이었다. 철목의 꽃가루는 대뇌를 자극한다. 그것도 엄청나게 흥분시킨다. 말초 신경을 통해 들어온 자극이 중추 신경을 거쳐 뇌에 도달하는 신경 자극 물질을 듬뿍 함유하고 있는 철목의 꽃가루는 뇌를 극도로 흥분시키는 것이다. 때문에 뇌 내 마약이라는 엔돌핀과 아드레날린이 극도로 분비되어 순간적으로 엄청난 각성 효과를 가져오게 된다. 한마디로 초인이 되는 것이다.

그러나 부작용도 만만치 않다. 아니, 심각할 정도였다. 이것까지는 샤이라가 알 수 없지만 아무튼 철목의 꽃가루는 진귀한 약임과 동시에 지독한 마약인 셈이다.

한차례 폭풍이 그녀의 몸을 휩쓸고 지나가자 샤이라는 온몸에 흐르는 활력을 느꼈다.

마력은 정신력에서 기인한다. 하나 정신력뿐만이 아닌 육체에서도 그 근원을 찾을 수 있다. 육체와 정신의 이상적인 조화 속에서 마력은 그 위력을 크게 높일 수 있다. 마력은 정신력의 산물. 때문에 아무리 마력이 바닥났더라도 의식만 있다면, 육신만 온전하다면 마법을 시전할 수 있다는 뜻이다. 그런 의미에서 각성제는 큰 역할을 한다. 순간적으로 온몸에 활력을 일으켜 강력한 상승 작용을 일으키는 것이다.

하나 이런 것은 아니다. 이것은 마력을 전혀 사용할 수 없는 상황에서 조금이나마 사용할 수 있는 가능성으로 바뀐 정도에 지나지 않았다. 하나 게일은 속이지 않았다. 분명 마력을 사용할 수 있는 가능성을 제공하지 않았는가?

게일이 신루와 대지의 창을 집어 들고는 어둠 속으로 사라지는 것을 본 샤이라는 이를 악물었다. 비록 약의 힘을 빌었다고는 하지만 그래도 마법을 시전할 가능성이 낮다는 것은 여전하다.

하지만 샤이라는 그리 녹록하지 않았다. 하늘이 그렇게 하라 하면 그리하지 않고 그것을 정면으로 뒤집어엎었다. 마도사란 본래 섭리를 거슬러서 속이는 아티스트. 그들의 최정점인 그녀가 어찌 순순히 당하겠는가? 그 뜻이 그러하다면, 정녕 여기서 죽으라 한다면 그 뜻을 뒤집어엎고 갈아서 마셔 버릴 오기가 있었다.

"하아압!"

순간 샤이라의 곱디고운 얼굴 위로 혈관이 도드라지게 튀어나오기 시작하였고, 얼굴이 시뻘겋게 달아오르기 시작하였다. 잔뜩 부릅뜬 눈에 핏발이 맺히기 시작하였으며 코와 입에서 흘러나오는 선혈의 양이 더욱 많아졌다.

그 모습이 얼마나 처절한지 망연히 그녀를 지켜보던 타키안조차 기 겁했을 정도였다. 거꾸로 흐르는 거대한 흐름을 의지로 멈추더니 다시 원래의 흐름으로 돌리기 시작하였다. 홍수가 일어난 제방을 넘어선 물 이 사람의 입김에 물러난 꼴이니 그야말로 놀라운 순간이었다.

잔뜩 헝클어져 역류하던 마력의 흐름이 그녀의 강한 의지에 재정립 되더니 유도된 술식에 따라 구현되기 시작하였다. 이번에는 정확하게 타깃을 정했다. 그녀의 일행. 그 범위에서 한 치의 오차도 없었다. 이 번에는 절대로 게일을 구하는 불상사 같은 것은 벌어지지 않을 것이다. 그리고 마침내 마법이 구현되는 순간 붕괴가 시작되었다.

콰르르릉—

엄청난 진동이 광장을 덮쳤다. 텔레포트 마법이 거의 구현된 마당에 설정된 타깃들이 진동에 의해 흔들려 버렸으니 타깃이 차지하고 있던 좌표와 부피 같은 수치는 오차가 되어 텔레포트에 심각한 불안정성이 생성되었다. 그리고 그 부작용은 고스란히 샤이라에게 돌아갔다.

어찌 중단해 볼 사이도 없이 마법이 구현되었고 일행은 공간을 넘어 샤이라가 원하는 곳으로 날아갔다. 눈 깜짝할 사이에 수만, 수십만 야 드를 넘어 일행은 어느 곳에 홀연히 모습을 드러냈다.

"으음……."

샤이라는 신음성을 흘렸다. 그녀의 왼팔은 온데간데없었고 어깨 부 위는 흘러나온 피로 흥건히 젖어 있었다. 진동으로 흔들린 좌표만큼 그녀는 그 대가를 자신의 팔로 지불한 것이다. 팔이 완전히 소멸되어

버린 샤이라는 멍하니 팔을 보다가 그 자리에서 주저앉고 말았다. 팔이야 다시 재생시키면 된다지만 그렇게 피를 흘려놓고 또 피를 흘려대니 쇼크가 찾아온 것이다. 제아무리 마스터라지만 지독한 각성제를 먹고 그렇게 피를 흘렸으니 지금껏 심장이 뛰고 있다는 사실이 놀라울 지경이었다.

일행 중에 온전한 사람은 아무도 없었다. 그나마 제정신을 차리고 있는 것은 타키안뿐. 하이단과 칼은 거품을 문 채 의식을 잃었고 길리언은 너무 심하게 탈진한 나머지 목숨이 경각에 달린 상황이었다.

세르피아 또한 마찬가지였다. 육체를 재생시키고 유지하던 마기가 사라지자 걷잡을 수 없이 붕괴하기 시작한 것이다. 피부가 떨어져 나가고 뼈가 삭기 시작하니 도저히 세르피아라고 믿기지 않을 만큼 엉망이었다. 하나 성진으로서는 방법이 없었다.

'지금 할 수 있는 일을……'

둘을 모두 구할 수 없다면 하나라도 반드시 살릴 수 있는 사람에게 베풀어야 한다. 세르피아를 땅에 눕힌 성진은 겨우 몸을 움직여 길리언에게 다가갔다. 몽롱한 정신을 부여잡고 성진은 손에 진기를 모았다. 그러자 온몸이 찢어질 듯 아파왔다. 하나 성진은 단지 불편함만을 느꼈다. 피가 부족해 진기가 제대로 모아지지 않는 듯하였다.

겨우 끌어 모은 진기를 길리언의 몸에 불어넣은 성진은 길리언의 체온과 호흡이 정상으로 돌아가자 겨우 마음을 놓을 수 있었다.

"음……."

잠시 긴장을 풀자 다시 정신이 아득해진다. 아무래도 충격이 이만저만이 아닌 것 같았다. 그도 그럴 것이 세상을 구성하는 한 계(界)의 연결 고리를 무력으로 강제로 끊어버렸으니 성진의 정신이 그나마 이 정도로 훼손된 것은 참으로 다행이었다. 더군다나 상대는 꽤나 많은 마스터들을 타락의 길로 인도한 네거티브 플레인이 아닌가?

성진은 그 자리에서 쓰러지고 싶은 욕구가 간절했다. 하나 잠시의 여운도 가질 시간이 없었다. 세르피아가 죽어가고 있다. 하나 그로서는 아무것도 할 수 없었다. 참으로 무력하지 않은가?

─몹시 급한 모양이군.

어디선가 들려오는 목소리. 목소리라기보다는 뜻이었다. 그 뜻은 강하고 따뜻했으며 현기에 가득 찼다.

크르르르르─

그와 동시에 별안간 그의 등 뒤에서 공기가 거세게 비틀리는 소리가 들려왔다. 성진은 천천히 몸을 돌려 등 뒤를 바라보았다. 보이는 것은 새까만 어둠뿐. 아무것도 보이지 않았다. 하나 무슨 소리가 들려왔으니 그곳에 무언가가 존재하는 것은 확실했다. 정신이 크게 흔들린 바람에 영안(靈眼)이 완전히 닫혀 버린 성진으로서는 어둠 저편을 꿰뚫어 볼 수 없었다.

잠시 그렇게 어둠을 응시하자 별안간 거대한 빛 두 개가 모습을 드러냈다. 어른 머리보다 더 컸으며 자세히 뜯어보니 동공과 세로로 찢어진 홍채를 가지고 있었다. 그것은 눈… 이었다.

"딸꾹!"

성진과 마찬가지로 멍하니 어둠 저편을 쳐다보고 있던 타키안은 별안간 나타난 그 거대한 눈에 기겁을 했는지 딸꾹질을 하기 시작하였다. 성진은 그 눈 속에서 지성을 엿보았다. 지혜로 빛나고 있었으며 지고

한 영성으로 진실을 꿰뚫어 보는 듯하였다.

그리하여 성진은 정중히… 인사를 하였다.

"안녕하십니까."

—…….

"케엑……!'

성진의 난데없는 말에 딸꾹질을 하던 타키안은 목에 사레가 들렸는지 콜록거리기 시작하였다.

그 거대한 눈이 뒤룩 구르더니 성진을 향하였다. 그 순간 뜻이 울렸다.

—…남의 집에 무단 침입한 자치고는 아주 인상적인 첫인사군. 보다시피 난 안녕하네.

천장에 은은한 빛이 맺히기 시작하였다. 그 은은한 빛은 어둠을 물리치고 사방을 밝히기 시작하였다. 모든 것을 가리는 어둠의 장막이 걷히며 비로소 이 집(?)의 주인이라 생각되는 자가 천천히 모습을 드러냈다.

거대한 뿔과 마찬가지로 거대한 머리, 도깨비불마냥 활활 타오르는 커다란 눈. 은은한 빛에 반사되는 금속성의 비늘. 신화에서만 듣던 용의 모습을 보았으니 심약한 신경을 가진 타키안은 버티려야 버틸 수가 없었다. 그 웅대한 모습에 타키안은 머리가 하얗게 비워지더니 지금까지의 피로가 한꺼번에 몰려오며 졸도하고 말았다.

—흠……. 나는 안녕하네만 자네는 별로 안녕치 못한 것 같군. 저 아이도 마찬가지고.

거대한 용이 흐릿한 조명 아래 그 육신을 드러냈다. 실로 장대한 육체. 피가 흐르는 생명체가 이다지도 커다랄 수 있다는 게 믿겨지지가 않았다.

—저 엘프는 괴이하군. 무너지고 있는 건가?

성진은 천천히 몸을 일으켰다. 그러자 상처가 도로 터지며 피가 후두둑 떨어졌다.

"살려야 합니다. 반드시."

성진은 결연한 목소리로 말했다. 잠시 시체 같던 세르피아를 보던 용이 성진을 보았다. 번갯불처럼 시퍼런 안광이 번뜩였다.

—하나 저 엘프의 육(肉)에는 영(靈)이 없다네. 떨어져 나갔군.

영이 없는 육신은 더 이상 육신이 아니다. 그것은 한낱 고깃덩어리일 뿐. 하나 성진은 보았다. 유노가 일으킨 성스러운 불꽃에 세르피아의 영이 해방되는 것을. 그렇다면 중간에서 분명 뭔가가 어긋났을 것이다. 성진이 모르는 그 어떤 것이.

그 거대한 용이 조용히 말을 건네자 저쪽에서 쇼크 때문에 정신을 잃어버린 줄 알았던 샤이라가 뒤척이더니 천천히 몸을 일으켰다. 하루 동안 얼마만큼의 피를 흘렸는지 몰라도 만약 모두 모아 수혈한다면 사람 여럿 살릴 피를 쏟아낸 샤이라의 얼굴은 그야말로 백지장을 방불케 했다.

"길게 말은 못하겠습니다. 다만… 그녀를 살리지 못한다면 이 고생의 대가는 이자까지 쳐서 받아드리지요."

핏기가 가신 하얀 얼굴로 웃으며 말하자 그 기세에 그 위대하다는 용마저 섬뜩했는지 지금껏 주기적으로 들리던 '크르릉' 소리가 뚝 멈췄다.

숨을 죽인 채 잠시 세르피아를 내려다보던 용은 이윽고 한숨을 내뱉었다. 그러자 커다란 돌풍이 이는 것처럼 공기가 소용돌이치면서 사방을 휩쓸었다.

─좋다. 하나 내가 권능을 발하기 위해서는 대가가 필요하네. 깨달은 용의 강력한 힘을 억누르기 위해 만든 자연의 법칙. 인과율의 사슬.

그와 동시에 강력한 힘이 세르피아의 주위에 집적되면서 서서히 빛을 발하기 시작하였다. 힘은 엉키고 엉켜 고리가 되고 이윽고 그 고리가 연결되어 사슬이 되었다. 눈에 보이지 않는, 그러나 세상의 흐름마저 잠시 멈춰 버릴 만큼 강력한 속박력을 지닌 사슬은 세르피아의 몸을 휘감더니 누에고치처럼 꽁꽁 감싸 버렸다.

"이건……."

영안이 막혀 버린 성진이 보기에도 이것은 놀라운 이적이었다.

─내 권능은 속박(束縛)이라네. 시간마저 잠시 묶을 정도로. 이제 자네가 어서 나아 그녀를 살려야 하네. 아니, 살리기보다는 유지가 옳겠군. 대가는 자네와의 대화가 좋겠군.

그의 말에 샤이라는 머리를 짚었다. 저 용과의 대화는 아주 간단한 것부터 시작해서 근원적인 것까지 파고든다. 물론 그 같은 대화가 매우 유익하기는 하지만 문제는 바로 그 근원적인 주제까지 도달하는 시간. 도무지 끝을 알 수 없을 정도로 이어지는 물음에 마스터마저 지쳐 버릴 정도였다. 아주 질려 버릴 정도로.

모디프스의 그 같은 제안에 성진은 고개를 끄덕이는 것으로 받아들이고는 세르피아를 보며 생각에 잠겼다. 영이 떨어져 나간 육신은 죽기 마련이다. 어떻게 왜 떨어져 나갔는지는 알 수 없지만 반드시 살려야 했다. 왜인지는 성진조차 이해할 수 없었다. 그저 그녀를 살려야겠다는 마음뿐. 단지 그뿐이었다.

성진은 왠지 가슴을 가로지르는 상처가 처음으로 아프다고 느꼈다.

*          *          *

생명을 이루기 위해서는 영혼과 육신이 필요하다. 영혼은 자아를 발현시키는 씨앗이며 나아가 존재를 증명하는 하나의 기치이다. 육신은 그릇이다. 어찌 본다면 고깃덩어리에 지나지 않을 것이나 그 속에 영혼이 깃든다면 그 순간부터 생명이라고 할 수 있다.

영혼과 육체의 조화. 그것이 생명의 시작이며 궁극적인 완성이라고 할 수 있다.

그런 면에서 세르피아는 죽어 있다고 할 수 있다. 영이 빠져나간 육신. 냉혹하게 표현하자면 단순히 심장이 뛰는 겉보기 좋은 고깃덩어리에 지나지 않았다. 성진은 그녀를 되찾기 위해 아카식 스트림으로 뛰어들었다. 그 거센 흐름 속을 읽었다(Loading). 수많은 자들이 죽어 모이는 아카식 스트림. 영혼과 지식의 강. 영들이 순환하며 생전의 기억들을 그 흐름 속에 뱉어내고 정화되어 다시 태어난다. 모여진 지식들은 가라앉아 더 깊은 속에서 또다시 거대한 흐름의 강을 만들어낸다.

몇 개의 층으로 이루어진 아카식 스트림은 무한 궤도인 뫼비우스의 띠를 따라 끝없이 흐르고 있었다. 이 아카식 스트림에 들어가는 것은 아카식 스트림을 보호하는 문을 통과하는 것보다 힘들었다.

셀 수도 없는 기나긴 시간 동안 모여진 기억들의 총아. 그 하나하나가 기억이니 그 속에 잠수하여 원하는 것을 골라내기란 절대 쉬운 일이 아니었다. 오히려 지고한 자아를 가지고 있는 성진이 그 속에 휩쓸려 망각으로 빠져들 뻔한 적도 부지기수였다.

그 모든 사람들의 인격.

그 모든 사람들의 감정.

그 모든 사람들의 추억.

이루 헤아릴 수 없는 방대한 양의 정보가 여과없이 고스란히 흡수되니 제아무리 성진도 번번이 의식을 놓치기 일쑤였다. 그렇게 찾아도 세르피아의 흔적을 찾을 수 없었다. 아카식 스트림에 녹아든 기억에 따르면 영혼이 흐름을 따라 완전히 정화되기까지 약 50년의 세월이 필요하다고 했다. 그렇다면 그녀의 흔적은 여기에 있어야 한다. 성진은 그 생각에 찾고 또 찾았다. 그 방대한 기억 속에서 그녀의 흔적을 따라 영혼을 찾기란 거의 불가능에 가까운 것이라는 걸 성진도 알고 있었다.

절실함. 간절히 기원하는 마음만이 현재 성진이 가지고 있는 것의 전부였다.

어디 있는가.

그렇게 악순환의 연속이었다. 생령(生靈)이 아카식 스트림으로 진입해 간절함을 담아 무언가를 찾아가니 망자의 혼들이 그에 이끌려 온 것은 당연하였다. 그 누구는 죽은 한을 풀어달라고, 그 누구는 성진의 영화로운 빛에 이끌려, 그 누구는 그를 홀리기 위해 끝없이, 끝없이 밀려왔다.

가까스로 로딩을 마치고 나면 온몸의 힘이 빠지고 눈앞이 희미해졌다. 마스터의 정신이 지칠 정도로 고된 작업이었다. 그렇게 자고 일어나면 그가 세상을 파(破)하면서 깨달았던 깨달음의 일부가 사라지는 것을 느낀다. 모든 것을 포용하는 아카식 스트림. 그 무엇보다 지고하고 유일한 성진의 깨달음이야말로 아카식 스트림이라는 모든 것을 먹어치우는 괴물의 가장 좋은 보양식인 것이다.

그 같은 고통과 피해를 감수하고서 성진이 얻어낸 성과는 상당하였다.

첫째, 아카식 스트림은 허공록과는 달랐다.

아카식 스트림은 기본적으로 거대한 흐름이다. 허공록은 지식이라는 하나로 온 우주를 아우르지만 아카식 스트림은 세상을 지배한다. 모든 생명체가 죽으면 이 아카식 스트림으로 모여 순환하며 생전에 가지고 있던 모든 것을 배출하고 순수하게 정화된다. 이렇게 정화된 혼은 다시 어느 순간 사라진다.

둘째, 아카식 스트림은 층으로 이루어졌다.

성진이 파악한 층은 총 셋으로 성진이 들어가 볼 수 있는 층은 가장 표면에 있는 층에 불과하였다. 그 밑에 있는 층은 강력한 무언가로 보호되어 있었다.

셋째, 아카식 스트림은 진화(進化)하고 있었다.

그것은 성진의 느낌이었다. 살아 있다는 느낌. 온갖 정보를 섭취하며 점차 발달해 간다는 느낌. 심장이 박동하듯 지식을 머금어가며 커가는 존재. 문득 살아 있다고 생각하자 주위에 둘러싼 모든 것들이 살아 있는 것처럼 느껴졌다. 흡사 지구를 하나의 생명체로 여기는 가이아(Gaia) 학설처럼.

살아 있구나.

주위의 찬란한 은빛이 꿈틀거렸다. 눈앞은 찬란했다. 단백질로 이루어진 안구가 아닌 영혼을 통해 보는 진실된 세계. 세상의 가장 기초적인 시스템이자 모든 것을 이루는 바탕. 생명이 순환하고 다시 꿈꾸는 어버이.

너는 살아 있는 존재구나.

끝없이 흐르는 은빛의 기류가 성진의 몸을 휘감고 다시 퍼져 나갔다. 그 속에는 영들이 있었고 그들의 기억이 있었다. 그리고 아카식 스트림이라는 생명체의 숨결이 있었다.

성진이 손을 뻗어 만졌다. 흐름이 성진의 등을 떠밀고 발은 받들어 그 거대한 기류 속에 도도히 흘렀다. 사방에 보이는 것은 찬란한 은빛.

그리고 실같이, 구름같이 흘러 저 멀리 사라지는 시간과 지식의 강.

나도 살아 있다!

성진은 인정했다. 아카식 스트림이라는 거대한 생명체를 인정했다. 그 뜻이, 그 의지가 영혼 속에서 배어 나와 거대한 물결 속으로 흘러들었다. 그러자 아카식 스트림이 꿈틀거렸다. 거대한 기지개를 켜듯 꿈틀거렸다. 헤아릴 수 없는 긴 시간 동안 잠만 자며 호흡하던 존재가 눈을 떴다.

……!

흐름은 광풍이 되고 폭풍이 되었다. 성진의 의지가 일침이 되어 이 거대한 거인을 깨웠다. 뫼비우스의 띠 같은 형상의 흐름이 꿈틀대더니 더욱더 찬란한 은빛의 서기(瑞氣)를 뿜었다. 실로 너무나 눈부시고 아름다워 자칫 나를 잊을 것 같은 충동.
순간 이 거대한 존재는 그 몸속으로 끼어든 이질감을 발견했다. 죽어 있는 자가 아닌 육체와 이어진 영의 끈을 고스란히 간직한 존재. 이 도도한 흐름에 동화되지 않고 올곧이 자신을 느끼는 존재.
거대한 존재가 만들어내는 형형색색의 손길이 성진을 스쳐 갔다. 영은 모든 정보를 담고 있다. 이 아카식 스트림에서는 더욱더 숨길 수 없다. 숨길 수 없으니 낱낱이 드러나는 것은 당연하다.
성진은 거대한 정보를 담고 있었다. 실로 대해 같아 그 끝을 알 수가 없을 정도였다. 거대한 존재는 흥분했다. 아득한 세월 동안 쌓아온 수많은 자들의 지식과 기억보다 성진이라는 단 하나의 존재가 가진 깨달음이 더욱더 감미로웠다.

아카식 스트림은 성진을…

만졌다. 맛봤다. 들었다. 보았다. 그리고 느꼈다.

성진은 그 자신을 낱낱이 보여주었다. 찬란한 서기가 성진의 영에서 피어오르더니 아카식 스트림의 흐름을 따라 흘렀다.

느끼기 위해 아카식 스트림은 기꺼이 자신을 개방하였다. 성진이 흘린 서기가 아카식 스트림을 돌고 돌아 하나로 이어진 순간 둘은 하나가 되었다. 그것은 순간이었고 찰나였다. 아득한 세월 동안 세상의 뒤에서 묵묵히 생명의 창생사멸(蒼生死滅)의 기억을 가득 담고 지켜온 하나의 지성체와 세상에서 처음으로 그 존재가 태어난 분의 의지를 이어받은 성진이 하나가 되었다.

거대한 뫼비우스의 띠가 풀리더니 성진을 중심으로 다시 이어졌다. 성진은 ∞모양의 뫼비우스의 띠 중심부가 되어 아카식 스트림과 동화되었다. 빛은 더욱 고조되었고 무한한 공간을 찬란한 은빛으로 가득 채우기 시작하였다.

껍질이 깨지기 시작하였다. 쌓이고 쌓였던 지식들이 살이 되어 존재를 살찌웠고 흐르던 감정들이 존재의 감성을 채워 나갔다.

성진은 보았다. 그토록 오랜 세월 동안 아카식 스트림이 쌓아왔던 것을 보게 되었다.

세상은 어두웠다.

땅이 펴졌다.

하늘이 열렸다.

빛이 쏟아졌다.

동물이 뛰어다녔다.

이성체가 두 발로 섰다.

그리고… 역사가 시작되었다.


성진은 쾌감을 느꼈다. 강렬한 정사에서 느끼는 듯한 오르가즘이 그를 두들겼다. 희열과 희열. 흥분과 흥분이 만나 온통 그를 북받치게 만들었다. 이루 설명할 수 없는 감정의, 그리고 정신의 소용돌이. 성진이 느끼는 모든 것은 존재에게 돌아가 그를 살찌웠다.

성진이 보는 모든 것이 그림같이 흐른다. 그 모든 것을 간직한 흐름. 그 흐름에 성진이 손을 뻗는 순간, 존재가 눈을 떴다.


아직 때가 아니도다.

파팟!

모든 것이 부서져 나가고 원점이 되었다. 절정에서 추락한 상실감. 그 상실감에 잠시 멍해졌던 성진은 그의 앞에 유영하는 거대한 빛의 공을 볼 수 있었다. 그리고 그것을 보는 순간 성진은 그것이 아카식 스트림의 시작이요, 창생의 의지가 만들어낸 자식이라는 것을 알 수 있었다.

아버지를 이은 자. 영광의 때는 올 것이나 지금은 아니다.

말이 끝나는 순간 공이 터지며 엄청난 섬광이 아카식 스트림의 중심부에서 퍼져 나갔다. 파문이 일어나듯 섬광은 공간을 넘어 널리널리 퍼져 나갔고 그 중심부에 있던 성진 또한 빛에 휩쓸렸다.

*          *          *

창세력 제2기 8012년 12월 28일. 드리오닌 산맥.

창문에는 빛이 들어오고 있었다. 이곳은 엄밀히 따지면 모디프스의 레어. 반지하라 할 수 있는 곳이다. 한데 빛이라니. 하지만 자연을 비틀어 원하는 이적을 만들어내는 마법에 있어서 그런 것은 그리 어려운 일이 아니다. 어쨌든 들어온 빛은 자칫 어두컴컴할 수 있는 이곳을 환히 비췄다. 독서하기에는 알맞은 채광. 그녀가 각고의 노력 끝에 만들어낸 새로운 마법의 일종이었다.

샤이라는 기지개를 켰다. 온몸의 관절이 뻐근했다. 그녀는 잠시 허리를 비틀어 척추를 자극했다.

우드득.

"으윽……. 나도 늙은 모양이군."

육체적인 나이로 따져 볼 때 인체의 최전성기인 20대 초중반을 유지하는 그녀가 그런 말을 하니 곁에서 책을 읽고 있던 길리언으로서는 황당할 뿐이었다.

"……."

"얘는, 농담한 것 가지고 왜 그러니?"

멍하니 그녀를 쳐다보는 길리언의 표정에 샤이라는 발랄하게 웃으며 윙크했다. 잠시 스트레칭을 통해 근육을 풀던 그녀는 손을 휘저었다.

그녀의 손끝에서 일어난 조화가 하나의 법칙이 되었고 기존의 질서에 끼어들어 잠시 동안 변동을 일으켰다. 이렇게 생성된 마법은 바람이 되어 답답한 실험실 내의 공기를 순식간에 바꾸었다.

"흠흠. 신선한 공기는 역시 좋군. 그래, 진도는 많이 나갔니?"

하얀 가운을 벗어 옆의 의자에 건 그녀는 뒷짐을 쥔 채 살금살금 길리언에게 다가가며 물었다. 그녀의 물음에 길리언은 읽던 두꺼운 고서(古書)—제목에는 인간 기원에 관한 고찰이라고 씌어져 있었다—를 내려놓으며 쓴웃음을 지었다.

"어려워요. 문자를 해석하는 데도 머리가 핑핑 돌 지경이네요. 이걸 언제 다 볼지 정말 궁금할 지경이에요."

한숨을 내쉬듯 말하는 길리언의 눈길이 실험실 내를 휘돌고 있었다.

샤이라는 은은한 미소를 그리며 길리언의 시선을 따랐다.

실험실의 벽을 가득 메우는 것은 그 높이가 아득한 책장이요, 빽빽이 꽂혀 있는 것은 기원을 알 수 없을 정도로 아득히 오래된 책들이었다. 50피트(약 15m)에 다다를 정도로 높은 책장은 고서들의 종류별로 꽂혀 있었다. 고서마다 표지 색이 미묘하게 다르니 멀리서 본다면 하나의 거대한 벽 같아 보였다.

"그래, 나도 다 보는 데 힘들었지."

샤이라는 만족한 웃음을 지었다. 이것은 그녀의 사문(師門)에서 모아온 고서였다. 그녀를 마지막으로 끝나 버린 마도의 유파였지만 그 역사는 그 아득한 한제국 초기부터 이어져 오고 있었다. 그 오랜 시간 동안 모아온 책들이니 그 양은 까마득할 지경이었다.

하나 이것은 빙산의 일각이었다. 이것은 그녀가 모디프스의 레어에 실험실을 꾸미기 위해 일부를 골라온 것일 뿐. 모든 것은 그녀가 만들고 꾸민, 수백 년 동안 살아온 집에 있었다.

"고어(古語)를 배운 지 다섯 달도 채 안 된 아이가 그런 말로 마스터를 놀리면 벌받아요."

씨익 웃은 샤이라가 장난스럽게 길리언의 머리에 꿀밤을 먹였다. 길리언은 멋쩍은 웃음을 지으며 혀를 내밀었다.

길리언은 천재였다. 샤이라가 놀랄 정도로. 특히나 본질을 파헤치고 그것을 익혀 자신에게 응용하는 데 놀라울 정도의 재능을 보였다. 그것은 길리언이 가진 '진실의 눈' 덕분이기도 하였지만 길리언의 노력도 한몫을 하였다.

"하지만요. 전 더 많이, 더 빨리 알고 싶어요. 제가 할 수 있는 유일한 것은 이것밖에 없잖아요."

아무렇지도 않은 듯 말하지만 길리언의 얼굴에는 작은 아픔이 스쳐 갔다. 샤이라는 그런 길리언의 아픔을 안다는 듯 길리언의 머리를 쓰다듬었다.

오 개월 동안 이 작은 아이는 꽤나 커버렸다. 몇 인치는 훌쩍 커버린 키, 앳된 기가 많이 사라진 성숙된 얼굴. 이제야 제 나이에 걸맞게 커가는구나 싶었다. 하나 그것은 단순히 육체적인 성장일 뿐이었다. 길리언은 크지 못했다.

그랬다. 드골 백작의 실수에 의한 후유증인지는 몰라도 그 충격은 길리언의 마법적인 재능을 빼앗아가 버렸다. 그것은 마스터인 샤이라도 고칠 수 없는 것이었다. 모디프스가 말하기를 길리언이 지니는 본래의 무재(武才)까지도 앗아가 버렸다고 하니 오죽할까.

샤이라가 확인한, 그리고 단언한 가장 강력한 마스터 중 하나인 성진의 무예를 눈앞에 두고도 배울 수 없는 제자의 심정이란 참담할 것이다. 그러나 길리언은 실망하지 않았고 도리어 성진이 말한 깨달음의 길을 걷기 위해 책을 들었다.

"미안하구나. 내 너를 고칠 수 없음이……."

할 수 없다. 이것이 이토록 아픈 것인 줄은 전에는 몰랐다. 이때껏 마스터란 무소불위의 존재라고 생각했었다. 샤이라는 그런 자신이 마스터임에 자부심을 가졌다.

하나 이 작은 아이의 몸조차 고칠 수 없다니. 이 얼마나 부끄럽단 말인가.

"저는 샤이라님 얼굴이 더 걱정인걸요."

샤이라는 씁쓸히 웃으며 고개를 저었다. 하얗고 투명했던 그녀의 얼굴 위로 까만 주근깨와 파란 멍울이 얼룩져 있었고 탐스러웠던 파란색 머리칼도 하얗게 탈색되어 있었다. 철목의 꽃가루와 과다출혈, 그리고 잠시나마 그녀를 죽음으로 몰고 갔던 독의 후유증이었다. 하나 이것은 시간이 지난다면 치유될 수 있는 것이었다. 하나 길리언은……

"그리고요. 전 괜찮아요. 어차피 책이 더 좋거든요. 샤이라님이 이렇게 고대어를 가르쳐 주시는 게 얼마나 좋은지 모르겠어요. 아마 이런 건 스승님도 모르실걸요?"

그랬다. 따지고 보면 성진은 얼마 전까지 문맹이지 않았는가?

길리언과 샤이라는 배를 잡고 웃었다.

"그래, 그래. 이제 그만 하고, 우리 모디프스 영감이나 보러 가자꾸나. 늦게 가면 삐칠지도 모른단다."

그 말이 끝나기가 무섭게 길리언과 샤이라의 머리를 한 가닥 중후한 음성이 두들겼다.

―다 들린다네, 샤이라 이모트 양. 어린아이를 바람직하지 못한 화법으로 교육하지 말아줬으면 하는군.

"어머, 영감님께서 심히 삐치셨다고 하는구나. 자, 어서 책 내려놓고 가자."

―끄응…….

못 당하겠는지 모디프스는 저 건너편에서 신음을 흘리고 말았다. 살포시 웃은 샤이라는 길리언의 손을 잡아끌었다. 마음 같아서는 샤이라의 의견에 동조해 주고 싶지 않았지만 상황이 상황이지 않은가? 길리언은 난감한 표정을 지으며 책을 놓고는 흔들의자에서 일어섰다.

'미안해요, 모디프스님.'

길리언은 마음속으로 사죄를 했다.


샤이라와 길리언은 몇 개의 방을 지나 길고 긴 계단을 올랐다. 계단을 다 오른 둘은 갖가지 기묘한 장식품이 널려 있는 넓은 회랑을 지나 이윽고 모디프스가 쉬고 있는 심처(深處)에 도달했다.

매번 보는 광경이지만 길리언은 묘한 감동에 빠졌다. 저 거대한 육신이 금속성 비늘을 번뜩이며 고요히 호흡하는 모습. 그 길고 긴 목을 빼고 태양 같은 눈으로 두 눈 가득 지혜를 담고 자신을 바라볼 때마다 전율을 느꼈다.

길리언은 신을 믿지 않았다. 그동안 샤이라가 해준 성진의 이야기는 신에 대한 길리언이 가졌던 환상을 처절하게 깨버렸다. 스승에게 듣지 못했던 스승의 비화. 스승이 이계인인 것이며 이 세계에 막 당도하여 신과 싸웠다는, 그 믿기지 않을 이야기를 듣고는 몇 날 며칠 밤을 가슴이 두근거리는 통에 잠에 들지 못했다.


신은 전능하지 않다.


그동안 길리언이 깨달은 진리였다. 샤이라가 말하기를 용은 신이 만들지 않았단다. 용 자신들도 기억할 수 없는 아득한 옛날부터 그저 이곳에 존재했단다. 이들은 세상이 태어날 때부터 함께했었단다. 그런 지고한 혈통의 자손이니 그 모습만으로도 본질을 꿰뚫는 길리언은 벅찬 감동을 맛보았다. 샤이라는 그런 길리언을 보고는 입술을 삐죽였다.

"얘는, 또 얼었구나? 단순히 대형 도마뱀이라니까. 겁먹을 필요 없어요."

모디프스는 매번 듣는 말이지만 기분 나쁘지 않을 수 없었다. 용은 위대하지는 않다. 같은 생명체에서 좀 더 특혜를 받은 생명일 뿐. 그러나 대형 도마뱀은 결코 아니다. 결코.

그러나 그가 화를 낼 수는 없지 않는가? 이래 뵈도 그는 세상에서 가장 오래된 생명 중의 하나다. 고룡 중의 고룡, 그리하여 궁극에 다다라 마스터가 된 용이다.

―이모트 양…….

"성진은 좀 어떻죠? 깨어났나요?"

모디프스가 채 무어라고 하기도 전에 화제를 바꿔 버린 샤이라는 성진이 가부좌를 틀고 있는 곳으로 다가가며 물었다. '크르릉' 하며 커다란 한숨 소리를 내뱉은 모디프스는 눈을 감았다.

―그대로일세. 아무리 마스터라지만 그 근본은 인간일진대 벌써 삼 개월째 저러다니. 나로서는 그를 볼 때마다 즐거울 뿐이라네.

성진은 지난 삼 개월 동안 가부좌를 튼 채 명상에 잠겼다. 그 기간 동안 단 한 번도 깨어나지 않았다. 먹지도 마시지도 않았다. 심지어 배설하지도 않았다. 그럼에도 불구하고 피부가 약간 건조해지고 볼살이 조금 빠졌다는 것밖에는 없었다.

"대단하네요. 건드리지 말라는 말만 없었어도……."

때문에 성진의 머리 위로는 먼지가 하얗게 내려앉았다. 그 누구도 만지지도, 건드리지도 않았으니 말이다. 그야말로 인체의 신비였다.

인간이 삼 개월 동안 먹지도, 마시지도, 싸지도 않았다니. 어찌 보면 당연하였다. 마치 겨울잠 자듯 신진대사율이 매우 저조하였다. 심장은 몇 분에 한 번, 그것도 매우 미약할 정도로 뛰었다. 하루를 다 합해봐도 고작 300번도 박동하지 않았다.

심장은 뛰니 죽지는 않았다. 모디프스와 샤이라가 단언할 수 있는 것은 성진은 무언가를 행하고 있다는 것이다. 그 증거로 그의 몸에서 눈에 보이지 않는 영기는 끊임없이 피어올랐다.

"오늘도……."

길리언은 고개를 떨어뜨렸다. 벌써 삼 개월째다. 그동안 매번 오늘은 꼭 깨어나겠지 하고 기대했다가 실망했었다. 그러다 잠잠해졌는데요 며칠 동안은 마음의 둑이 허물어진 듯 그 실망이 더해져 오늘은 이루 말할 수 없을 지경이었다.

샤이라와 모디프스라고 뭐라 딱히 위로해 줄 수 있는 것도 아니다. 그저 그 작은 어깨만 살며시 감싸 안을 뿐. 그런 길리언의 어깨를 살포시 감싸 쥔 샤이라는 고개를 들어 모디프스를 바라보았다.

"그러고 보니 늘 당신 곁에 있는 타키안이 오늘은 보이지가 않군요."

—아쉽게도 그 아이는 조금 전 하이단이 데려갔다네.

첫날 그토록 충격적인 만남을 가졌던 타키안과 모디프스지만 그 이후로 타키안은 모디프스를 유독 따랐다. 그 거대한 위용에 겁먹지 않고, 부담 갖지 않으면서도 자연스럽게 모디프스와 교류했다.

어찌 보면 기이했다. 고작 16년밖에 살지 않는 인간 아이와 만 년에 가까운 삶을 산 고룡의 교류. 그러나 모디프스는 인간의 아이에게서 싱그러움을 발견하였고 타키안은 모디프스의 광대한 지혜를 조금씩 받을 수 있었다. 덕분에 자연에 대해, 그리고 법칙에 대해 해박해야만 하는 휘라인 교단의 법술을 이제는 능숙하게 사용할 수 있었다.

"라이트닝 계열이라면 어지간한 마도사는 제압할걸요."

타키안이 다루는 번개는 그야말로 굉장하여 최근에 하이단에게 위협을 줄 정도였다. 이래저래 따져 보면 하이단은 칼과 타키안이라는 후발 주자에게 추월당하고 있는 셈이다.

─뭐, 그 덕분에 이모트 양도 심심할 일은 없잖은가.

강해지고 싶은 것은 인간의 심리이다. 특히나 하이단이 심하다. 후발 주자에게 추월당하는 입장이니 안달이 난 하이단은 자신이 알고 있는 술식을 그녀에게 공개하여 해답을 찾고 있었다. 본래대로라면 목이 날아갈 중죄이나 하이단은 그의 교단의 술식을 너무 하찮게 봤다.

"뭐, 휘라인 교단의 술식은 괜찮더군요. 마법 연산 과정에서 참조할 게 많던데요?"

참조가 아니라 혁신이다. 왜 진작 이런 것을 알지 못했는가 한탄스러울 지경이었다. 몇백 년 동안 산맥 깊숙이 처박혀 홀로 연구한 것이 좋은 것만은 아니라는 것을 하이단이 공개한 술식을 보며 깨달았다. 진작 알았다면 그녀가 얻고자 하는 것들을 좀 더 빨리 얻을 수 있었을 것이다. 그래도 지금에서야 그런 귀중한 것을 얻었으니 다행이지 않은가?

─끌끌……. 꽤나 자존심 상했나 보군. 하지만 당연하네. 그도 그럴 것이…….

하지만 모디프스는 말을 다 할 수 없었다.

우웅—

"……!"

기이한 파동이 레어를 휘몰아쳤다. 은은하지만 강렬한 파동. 심혼을 뒤흔드는 그 파동에 두 마스터의 대화가 끊겼다. 뭔가 하고 시선을 교환하던 샤이라와 모디프스는 다시 한 번 심금을 뒤흔드는 파동에 크게 놀랐다.

"뭐지?"

샤이라가 고개를 돌렸다. 모디프스의 시선이 움직였다. 바깥에서 타키안의 머리를 쥐어박던 하이단이 화들짝 놀라 일어섰다. 눈보라 속에서 칼질하던 칼이 놀라 검을 놓쳤다. 그것은 단순히 이들에 국한된 것이 아니었다. 산맥 근처에 자생하는 모든 생명체들에게도 해당되는 것이었다.

그 모든 것이 주목했다.

       \*       \*       \*

바로 그 시각. 크라인 왕국 수도 쉬스만. 휘라인 교단.

신루(神淚)를 이용한 결계는 완성되었다. 거대한 오망성(五芒星) 끝에는 각기 신루가 봉안되어 있었다. 오망성의 끝에서 피어오르는 지고한 신의 힘은 다시 오망성의 길을 따라 꼬이고 꺾여 거대한 결계를 이루고 있었다.

세상 위에 군림하는 다섯 신의 일부분으로 이루어진 결계. 방어력과 억지력을 따져 보자면 그 어떤 것도 따를 수 없을 것이다. 그런 사실을 증명하듯 오망성은 위압감으로 가득 찼으며 강력한 영기가 폭풍처럼 회오리치고 있었다.

"놀랍군, 놀라워."

그 결계를 바라보던 다섯 인물 중 하나가 중얼거렸다. 휘라인 교단의 다섯 장로 중 한 명인 로어가 중얼거렸다. 회오리치는 영기는 그야말로 엄청났다. 조금 전에 발동한 결계는 상상을 초월할 정도의 위력을 발휘하는 것이다. 그야말로 천하를 떨게 하는 수준이었다.

헤아릴 수 없는 이 강력한 힘이 신물이 안치된 이 작은 방에 한정되어 발휘되니 놀라지 않을 수가 없는 것이다. 로이드가 그토록 단언하던 신루로 이루어진 오망성 결계는 이루 다 표현할 수 없을 정도로 경이적이었다.

"로이드 장로, 정녕 대단하시오. 본 장로는 도무지 입이 다물어지지 않는구려."

일장로 로어는 입으로 연신 '놀랍군, 놀라워'라는 말을 중얼거리며 탐스럽게 자라난 하얀 턱수염을 쓰다듬었다. 사정은 이장로 암에게도 마찬가지였다. 저 음험한 로이드의 꿍꿍이를 알 도리가 없어 처음에 반대표를 던졌지만 이제 와 눈앞의 결과를 확인하고 보니 그 자신이 부끄러워질 정도였다. 무슨 음모를 꾸미던 간에 저렇듯 무지막지한 결계로 보호해 놓았으면 결계를 설치한 장본인조차 손대지 못할 것이라는 생각마저 들었다.

다섯 개의 신루에서 뿜어져 나오는 다섯 신의 힘. 그 제각각의 힘이

각기 조화를 이루어 오망성을 타고 흘렀다.

투명한 은빛의 기둥 주위로 다섯 빛깔의 자욱한 영기가 휘돌아 기둥을 감싸니 은빛 기둥의 끝이 허물어져 다시 오망성으로 흡수되었다. 흡사 분수처럼 빛을 뿌리는 모습. 그리고 오색의 영롱한 빛들은 오망성의 끝에서 흘러나와 중앙에 놓인 신물을 연신 휘돌아 사라졌다.

중앙에 위치한 휘라인 교단의 신물과 다섯 신들의 증표가 한데 어울려 이루는 환상. 5개월에 걸친 각고의 노력이 전혀 아깝지 않은 순간이었다.

유일한 여성 장로이자 삼장로인 사이아가 로이드에게 목례를 취했다.

"고생하셨어요, 로이드님."

그 말에 로이드는 지그시 웃음을 지었다. 그러고 어찌 기쁘지 않을 것인가. 형용할 수 없는 노력과 시간을 퍼부어 이루어낸 기적, 그의 손으로 일궈낸 기적이었다.

'그래, 결계지. 결계. 아무도 손댈 수 없는……'

로이드는 주먹을 굳게 쥐었다. 솔직히 결계는 그가 만든 것이 아니었다. 그의 협력자이자 상관이라고 할 수 있는 게일의 지시에 따라 이미 2개월 전에 기본 설계가 끝났었다. 신루를 봉안하는 의식을 마친 것 또한 1개월 전. 그리고 결계를 발동시킨 것은 몇 주 전이었다.

사실상 결계로 완전히 신물이 봉해진 것은 지금으로부터 몇 주 전인 것이다. 한데 왜 지금 공개하라고 했을까.

애써 가식적으로 흥분한 모습을 꾸몄지만… 여간 힘든 것이 아니었다.

로이드의 시선이 자기도 모르게 방 안을 훑었다. 보려고 한 것이 아닌 연이은 생각이 빚어낸 행동이었다.

'신전 안에는 아무도 없다.'

일주일 전부터 왕국에서는 교단에 프리스트의 차출을 더욱더 요구하였다. 그전보다 훨씬 집요한 요구에 결국 총본산을 지키는 고위 신관들이 하나둘씩 빠져나가더니 이제는 교단을 경비하는 몇몇 사제들과 어린아이에 불과한 견습 사제만이 신전을 지키고 있었다.

'하늘을 가리는 계책이라……'

결계를 설치하던 게일이 대지의 창을 쓰다듬으며 조그맣게 중얼거린 말. 그의 귀에 들리도록 의도적으로 흘린 말인지 아니면 그도 모르게 내뱉은 말인지는 모르지만 로이드는 그 말을 항시 생각하고 있었다. 도대체 무슨 뜻일까 집무실에서 몇 날 며칠을 고민해 봤지만 해답은 나오지 않았다.

'그분의 뜻대로……'

신물을 수호하는 결계를 보며 로이드를 제외한 다른 장로들은 감회에 젖었다. 다섯 신의 힘이 수호하는 그들의 신물. 흡사 주신(主神)의 풍모와 흡사하지 않은가? 몇백 년 전 부정한 신의 존재가 절로 믿어지는 순간이었다.

하지만 그들의 감회 어린 눈빛을 보는 로이드의 눈가로 비릿한 조소가 흘러갔다.

'홀렸구나! 홀렸어!'

마법의 문외한인 어느 누가 보더라도 저것은 지키는 것이 아닌 억누르는 결계였다. 심장이 박동하듯 따스하고 부드러운 빛을 뿜어내지만 그것은 다섯 신의 힘으로 신물을 찍어 누르는, 흡사 잡아먹으려 하는 탐욕스러운 광경이었다. 성광(聖光)과 영기가 흐른다고 해서 성스러운 것은 아니다. 성스러움을 가장한 가장 저열한, 잔혹한 현장이었다. 다섯 신의 힘을 떨쳐 내는 신물이야말로 끔찍한 마물이었다.

인간은 그가 믿으려 하는 것만 본다. 그것은 머리가 좋은 자일수록 더욱더 단단히 옭아맨다. 현자(賢者)라 하는 이들이 괜히 존경받는 것이 아니다. 그들은 세상을 편견없이 바라보고 자신에게 보탬 되게 할 수 있는 이들이다. 세상이 현자라고 칭송하는 저들 장로들은 기실 그저 머리 좋은 자들에 지나지 않았다.

크으으으응―

은빛을 찬란하게 뿜어내던 신물이 돌연 기음(奇音)을 토해냈다. 그에 따라 신루에서 뿜어져 나오는 영기가 커져 갔다. 마치 서로가 감응되어 고조되듯 점차 맹렬하게 힘을 발산하기 시작했다. 그 힘이 결계를 감싸 돌더니 이윽고 밖으로 미치기 시작하였다.

드드드―

"어엇!"

지금껏 넋을 놓고 결계를 바라보던 장로들은 이 돌연한 사태에 놀라 로이드를 바라보았다. 하나 로이드도 당황하기는 마찬가지. 힘이 지나치게 방사되어 방 안이 흔들릴 정도가 된다는 이야기는 듣지 못했다. 아니, 이런 현상이 일어난다는 것조차 듣지 못했다.

전조조차 없이 이렇듯 갑작스레 이상 현상이 나타나니 제아무리 근엄한 자라도 당황하기 마련이었다. 더군다나 이 방 안은 모든 힘을 제약한다는 결계가 안배된 곳. 자칫 무너진다면 당장 죽을 판이 었다.

"그만."

순간 굉음을 뚫고 나직하지만 중후한 목소리가 방 안을 휩쓸었다. 그와 동시에 네 명의 장로가 마치 마네킹처럼 굳었다.

"무얼 그리 허둥대나."

어느 순간 로이드 곁에 게일이 서 있었다. 게일은 요동치는 결계를 보며 고요한 미소를 짓고 있었다. 연이은 사태에 잠시 말을 잃은 로이드가 겨우 정신을 차리며 물었다.

"도, 도대체 어떻게 된 것입니까?"

"자네가 할 수 있지 않았나?"

"무슨 뜻이지요?"

도저히 알 수 없는 반문이었다. 게일은 눈을 돌려 로이드를 보았다. 로이드의 눈 속에는 의문만이 잔뜩 맺혀 있을 뿐이었다. 게일은 눈을 살짝 감았다.

"아직 때가 아닌가?"

이해할 수 없는 말이다. 원래 게일이라는 마스터가 상식을 거부하는 존재라고는 하지만 연이은 사태에 이어 이런 말까지 하니 머리가 어지러워지는 것 같았다. 하늘이 뱅그르르 도는 듯한 느낌을 애써 억누른 로이드는 그제야 자신이 게일에게 예를 갖추지 않았다는 것을 깨달았다.

"실례했었습니다."

로이드는 허리를 접으며 고개를 숙였다. '쿠르릉' 소리와 함께 머리 위로 돌 가루가 떨어져 내렸지만 로이드는 이제 불안감도 사라졌다. 마스터 옆이다. 그 무엇이 걱정될까?

로이드는 다른 장로들을 힐끗 쳐다보았다. 인형이 된 듯 몸은 한 치의 미동도 없었고 심지어 눈의 깜박임조차 없었다. 피부마저 퍼렇게 변색된 것을 보니 아무것도 모르는 사람이 봤다면 시체가 서 있다고 기겁할 정도였다.

'어떻게 된 건가?'

의문이 절로 일었다. 하나 로이드는 차마 입을 뗄 수 없었다. 지금 이 순간에 무엇이 일어날지 알 수는 없지만 꽤나 중요한 것 같았다. 그렇기에 저렇듯 그가 섬기는 분의 가장 절대적인 우방 중의 한 명인 마스터가 홀연히 나타나지 않았던가.

"자네도 할 수 있네."

마치 로이드의 마음을 엿본 듯 게일이 짧게 말했다. '뭘?' 이라는 의문이 떠오름과 동시에 로이드는 크게 놀라 몸을 움찔하였다. 등 위로 식은땀이 주룩 흘러내렸다.

'마음을 읽었다!'

로이드는 지혜를 상징한다. 지혜는 온갖 것들이 있다. 좋은 것뿐이 아닌 사악한 것도 있다. 숨기는 것이 많은 로이드로서는 정말 끔찍한 일이 아닐 수 없었다.

그의 번민을 아는 것인지 게일은 작은 실소를 흘리며 대지의 창을 쓰다듬었다.

우우웅—

신기(神技)는 조용히 울음을 토해냈다. 그의 손길에 감응하듯 낮지만 잔잔한 울음.

"그래요. 당신의 연인이 깨어나고 있어요."

우우웅—

로이드는 전신에 소름이 돋았다. 신기를 어루만지며 홀로 중얼거리는 게일. 더군다나 결계에서 흘러나오는 밝은 은광이 사위를 밝히고 있었다. 짙은 갈색 피부의 게일이 은광에 물들어 이를 드러내고 하얗게 웃으니 공포로 심장이 오그라드는 것 같았다.

"로이드, 잠시 쉬세요."

게일과 눈이 마주친 순간 로이드는 눈앞이 새까매지는 것을 느끼며 그 자리에서 주저앉고 말았다. 의식 깊숙이 새겨져 있는 강령(綱領) 중 하나. 로이드의 안배였다. 말 한마디로 로이드를 잠재운 게일은 간간이 울음을 토해내는 대지의 창을 살며시 감싸 쥐었다.

"맞아요. 긴 기다림이죠."

절정을 향해 치달아가는 리듬처럼 결계는 그렇게 박동하였다. 심장의 박동 수처럼 일정한 규칙으로 점차 빨라지기 시작하더니 종래에는 강한 아크마저 튀기며 섬광이 명멸했다.

신루는 진저리 쳤다. 마치 발악하듯 그 힘을 뿜어댔고 오망성의 결계는 더욱더 집요하게 신물을 죄여댔다. 신물, 창생의 인은 마치 폭발하는 불꽃처럼 강력한 빛을 내뿜더니 어느 순간 신루의 힘들을 끌어와 펌프처럼 순환하기 시작하였다.

"시작이군요."

기이이잉—

무언가가 빠르게 진동하는 소리가 울려 퍼졌다. 아니나 다를까, 이제깟 공 같은 형상을 유지하며 은광을 뿜어내던 창생의 인이 변형되기 시작하였다. 그 순간 어디선가 다른 이의 음성이 울려 퍼졌다.

"그토록 오랜 세월의 기다림이라. 이제 그 끝을 밟게 되는구나."

은광 속에 어둠이 피어나고 그곳에 누군가가 임하였다. 게일은 어둠을 들여다보았다.

"오셨군요. 아직 제대로 각성되지 않은 건가요. 매번 만나기가 너무 번거롭군요."

"법칙을 뒤트는 것은 힘겨운 일이지. 하물며 나 같은 사이비야."

그 순간 대지의 창이 크게 울음을 토해냈다.

"허, 그렇게 말해 줘서 고마워. 나도 가끔 내가 하는 일에 회의를 느끼곤 하지. 이게 잘한 것인지. 잘못한 것인지. 과연 그 예언이 맞는 것인지. 내가 잘못 해석한 것인지."

게일은 천천히 고개를 저었다.

"카르노라는 이름은 어둠이지만 그 속에는 '재생' 이라는 뜻도 담겨 있습니다. 당신이 새로운 한 축이니 흔들리면 모든 것이 엉클어집니다."

어둠이 크게 일렁거렸다.

"하하하! 희대의 사기꾼에게 속은 것을 축하하네."

심하게 꿈틀거리던 창생의 인은 이내 ∞형상을 그리기 시작하였다. 은빛으로 빛나는 작은 광점들이 그 길을 따라 질주하였고 광점에 이끌려 신루의 영기들이 뒤틀리기 시작했다. 이제껏 창생의 인을 억누르기 위해 안간힘을 다했던 영기들이 도리어 빨려 들어가는 것이다.

그와 동시에 장내에는 정적이 퍼졌다. 여태 보였던 강력한 존재감이

나 진동, 심지어 미세한 소음마저 결계 속으로 빨려 들어가 버린 듯 고요했다.

눈으로 보이는 치열함과 들리지 않는 정적. 창생의 인은 엄청난 속도로 영기를 빨아들였다. 소용돌이치는 영기는 죄다 창생의 인을 향해 빨려 들어가 다시 은광으로 바뀌어져 튀어나왔다. 그리고 다시 빨려 들어가기를 반복. 시간이 계속될수록 눈에 보이는 것은 은광이요, 창생의 인의 흔적만이 보일 뿐이었다.

"신들이 노(怒)하겠군."

"맞아요. 잘못을 돌려받는 것이죠. 그들이 잘못한 겁니다. 이제 시작인 거예요."

대지의 창이 부드럽게 울자 게일은 나지막이 중얼거렸다. 세상은 공평했다. 성진의 힘은 함부로 거머쥘 수 없는 것. 그만큼 고통스러운 시련을 겪고, 그것을 극복했을 때 쟁취할 수 있는 위대한 힘이다.

게일은 결계를 설계하는 동안 쭉 느꼈다. 성진은 진정 존경할 만한 마스터라는 것을. 마스터로서 감당할 수 없는 힘을 가지고 그만의 길을 걷는 것.

"하늘을 뒤엎는 계책은 시작되었네. 이 무대로 본의 아니게 설 수밖에 없는 그에게 미안할 뿐."

"세상을 바로잡기 위한 겁니다. 당신은 틀리지 않았어요."

창생의 인은 이제 완연한 아카식 스트림의 형상을 띠게 되었다. 저런 형상을 띤다는 사실을 듣기는 하였지만 실지로 보지 못했던 게일은 저도 모르게 감탄사를 토해냈다. 세상을 지탱하는 기초. 그 모든 것의 시작이자 끝. 그 어떤 위대한 존재들도 온전히 도달하지 못했던 불가해(不可解)의 영역.

간접적으로나마 보는 것이지만 게일은 영혼 깊숙이 관통하는 희열에 잠시 몸을 떨어야만 했다. 영안을 통해 보여지는 저 영상은 진정 황홀하였다. 온 세상을 관통하는 지식과 진리. 끊임없이 순환하며 정화되는 영혼들.

"세르피아, 당신에게도 꼭 보여주고 싶군요."

땅을 누비는 자존심, 신기 대지의 창은 조용히 울었다.

그리고 하나가 시작되었다.

*　　　　*　　　　*

파동이 퍼진 직후 모디프스의 보금자리로 타키안과 하이단, 그리고 칼이 난입(?)했다. 칼은 크게 놀란 표정을 지으며 소리쳤다.

"뭡니까?! 이 파동은?"

"쉬잇."

칼보다 목소리가 더 큰 하이단이 이어 소리치려 하자 샤이라는 입술에 검지를 붙이며 조용히 하라는 신호를 보냈다. 조용히 안 하면?

강제로라도 입을 다물게 만들어줄 용의가 있었다. 그 점을 너무나도 잘 알고 있는 하이단이기에 목구멍까지 치솟은 외침을 겨우 삼킬 수 있었다. 그 대견한(?) 모습을 잔잔한 미소로 바라본 샤이라는 성진 쪽으로 눈길을 보냈다.

세 쌍의 눈이 성진을 향하자 샤이라는 살짝 눈웃음을 지으며 말했다.

"그가 깨어나요."

"하!"

하이단은 자기도 모르게 탄성을 지르고 말았다. 실로 오랜 기다림이었다. 너무나도 오랜 기다림이기에 마치 일 년 같았다.

'…아니, 별로 오래 안 됐나?'

순간 머리 속에서 치솟은 의문 덕분에 오랜만에 감동에 젖었던 하이단의 심정이 뒤죽박죽이 되었다. 아무래도 요즘 술식 연구를 너무 많이 한 듯했다. 애써 그 같은 생각을 지워 버린 하이단은 성진의 모습을 숨죽이며 바라보았다.

성진은 길고 긴 숨을 내쉬었다. 동면에 들어갔던 곰이 깨어나듯 성진의 첫 숨은 그렇게 길었다.

숨은 생명이다. 그리고 소모이다. 숨을 참는다는 것은, 숨을 아낀다는 것은 생을 더욱 길게 할 수 있음을 증명한다. 마스터들의 숨은 일반인들에 비해 길고도 깊었다. 특히 숨을 조절하여 내기를 쌓는 기공류를 연마했던 성진은 특하나 길고 깊었다.

삼 개월 동안 쌓였던 몸 안의 탁기(濁氣)가 첫 숨을 통해 서서히 빠져나가고 다시 들숨이 이어졌다.

대기 속에는 만물의 정기(精氣)가 담겨 있다. 들숨은 그 정기를 몸 안으로 끌어와 생명을 일구는 과정. 그래서 호흡이란 중요한 것이다. 잠에서부터 격렬한·운동까지. 구보를 하거나 산을 오를 때, 수영을 할 때도 호흡은 중요하다.

성진의 가슴이 서서히 부풀어 오르며 이내 최고조로 이르렀다. 성진은 숨을 잠시 참고는 신선한 공기 속에 담겨 있는 그 모든 정기를 몸 안으로 이끌었다. 체내의 탁기를 다시 끌어내 날숨으로 뱉어냈다.

그러기를 몇십 분. 그 모습을 본 모디프스는 생각했다.

'웨이크 트레이닝 같군.'

용은 크다. 그 크기는 지상의 두 발, 네 발 달린 모든 생물을 따져 보아도 단연 압권이다. 가장 크게 자라는 용의 경우 바다 속에 사는 큰 흰수염고래만하다. 그렇게 큰 생물이 동면을 취할 때면 체내의 심장만으로 온몸의 피를 순환시킬 수 없다. 가뜩이나 동면 시에는 심박 수가 떨어지는 것은 당연지사. 피가 굳어 어혈이 쌓이거나 혈액 공급이 안 되어 조직이 괴사할 수 있다. 동면을 취했다고 심장 위로 괴사하고 아래로 썩어 들어간다면 매우 비참할 것이다.

그래서 동면에 들기 몇 개월 전부터 용들의 혈액 속에는 산소와 혈소판의 함유량이 급증한다. 그 혈소판들은 동면과 동시에 혈관의 작은 길목에 자리잡아 판막을 형성한다. 약한 혈압에 혈액이 역류하는 것과 정체하는 것을 막아주는 역할을 한다. 혈액 속에 고농축된 산소는 혈액이 썩지 않도록, 그리고 혈관 주변의 조직들이 괴사하지 않도록 도와준다.

이렇게 판막이 형성되면 용은 길고 긴 겨울잠을 잔다. 이렇게 준비하고 자면 일어날 때도 마찬가지로 준비가 필요하다.

혈관을 가로막는 판막을 깨는 준비 작업. 그것을 웨이크 트레이닝이라고 한다. 몸집이 커다란 생물이 택한 진화의 한 과정. 그래서 자연은 위대하다.

성진은 천천히 눈을 떴다. 장내는 어두웠다. 길고 긴 시간 동안 눈을 감고 있었으니 갑작스런 빛은 시신경이 이길 수 없다. 눈을 뜬 성진은 눈을 몇 차례 깜빡이더니 이윽고 목을 천천히 움직였다. 딱딱하게 굳은 근육은 서서히, 그리고 조용하게 풀어줘야 한다. 잘못하면 근육이 찢어질 수 있다. 목에서 일어난 움직임은 어깨로, 그리고 복부로 이동했다. 움직임은 없었지만 성진은 근육을 움직여서 한껏 굳어 있는 몸을 풀고 있었다. 이윽고 흐름은 다리로 향했고 발가락에서 끝났다.

성진은 천천히 몸을 일으켰다. 허리에, 다리에 힘을 줘서 천천히 몸을 일으켰다. 땅을 짚은 손에 힘이 들어가고 무릎이 딱딱하게 굳었다. '뚜득 거리는 소리가 울리며 관절이 풀렸다.

몸을 바로 세운 성진은 천천히 손을 뻗었다. 성진은 이상하다는 듯 고개를 갸웃거렸다. 달랐다. 뭔가. 미묘하게 다른 무언가가 이상했다.

다시 한 번 허공에 주먹을 날린 성진은 손을 거두더니 조그맣게 중얼거렸다.

"역시 이상하군."

몸이 달라졌다. 힘을 뿜어낼 수 있는 한계치가 달라졌다. 오 개월 전 있었던 사건에서 얻은 깨달음과 아카식 스트림을 관통하며 얻은 무언가가 결합해 몸에 영향을 준 것 같았다. 거의 모든 것을 잊어버렸다고 생각했는데 그게 아닌가 보다. 아니면 자각하지 못했는지.

다시금 몇 번 주먹을 날렸다.

"이상해."

다시 한 번 중얼거린 성진은 이번에는 두 손을 올려 파이팅 포즈를 취했다. 힘이 느껴지지 않으나 힘을 떨칠 수 있다. 마음만 먹는다면 온 세상을 부술 수 있을 것 같으나 그렇게 할 수 없다. 없으면서도 있고, 할 수 있으면서도 없는 것. 그것을 뭐라고 하더라……?

"……."

생각이 나질 않는다.

"헛헛."

성진은 주먹을 날리며 헛웃음을 터뜨렸다. 잊었다. 잊고 말았다. 망각(忘却)을 알았다. 평생 동안 잊어본 적이 없는 그가 잊었다.

'좋은 것인가?'

잊는다는 것은 분명 좋을 수도 있고 나쁠 수도 있다. 하나 너무 많이 알고 있는 성진에게는 어쩌면 좋을 수도 있다. 도가에는 이런 말이 있다. 공(功)을 이루는 것은 좋으나 너무나 넓고 많은 공은 몸을 무겁게 한다는 말.

너무 많이 지니고 있으면 반대로 깨달을 수 없다. 버릴 때는 버려 훨훨 날아가야 한다. 등선하는 선인들은 생전의 지닌 모든 것을 버린다고 한다. 그것이 산을 허물 수 있는 공력이든 뭐든. 그토록 아끼던 것을 버리고 난 후 선계에서 뻗는 아름다운 빛을 볼 수 있다고 한다.

그렇다. 쌓인 것은 덜어내고 빈 것은 채워 넣어 평범하게 만든다. 그간 성진은 너무 높았다. 너무 높기에 낮은 곳을 볼 수 없었다. 모든 것을 알고 있다고 생각했었기에 가벼이 여겼다. 세상에 평범하지 않은 진리는 없다. 지고한 진리라도 작은 진리들이 얽히고설켜 만들어가는 사슬이다.

잊었다고는 하지만 그 속에 녹아 있다. 언제고 필요하다면 늘 그러하듯 자연스레 사용할 것이다. 작은 것도 큰 것으로 만들어갈 수 있다.

큰 것 몇 개를 품 안에 넣는 것보다 작은 것들을 모두 끌어안아 쌓는 것이 더 클 수도 있다.

세상은 그러한 것이다. 그도 그러한 것이다.

쉬익—

근육을 꼬아 가볍게 허공을 끊어 치는 기법은 아무나 할 수 없다. 어깨와 팔꿈치, 그리고 손목을 거쳐 주먹으로 이어지는 동선을 완성하기 위해서는 그만큼 오랜 수련이 필요하다. 성진은 근섬유 하나하나로 흐르지 않는, 그러나 도도히 흐르는 힘을 느꼈다. 이 힘을 어찌 사용해야 할지, 통제해야 할지를 대충이나마 감을 잡아갔다.

성진은 서서히 주먹을 거두며 천천히 숨을 내뱉었다. 몸 구석구석 쌓여 있던 찌꺼기를 모조리 뱉어내자 그제야 모든 감각이 제자리를 찾은 듯 느껴졌다. 성진은 숨을 멈추며 마지막 일권을 떨쳐 냈다. 그리고 거두었다.

극쾌(極快), 아니, 초쾌(超快)였다. 빠름을 초월했다. 도대체 주먹을 뻗었는지가 의문스럽다. 믿지 못할 정도로 빨랐기에 그 같은 사실을 인지한 것은 오직 모디프스뿐이었다.

성진은 자신을 바라보는 모두에게 말했다.

"오랜만입니다."

"……"

기가 막혀 말도 안 나온다. 무려 3개월 만에 눈을 뜬 사람의 첫마디가 그저 '오랜만입니다' 라니. 일행이 어떤 말도 꺼내지 못한 채 홀린 듯한 표정으로 성진을 보았지만 그는 개의치 않았다.

"많은 것을 알았습니다. 세르피아의 혼이 어디로 갔는지도요."

"잠깐. 그건 저희도 알아냈어요."

재빨리 샤이라가 성진의 말을 가로막았다. 뭔가 성진에게 홀린다고 느꼈기에 그 리듬을 끊은 것이다. 속된 말로 '말린다' 라고 표현해야 할 상황이었다.

의혹이 가득 담긴 성진의 시선에 입꼬리를 말아 올린 샤이라는 손을 뻗어 공간 너머에서 그녀가 원하는 것을 집어 들었다. 간단하지만 매우 어려운 과정이다. 눈을 깜빡일 작은 시간에 수많은 수식이 풀어지고 합쳐져 이루어낸 힘의 조율이 만들어낸 기적. 발전이란 성진의 전매특허가 아니었다.

그런 성진의 눈빛에 샤이라는 부끄럽다는 듯—칼의 등골로 소름이 스치는 것은 당연한 일이다—얼굴에 홍조를 띠었다.

"위기라는 망치는 사람이라는 철을 강인하게 만들죠. 그게 중요한 게 아니에요. 우리가 그 사실을 찾아낸 것은 이 고서(古書)에서예요."

샤이라의 손에는 세월이 가득 묻은 책이 들려 있었다. 제아무리 질 좋은 종이라도 수천 년을 버티기는 힘들다. 아니, 몇백 년의 세월을 견디기도 힘들다. 그만큼 책이라는 것은 관리하는 데 정성이 필요하다. 정성이 아니더라도 그에 준하는 대가가 필요하다.

"한제국 이전 시대의 고서지요. 대략 6,000년 전 것입니다."

지구에서 최초로 태동한 문명보다 더 오래됐다. 6,000년 전의 고서라니. 그 시대에도 책이 만들어진다는 게 놀랍다.

'아. 당연한 것인가?

성진은 그가 아는, 아무도 모르는 진실을 떠올렸다. 아무래도 그 사실은 천천히, 그리고 나중에 밝혀야 할 것 같았다. 성진의 상념을 알 턱이 없는 샤이라는 고서의 중간 부분을 펼치며 말을 이었다.

"고서의 중간 부분에 신이 지상에 남겼다는 신기에 대해 언급되어 있지요. 이 구절을 살펴보면… 으음……."

잠시 미간을 접으며 책을 재빨리 훑은 샤이라는 천천히 책을 읽어 내려갔다.

"신의 은총이라. 지상에 사는 모든 이들의 축복이니 신들은 그들의 자식이 가여워 신기를 내리도다. 중략하고 여기 대지의 창에 대한 언급이 있군요."

샤이라는 그 구절을 손가락으로 짚어 내려가기 시작했다.

"대지의 창은 대지모신 그랑디아께서 그들의 자식인 엘프에게 내린 무구이다. 광대한 대지의 힘을 끌어올려 적을 분쇄하는 이 무기는 사용자인 엘프에게 무한한 힘을 부여한다. 뭐, 여기까지 모두가 아는 것이고 중요한 건 여기부터죠. 여기 이 구절을 보면……."

그 순간 성진이 끼어들었다.

"그렇게 영은 대지로 돌아간다. 하나 대지의 창에 죽음을 맞이하게 된 엘프는 그 슬픔으로 말미암아 신기가 울게 된다. 신기는 영을 거두게 되고 신기가 세계수의 수액을 머금는 순간 영을 위해 새로운 육신을 만들게 된다."

"다, 당신……!"

샤이라는 크게 놀라 말까지 더듬었다. 도대체 이런 고어를 어떻게 읽을 수 있는 건가? 몇 개월 전만 해도 고어는커녕 일반적인 공용어조차 읽지 못하는 문맹이었다. 한데……?

"인간이 만들어낸 언어의 목적은 그 뜻의 전달이지요. 패턴만 일정하다면 그 진의를 꿰뚫을 수 있는 겁니다. 뭐 그런 셈이죠."

얼렁뚱땅 간단하게 말하였지만 실은 간단한 게 아니다. 언어라는 게 그렇게 간단한 것이면 수백 년 동안 고어 하나만을 붙잡고 해독에 씨름하는 고고학자는 죄다 나가 죽으라는 소리와 진배없었다. 지극히 놀라운 사실을 간단한 것으로 전락시키는 저 화법에 샤이라는 기분이 나빠졌다.

"그건 그렇게 간단하게 설명할 수 있는 게 아니잖습니까? 이걸 그렇게 유창하게 읽을 수 있는 사람은 몇 안 된다고요. 하물며 이 세상의 사람도 아닌 당신이……."

도무지 말문이 막혀서 말이 나오지 않았다. 괴사도 이런 괴사가 없다. 도대체 몇 개월 동안 명상한다고 세상 모든 진리를 그의 것으로 할 수 있을까? 말도 안 되는 소리다. 처녀가 낮잠 자다 애 뱄다는 말보다 황당한 말이다.

"그렇게 놀랄 필요 없습니다. 좀 전에 느꼈을지 모르겠지만 아카식 스트림과 잠시간 교감을 나눴어요. 많은 것을 잃고 얻었지요. 그중 일부라고 보면 될 듯하군요."

여기서 겸손을 떨어봤자 그것은 가식에 불과하다. 그것은 그도 알고 그녀도 아는 것이다. 진실은 진실로 말할 때 가장 잘 전달할 수 있는 것이다.

"전의법으로 알 수 있을까요?"

샤이라는 당당하게 말했다. 지식에 대한 갈구. 그것은 마도사로서의 당연한 본능이다. 타인이 얻은 지식을 함부로 달라는 것 자체가 어찌 보면 문제될 수 있었다. 하지만……. 성진의 난색을 보자 샤이라는 순순히 포기하고 말았다.

이것은 설명이나 글로 전할 성질의 것이 아니다. 깊은 진리와 통할 때 자연히 이르게 된다. 어찌 보면 길리언이 가진 진실을 보는 눈과 비슷하지만 보다 지고한 것이라고 할 수 있었다.

그리고 보면 마스터라는 존재들은 역시나 대단하다. 성진이 보이는 성취는 굉장한 것이다. 보통 인간들은 그토록 뛰어난 이들을 보면 가장 먼저 자괴감에 빠져든다.

나는 왜 이럴까. 내가 뭐가 부족한 걸까.

이것은 그나마 양호한 것이다. 그 같은 감정은 심화되어 질투하게 되고 이내 증오라는 감정으로 변하게 된다. 타인을 인정하지 않는 것. 그래서 타인의 뛰어난 것도 인정하지 않는 것. 인간의 가장 원초적인 본능이다. 어찌 보면 인간이라는 사회는 투기와 시기심으로 발전되고 굴러가는 기괴한 집단인 것이다.

이 같은 사실을 너무나도 잘 아는 하이단이기에, 그리고 모디프스기에 인간인 주제에 마스터에 든 이들에게 경탄할 수밖에 없었다.

"결론은 제가 알아낸 사실이 실은 글로써 전승되고 있었군요."

"그렇죠. 우리는 이 사실을 당신이 명상에 든 한 달 후에 알아냈어요. 그때부터 모디프스와 저는 생각했죠. 과연 게일이 의도한 것은 무엇일까. 사실 세계수는 고사(枯死)했어요. 그 자손이라 할 수 있는 소수의 나무만이 남쪽과 북쪽의 수해 깊숙한 곳에 자생하고 있지요. 그 나무 수액은 그리 특이한 것이 못 되죠. 그 수액을 아무리 많이 얻는다 해도 그녀의 살점 하나 만들어낼 수 없는 게 현실이죠. 그 밖에 다른 것을 추측해 보았지만 그녀의 육신을 구성한다는 것은 누구도 할 수 없는 것이죠. 즉 게일은 부활의 목적으로 대지의 창에 서려 있는 세르피아의 혼을 가져간 게 아니라는 뜻이죠. 또 하나는 게일은 다시 우리를 찾을 거라는 겁니다. 세르피아는 라디아 엘프 족의 엘븐 마스터니까요."

"맞아요. 부활이 아니죠. 게일은 올 겁니다."

성진은 순순히 고개를 끄덕였다. 잠시 동안 생각에 잠겼던 성진은 샤이라에게 물었다.

"혹시 마스터의 사명을 아십니까?"

"마스터의 사명이란 세계의 유지가 아닙니까?"

세상을 조율하는 것. 큰 변고 없이 잘 돌아가게 하는 것이 마스터가 하는 일이다. 그녀는 그렇게 깨달았고 그에 맞게 행동했다. 성진의 질문에는 또 다른 의도가 있었다.

―아니. 또 다른 사명이 있지.

그것은 모디프스의 음성이었다. 이제껏 침묵하던 고룡은 천천히 그 깊은 숨을 내쉬었다. 숨 속에 스며 나오는 뜨거운 열기와 유황 냄새. 과연 화산의 활동을 억제해 대륙이 갈라지는 것을 막아내는 용다웠다.

"다른 사명이라뇨. 세상을 조율하는 것 말고 또 다른 사명이 있다는 것인가요?"

샤이라는 고개를 들어 모디프스에게 물었다. 모디프스의 용안이 새파란 빛을 뿜었다.

―분명히 있네. 하지만 성진, 자네는 그 사실을 어떻게 알았는가. '그날'이 오기 전에는 어느 누구도 알 수 없는 사명이거늘.

성진은 알 수 없는 미소를 지어 보였다. 그 미소를 본 모디프스는 성진이 방금 전 했던 말을 기억해 냈다. 아카식 스트림과 교감이 통했다는 그의 이야기. 그 짧은 순간에 아마도 성진이 원하는 것을 알았으리라. 그것을 기억해 내자 모디프스는 남모를 탄식을 토해냈다.

시간의 흐름은 거세니 모든 것을 휩쓸지어다.

용족의 오래된 명언이다. 다른 지성체들보다 몇 배는 오래 살 수 있는 일족. 과거에 비해 많이 퇴화해 버린 일족이지만 그래도 인간이 만들어낸 역사를 굽어볼 수 있는 시간을 가진 종족이다.

"많은 것을 보고 느꼈지요. 아직 모르는 것도 많지만 대충은 감을 잡았습니다. 뭘 해야 할지 어떻게 대처해야 할지 알겠더군요. 하지만 순순히 따라줄 용의는 없습니다."

―허! 그렇지. 정해진 길이 늘 정도(正道)라 할 수 없는 법. 변화를 통한 진화. 그것이 인간이 지닌 속성이며 생명이 궁극적으로 나아가야 할 길. 세상이 바라는 것. 그래. 그런 것이지…….

모디프스는 샤이라의 정신을 향해 강력한 뜻을 던졌다.

―듣게, 마도사여. 마스터의 숨겨진 사명은 바로 문명의 단절을 막는 것이라네. 우리에게 부여된 사명은 바로 '문명의 전파'이지. 인간의 진화라는 것은 어느 정도 기반이 있어야 발전하기 마련이네. 돌을 가지고 생활하던 인간들이 불과 몇백 년 사이에 제국을 만들고 문자 체계를 완성할 수 있을 거라고 생각하나.

"……?"

—더 이상 묻지 말게나. 때가 아닌 비밀을 밝힌다는 것만으로도 이 몸은 커다란 규율을 어긴 셈이니.

그 말을 끝으로 모디프스는 긴 침묵에 잠겼다. 더 이상 물어도 대답하지 않을 뜻을 암묵적으로 보인 셈이다. 실은 모디프스가 해준 말로도 이미 많은 것을 내보였다고 할 수 있다. 영특한 그녀라면 지금 당장은 알 수 없더라도 숨겨진 조각들을 짜 맞추어 진실에 다가갈 수 있으리라.

'진실이 늘 아름다운 것은 아니지.'

잔인한 것 또한 진실이다. 그리고 마스터는 그런 잔인한 진실을 순순히 받아들일 수 있는 존재다. 적어도 그녀가 그 진실로 크게 충격받을 일은 없으리라.

의미 모호한 뜻들이 마스터들 사이로 오가는 사이 다른 평범한 이들은 알 수 없는 침묵에 빠져들어야만 했다. 침묵이 침묵을 살라먹고 서로의 숨소리만이 간간이 울려 퍼질 때 눈을 감고 있던 성진이 실소를 흘렸다.

"거참……."

성진이 어이없다는 듯 중얼거리자 모두의 얼굴로 의아한 빛이 스쳐 갔다. 그 순간 기괴한 소리가 침묵을 깼다.

꼬르르륵—

"……!"

처음에는 모두들 자신이 잘못 들은 것이 아닌가 의심했다. 설마 그 고고한 마스터가?!

꼬르르륵—

"하하! 과연 삼 개월 동안 아무것도 안 먹으니 배가 고프군요."

"푸하하하하!"

"아하하하!"

성진이 쑥스러운 듯 검지로 볼을 긁자 모두는 폭소를 터뜨리고 말았다.


잔치가 벌어졌다. 재료는 충분했다. 원하는 재료가 있으면 샤이라가 강제로 소환하여 가져오니 재료가 떨어질 리는 없었다. 칼과 하이단은 오랜 기간 동안 방랑해 왔다. 요리 솜씨가 자연 나아지지 않을 리가 없었다.

타키안과 길리언도 둘이서 얼굴을 맞대고 숙덕거리더니 의미심장한 미소를 짓고는 재료를 가지고 어디론가 갔다.

성진도 뭔가 만들어야겠다는 생각을 했다. 그러나 할 줄 아는 요리가 없었다. 인간인 이상 무언가는 먹어야겠지만 창생력을 얻고 난 후 무엇을 먹는다는 행위가 너무나도 생소하여 부모님께서 돌아가신 이후로 곡기를 거의 끊고 살았다. 그저 배고프다고 느낄 때면 편의점이나 패스트푸드점에서 사 온 햄버거 따위를 먹었었다.

그러고 보니 이곳으로 떠나올 때 통조림이나 갖은 먹을거리를 잔뜩 채워 왔었다. 어차피 다 먹지도 못할 것, 그가 가져온 것들은 여기 사람들은 먹어보지도 못한 것들일 테니 별식으로 먹으면 괜찮을 것이다.

'장기간 먹는다면 그것같이 해로운 것이 없지만……'

성진은 현대에 들어 비만을 일으키는 주원인이 바로 패스트푸드니 어쩌니 하는 생각을 머리 속에서 지워 버렸다. 어차피 이곳은 이계. 도움되지 않는 생각 따위는 일찌감치 버리는 것이 좋다.

샤이라는 성진의 옆에 조용히 다가섰다.

"흐응… 저도 뭔가 만들어야겠는데 뭐가 좋을지 모르겠군요. 우리 지고하신 마스터께서 배가 고프다 하니 뭐가 좋을까요?"

샤이라는 의미심장한 미소를 흘리며 말했다. 그런 그녀의 모습에 성진은 쓴웃음을 짓고 말았다. 그녀는 다 알고 있었다.

"글쎄요. 지난 삼 개월 동안 아무것도 먹지 못했으니 가벼운 스튜가 좋지 않을까요?"

"어머? 제가 보기에는 맛깔스러운 기름이 흐르는 티본을 통째로 구워 드려도 될 것 같은데요?"

소화 기관은 지극히 약하다. 충격이나 기아에 쉽게 약해진다. 오래 굶은 사람이 갑자기 지방을 섭취할 경우 탈이 나 탈진하거나 죽기 십 상이다. 샤이라가 그런 말을 한 의도는 따로 있었다.

"들킨 건가요?"

성진은 슬쩍 웃으며 볼을 긁었다.

"그럼 모를 거라고 생각했나요?"

성진 레벨 정도의 무력을 지닌 자라면 신체의 모든 부분을 통제한다. 비어 있는 위를 강제로 운동시켜 위 속의 공기를 소장으로 빠져나가게 하는 정도의 묘기는 쉬이 할 수 있는 것이었다.

"됐어요. 저도 오랜만에 뭔가 만들어봐야겠군요. 누군가께서 주신 여흥을 그냥 날려 버리기에는 아깝잖아요?"

사람은 언제나 긴장하며 살 수는 없다. 무엇이든 한계라는 것이 있다. 눈에 보이든 보이지 않든 말이다. 인간에게 있어서 긴장감은 강력한 스트레스. 그 무형의 충격은 유형으로 표현될 정도로 막강하다. 제 아무리 강하게 단련된 전사의 몸이라도 반복된 스트레스는 그런 전사의 몸을 좀먹는다. 그렇게 스트레스로 육신이 쇠약해지면 언젠가 부서지기 마련이다. 때문에 여흥이 필요하다. 일행에게도 지금 이 순간 반드시 필요한 것이기도 하였다.

─괜한 일은 아닐세. 언제나 시작이라는 것이 어렵지. 자연스럽게 시작하기란 그렇게 힘든 법일세. 오랜만에 나도 포식할 기회가 오는 건가?

모디프스는 즐겁다는 듯 '카르릉' 거리는 목소리를 냈다. 샤이라는 미간을 좁혔다. 저 덩치로 포식을? 도대체 얼마만한 양이 필요할까?

"용도 생명인 이상 뭔가를 먹어야 된다는 건 이해하겠는데… 우리가 준비한 양으로는 당신이 포식하기에는 좀 모자란 감이 없지 않을까요?"

─걱정이 많으면 피곤한 법일세. 황소는 뒀다가 어디에 쓰려고? 황소 세 마리면 배가 부를 지경이지.

샤이라는 고개를 끄덕였다. 저 덩치에 황소 세 마리로 만족할 수 있다는 게 넌센스이지만 말이다.

"그러고 보면 하이단이 왜 황소 네 마리를 요구했는지 이해가 가는군요."

─그 정도 눈치는 있어야 삶을 살 것 아닌가? 나라고 음식 앞에서 침만 삼킬 수는 없지.

모디프스는 인간처럼 그 커다란 눈으로 윙크하며 재치있게 대답했다.

"······."

샤이라는 말문이 막힌 듯 얼굴을 벌겋게 물들이며 입을 다물었다.

"음식이나 준비해야겠네요."

샤이라는 급히 자리를 털고 일어나며 말했다. 무안하다 보니 자리를 뜨고 싶은 것일까? 그런 샤이라의 등 뒤로 모디프스가 뜻을 건넸다.

—그렇게 하게나. 내 것은 기왕이면 큰 걸로 부탁하네.

"그런 부탁 따위 하지 마세요!"

"하하하하!"

성진은 크게 웃음을 터뜨렸다.

세 마스터의 그다지 필요하지 않은 대담이 끝나고 얼마 지나지 않아 제각기 뿔뿔이 흩어졌던 사람들이 두 손 가득 무언가를 들고는 모여들었다. 성진은 이들이 도대체 어디서 어떻게 요리했을까 하는 의문 또한 일었지만 샤이라의 설명에 납득하고 말았다.

"제각기 수련에 바쁜 터라 주방을 몇 곳에 설치했죠. 각자의 식사는 각자가. 괜찮지 않아요?"

규칙적인 생활은 분명히 이롭다. 그러나 언제나 규칙적이면 틀이 생기고 한계가 만들어진다. 정신적인 수련에 있어서 중요한 것은 바로 시간. 깊이 사색하다가 무언가 발견했을 때 깊이 빠져들 수 있는 그 순간이 가장 중요하다.

느닷없이 찾아오는 그 짧은 순간. 사람들은 그 순간 마음속에 산을 쌓고 바다를 만든다. 그것을 심결(心訣)이라 한다.

사람들은 이 심결을 하나씩 마음속에 품고 있다. 어떤 이들은 두셋씩 알아간다. 삶을 살아가면서 문득 알아가는 것, 느끼는 것, 깨닫는 것. 그 모든 것들이 어떤 형태든 뜻이 되고 마음속에 새겨지는 것이다. 그리고 그것이 쌓이다 모든 것이 엮어져 통하게 되면 더 높은 길로 나아간다. 마스터로의 길을 여는 셈이다.

"이럴 때 도움되는군요."

"그렇죠. 모두 모인 셈이니 자… 잔치를 벌여볼까요?"

말이 끝나기가 무섭게 하이단과 칼이 부리나케 어디론가 달려가더니 잘 익은 황소 통구이 네 마리를 가지고 들어왔다. 칼이 짊어지고 온 장작더미에 샤이라가 불을 붙이고 하이단이 모닥불 위에 황소를 걸쳐놓고 굽기 시작했다. 다 구워진 것이라고 하지만 이렇게 불 위에 올려놓지 않으면 쇠기름이 굳어 맛이 없어진다. 칼 또한 많이 경험해 봤기에 두 팔을 걷어붙이고 통구이를 이리저리 솜씨 좋게 굴렸다.

"모디프스님, 한번 드셔보시지요."

─흐음. 하이단, 고맙네. 향이 좋구만.

모디프스는 황소 한 마리를 앞발로 잡아 통째로 입에 넣었다. 뼈가 부러지는 '우드득' 소리가 마치 신호탄인 양 모두들 음식을 펼쳐 보이며 먹기 시작했다.

타키안과 길리언은 갖은 과일을 넣은 파이를 구웠다. 도대체 어디서 이런 요리법을 알았는지 알 수 없지만 꽤나 먹을 만했다.

샤이라는 도무지 정체를 알 수 없는 기괴한 검붉은 덩어리를 가지고 왔다. 아무도 손을 대려 하지 않자 샤이라는 강제로 칼에게 먹였고 칼은 눈물을 머금고 그것을 먹었다. 물론 그 맛은 모두의 기대에 어긋나지 않았다.

하이단과 칼이 준비한 회심작; 통구이는 한 마리만을 남겨두고 세 마리는 모디프스가 선언한 대로 그의 뱃속으로 사라졌다.

"역시나 도마뱀들이 식사하는 장면은 소름 끼쳐."

라고 투덜거렸지만 그 말에 신경 쓰는 사람은 아무도 없었다. 모두들 입가에 쇠기름과 검댕을 덕지덕지 묻히고 고기를 뜯고 있었기 때문이다. 심지어는 그렇게 투덜거렸던 샤이라조차도!

성진이 꺼내놓은 햄버거와 통조림 시리즈는 가장 압권이었다. 음식이라는 것이 원래 가공해서 먹는 거라지만 자본주의 사회에서 발전한 가공 식품은 그 정도가 더했다. 특히나 햄버거는 시장 경제의 원리가 가장 잘 적용된 식품. '보다 편하게, 보다 맛있게, 보다 잘 팔리게' 라는 모토에 걸맞게 본래의 재료 형태는 도저히 찾아볼 수 없을 정도로 가공되어 갖은 인공 조미료가 첨가된 햄버거는 인류 보편적인 맛으로 자리잡아 가는 실정이었다.

딸깍!

한 번에 깔끔하게 딸 수 있는 원터치식 스팸을 접시 위에 올려놓고는 작은 과도로 잘라내고 모닥불에 구웠다. 짭짤한 소금기와 햄 속에서 배어 나오는 고소한 기름. 역시 많이 가공된 것일수록 맛있는 것인가?

칼과 하이단은 이 특이한 맛에 경탄했고 타키안과 길리언은 성진이 건네준 햄버거를 정신없이 씹어 먹었다. 저러다가 체하면 어떡할까 하는 생각이 들 정도로 먹어댄 두 아이는 순식간에 십여 개를 해치우고는 통통하게 부풀어 오르는 배를 어루만지며 만족한 미소를 지어 보였다. 간식으로 내놓은 초콜릿과 과자류도 인기가 좋았다.

샤이라는 부드러운 미소를 지어 보이며 손을 휘저었다. 삭막한 동굴의 풍경이 바뀌며 끝없이 펼쳐진 초원의 모습이 펼쳐졌다.

하늘에는 새까만 어둠 속에 이루 헤아릴 수 없는 수많은 별들이 빛을 발하고 있었고 땅에는 차갑고도 싱그러운 대지의 바람이 초원을 달리며 머금은 은은한 흙냄새를 뿜으며 볼을 간질였다.

갑작스럽게 펼쳐진 광경이지만 누구도 당황하지 않았다. 이제는 그저 자연스럽게 받아들일 수 있었다. 칼과 길리언은 풀 위에 몸을 눕혔다. 차가운 풀잎의 감촉이 그리 나쁘지는 않았다. 칼은 작은 잎사귀를 꺾어 입에 대고는 불었다.

피리리리—

풀피리의 음률은 오래전 음유 시인들이 즐겨 불렀던 노래 중의 하나였다. 음률이 너무도 감미로워 사랑받았던 노래. 왕국의 최후의 날 최후의 결사대라 불리는 기사들과 그들을 사랑했던 레이디의 노래였다.

가늘고도 높은 풀피리 소리에 맞춰 하이단의 낮고 굵은 허밍이 이어졌다. 그 옛날 처절했던 전투는 낭만과 그리움으로 채우는 것이리라.

높고 낮음의 조화. 피리와 허밍의 화음. 그 음률에 타키안은 얼마 전부터 샤이라를 졸라 알아낸 오카리나를 꺼내 불었다.

맑고 청아한 소리가 바람결을 타고 퍼진다.

잠시 그 음률을 음미하던 샤이라는 조용히 입을 열어 노래를 불렀다.

*기사여. 나의 님이여.*
*보내겠나이다. 보내겠나이다.*

눈물로 보내겠나이다.

잔혹한 이들의 말발굽 아래서 조국을 보우하시옵소서.

당신과 보냈던 마지막 날.

당신과 보았던 밤하늘.

그 반짝이는 별과 같이 당신을 그리겠나이다.

당신과 추억한 그 모든 것들과 함께

당신을 기다리겠나이다.


샤이라가 부르는 '레이디의 별곡(別曲)'이 끝나자 칼이 '기사의 맹세'를 이어 불렀다.


레이디여. 나의 꽃이여.

기다려 주오. 기다려 주오.

피로써 지키겠나이다.

가슴 깊숙이 품은 그대의 하얀 손수건에 서린 백합의 향기.

목숨으로 지키겠나이다.

끓어오르는 이 피로

하늘에 맹세하겠나이다.


높고 낮은 목소리의 화음이 깔리며 모닥불 위로 익어가는 고기와 작게 울려 퍼지는 풀피리 소리와 낮은 허밍, 그리고 오카리나의 소리가 잔잔히 감돈다. 인적이라고는 조금도 찾아볼 수 없는 곳. 그 한가운데 밝혀진 모닥불. 주위를 둘러앉은 여섯 명의 사람과 하나의 거대한 용.

밤하늘은 조용히 눈을 감았고 초원은 귀를 기울였다.

그렇게 마지막 휴가는 끝나갔다.


기약없이 계속될 것 같았던 모디프스의 레어에서의 생활도 달갑지 않은 한 방문자로 인해 끝이 났다.

하나 어찌 보면 내심 기다리고 있었던 인물.

반갑지 않으나 반가워해야 할 방문자인 게일은 그렇게 갑작스럽게 나타났다. 그의 방문은 세 마스터에게는 당연한 것이었지만 다른 이들에게는 그렇지 않았다.

당장 하이단의 눈이 허옇게 뒤집히며 거친 욕설과 함께 길길이 날뛰기 시작했다. 하이단의 분노는 대단했다. 오죽하면 같이 눈이 뒤집혔던 칼조차 하이단의 팔뚝을 부여잡고 말렸을 정도일까. 하이단이 칼을 때려눕히고 주먹을 난무하지 않은 것이 다행이다. 아니, 좀 더 진실되게 이야기하자면 그들은 최소한의 지킬 것은 지키면서 광분했다.


마스터에게 용서란 없다.


절대적인 명제이자 진리. 그들에게 용서란 없다. 모욕 따위야 얼마든지 참을 수 있다지만 검을 들이대는 것은 용납하지 않는 것이 바로 마스터. 하이단은 그 사실을 잘 알고 있기에 입에 거품을 물며 욕설을 내뱉고 있는 것이다.

"유노의 원수! 죽여 버리겠어! 개자식! 산 채로 네놈의 살을 발라서 씹어 먹어주마! 나이를 똥구멍으로 처먹은 새끼야! 크아아아아아악!"

참다못해 질려 버린 두 아이가 두 사람을 끌어낼 때까지 지상의 온갖 욕설을 들어야만 했던 게일은 태연히 웃어 보였다.

"하하! 정말 인간들은 재미있군요. 상대방을 도발하고 모욕하는 데 많은 재주를 가지는 것 같습니다."

모욕이라면 몰라도 도발에 있어서 최강은 게일이다. 샤이라는 그리 생각했다.

─흠. 참으로 다채로운 언어의 잔치였네. 인간들의 언어는 재미있군. 단순한 조합으로 상대방을 효과적으로 도발할 수 있다면 의외로 효과적이지. 하지만 나는 '개'라는 단어와 어리다는 표현인 '새끼'가 합쳐져 만들어낸 단어가 왜 인간들의 욕이 되었는지 이해할 수가 없군.

모디프스가 게일의 말에 맞장구치며 서서히 고개를 끄덕였다. 성진은 모디프스의 진지한 의문에 친절하게 답했다.

"그것은 인간이 가지는 문화에 비롯되어 있죠. 개라는 동물은 인간에게 길들여져 있습니다. 인간에게 충직한 동물이지요. 하나 어찌 보면 야생의 자존심을 잃은 비굴한 개체이기도 합니다. 일부가 이런 개를 가지고 부정적인 뜻을 만들어냈습니다. 이 밖에도 많은 숨은 뜻들이 있지만 '개새끼'라는 뜻은 '비천한 놈', 혹은 '더러운 녀석'이라는 압축적인 뜻을 담고 있지요. 상대에게 해를 끼치는 행위가 폭력이라고 정의할 때 욕설이라는 것은 어찌 보면 효과적인 정신적 폭력이 될 수 있습니다."

─흐음. 그게 그렇게 되는 건가? 역시 욕설이라는 것도 하찮은 저질

문화지만 인간들이 살아가며 내놓은 하나의 역사적 산물이라고 할 수 있겠군.

"그렇죠. 욕은 개인의 의사 전달 능력이자 표현 능력이며 공격 능력이기도 합니다. 시대가 변하면서, 그리고 교육 수준이 향상되면서 인간의 사고의 폭이 커질수록 욕설의 뜻과 종류도 다양해졌습니다. 인간이라는 것이 아무래도 공격적인 성향을 많이 가지는 종족이다 보니 욕이라는 것도 자연 발전하기 마련이지요. 많은 욕들이 조합되고 탄생되지만 인간에게 가장 많이 쓰이는 욕설의 부류는 대체로 두 가지라고 할 수 있지요. 하나는 가장 비천한 것에 빗대어 말하는 것이고 하나는 '성(性)'에 연관 지어 표현하는 것입니다."

샤이라가 호기심을 가득 드러내며 끼어들었다.

"흐음? 성이라니요. 생식 행위를 말씀하시는 겁니까?"

레어 안은 순식간에 욕설에 대한 네 마스터 간의 토론의 장이 되어 버리고 말았다.

"……"

칼과 하이단을 끌고 레어 밖으로 내몰아 버린 두 아이는 이런 마스터들의 열띤 토론을 듣고는 현기증을 느껴야만 했다. 도대체 어떻게 된 영문인지 알 수 없었다.

서로를 아무 말 없이 마주 보던 길리언과 타키안은 작게 고개를 끄덕였다. 어차피 마스터란 불가해의 존재. 일반인의 잣대로 이해하기에는 너무나도 큰 이들이었다. 구경하기로 작심한 타키안은 자리에 털썩 주저앉았다. 길리언은 조용히 주머니에서 무언가를 꺼내어 반으로 쪼개더니 타키안에게 내밀었다.

"……."

초콜릿이었다.


얼마나 시간이 지났을까. 마침내 모디프스의 '유익한 시간이었네'
라는 말을 끝으로 토론은 끝을 맺었다. 아이들이 보기에는 쓸모없는,
그러나 네 마스터가 느끼기에는 매우 도움 되는 토론이 끝났다. 그 여
운에 들뜰 만도 하련만 네 마스터의 눈빛이 차갑게 변했다.

심상치 않은 기색.

두 아이는 자리에서 일어나 밖으로 나가 버렸다.

그제야 게일은 그가 온 목적을 밝혔다.

"그래서 요구합니다. 세르피아의 영을 찾는 대가로 이곳 모디프스의
레어에서 크라인 왕국의 수도 쉬스만까지 일직선으로 와주셨으면 하는
군요. 단, 마법적인 수단으로 이동하는 어떠한 것도 인정하지 않겠습
니다. 마법이 가미된 모든 것들로 인한 여정의 편이 또한 인정하지 않
겠습니다."

샤이라의 눈썹이 꿈틀거렸다. 요구라 했다. 자존심 상하는 말이기는
하지만 당연하다. 유리한 입장은 저들이다. 세르피아는 성진에게 있어
서 절대적으로 지켜야 할 존재. 그녀의 영을 찾는 대가로 무엇이든 할
판이었다.

샤이라 그녀도 빠질 수 있지만 빠질 수 없었다. 이미 무언가가 시작
된 듯 그녀의 이성은 끊임없이 계속적인 행동을 요구하고 있었다.

"요구치고는 특이하군요. 저는 신을 죽여달라는 조건을 내걸 줄 알
았습니다."

"신을 죽인다는 건 세상을 구성하는 한 축을 파괴하는 범죄 행위입니다. 그런 어리석은 짓을 할 리가 없지요."

성진의 담담한 말에 게일은 빙글 웃으며 대답하였다. 지금 하는 행위는 범죄 행위가 아니고? 샤이라는 애써 불쾌한 기분을 억누르며 게일에게 물었다.

"어째서 '일직선'으로 와달라는 것이지요? 텔레포트까지 배제하면서 그런 요구를 한다면 쉬스만까지 도착하는 시간이 상당히 걸립니다만."

"그래서 요구라고 하지 않았습니까. 이유는 밝히지 않는 게 당연하지요."

"크윽……!"

샤이라는 이를 갈았지만 자신을 조용히 다독이는 성진의 기운을 느끼며 애써 화를 억눌렀다. 어차피 화를 내서 해결될 일도 아니었다. 분노를 토해낸다고 모든 일이 해결된다면 그것같이 절망적인 세상이 어디 있을까.

―그렇군. 게일 자네는 이들을 전쟁터로 이끌려 하는가?

여태 눈을 감고 있던 모디프스의 뜻이 모두의 뇌리를 스쳤다. 모디프스의 눈에는 시퍼런 불길이 서려 있었다. 그것이 분노인지 아니면 의혹에 불타는 것인지 알 수는 없었다.

"알고 계셨군요. 하긴, 앉은 자리에서 대륙을 굽어보는 오연한 눈을 가지신 분이 그것조차 알지 못할 수는 없지요."

게일은 천천히 고개를 끄덕였다.

"전쟁터라니요? 그건 또 무슨 말이지요?"

그들의 이야기를 자세히 듣던 샤이라가 끼어들었다. 도무지 무슨 영문인지는 알 수 없지만 기분이 나빴다. 그녀가 무척 싫어하는 방향으로 어쩔 수 없이 끌려 다니는 상황. 그녀가 원치 않음에도 겪어야 하는 상황. 그런 상황이 또 닥칠 것 같은 느낌이었다.

─그렇군. 자네는 몇 개월 동안 연구만 해왔으니 알 턱이 없지. 현재 대륙은 크라인 왕국과 카밀 왕국을 주축으로 거대한 전쟁이 벌어지려 하네. 양국의 모든 군사력은 지금 대평원에 모여 있지. 요 근래에 인간들이 벌이는 전쟁 중 최고 규모이지.

이백만에 달하는 인간들이 모여 벌이는 전쟁이다. 단순히 병사들 수만 해도 이백만. 전쟁은 단순히 병(兵)만으로 하는 것이 아니다. 무기는 물론이요, 먹을 것과 입을 것, 그리고 잠을 잘 수 있는 천막 등이 필요하다.

보급, 즉 병참(兵站)이란 것이 매우 중요하다. 병참이 부실한 군대는 제아무리 강병이라도 쉽사리 무너졌다. 그것은 역사가 증명하고 있는 사실이었다.

병사만으로 이백만이라면 보급선을 유지하는 인원까지 합쳐서 거의 오백만에 달한다. 말이 칠백만이지 이 정도 수라면 남대륙에 거주하는 성인 남성 중 대부분이 전쟁에 참전하는 것이다.

"그런 말도 안 되는!"

샤이라는 놀라 외쳤다. 남대륙의 가장 큰 적은 고대에 있던 한제국 이래로 가장 강력한 카이나 제국이다. 그런 강력한 적을 등 뒤에 두고 이백만이라는 병력을 대평원에 모아 결전을 벌이다니. 그야말로 미친 짓이다. 더군다나 이백만이라는 병사를 먹여 살리는 보급선을 유지하기 위해서는 나라의 뿌리가 뽑힐 정도의 액수가 소모된다. 강제로 징벌한다고 하더라도 전쟁이 끝나고 나면 대규모 인플레이션이 일어나고 곧바로 경제가 무너져 내린다. 혹독한 계엄령을 선포하더라도 임시방편. 얼마 후 나라 자체가 허물어진다.

그야말로 미친 짓인 것이다.

순간 샤이라의 눈에는 들판에 가득 널려 있는 인간의 시체와 이루 헤아릴 수 없는 난민, 그리고 산맥을 타고 넘어오는 북대륙의 패자 카이나의 강력한 군대가 선했다.

전쟁을 벌여 지네들끼리 치고받는 것까지 마스터가 관여하지 않는다. 어차피 국가의 흥망성쇠에서 전쟁이란 필수. 역사가 흐르는 것을 마스터는 그저 지켜볼 뿐이었다. 하지만 지금은 다르다. 단순히 지켜보아도 앞으로 벌어질 전쟁은 남대륙, 나아가 전 대륙의 흐름을 좌우하는 대전쟁이 될 터였다. 그런 전쟁의 한복판에 성진들을 던져 넣는다는 것은 마스터를 그 구렁텅이에 떠미는 의도가 다분했다.

이백만이라는 대군의 중앙을 걸어서 지나가려는 한 인간을 가만히 놔둘 리 없었다. 수십 명이 덤비고 이윽고 수백 명이 검을 뽑아 든다.

그리고 수천 명이 모여든다. 그리고 단 한 명에게 수천 명이 전멸하는 것을 보면 이미 지휘관은 사리판별을 잃을 것이다.

믿을 수 없는 사실. 눈으로 보고도 도저히 믿지 못할 사실에 판단력이 흐려지고 광기에 불타게 된다. 손 안에 넘쳐 나는 병사들을 광풍 속에 집어 던진다. 마치 연못에 떨어진 돌처럼 일파만파로 번져 간다. 더군다나 성진이 가진 무력은 하늘을 넘어 법칙을 뚫는다. 그 무엇도 막을 수 없다. 이를 드러낸다면 이를 부숴 버리는 것이 마스터의 의지. 수백만의 군대란 결국 숫자 놀음일 뿐.

지금처럼 보이지 않는 곳이 아닌…… 전면적인 개입인 것이다.

성진의 손에 수백만 명의 생명이 증발하는 최악의 상상을 해버린 모디프스는 코로 더운 숨을 뿜어냈다. 흥분을 애써 가라앉히려는 듯 용안(龍眼)을 덮고 있던 눈꺼풀이 가늘게 떨렸다.

―정녕 규칙을 어기겠다는 말인가. 단순히 규칙이 아니다. 마스터라는 존재를 전제하는 법칙이다. 세상의 전면에 서서 영향을 줄 수 없다. 단지 바라볼 뿐. 그것이 마스터가 가지는 절대적인 맹세의 증거이다.

"그렇지요. 하지만 이미 끝이 왔습니다. 우리가 나서야 합니다."

―그래서 그렇게 얄팍한 수를 쓴 겐가? 도대체 무슨 의도인가. 카르노가 그렇게 지시하던가? 아니면 성진이 가지고 있는 창생의 인을 끌어안은 것인가!

모디프스의 물음에 게일의 얼굴이 굳어졌다. 천신만고 끝에 손에 넣은 신루. 그리고 신루로 만든 대봉인(大封印). 그렇게 은폐하려 애썼거늘 역시나 저 오연한 눈을 벗어날 수는 없었다.

"알고 계셨군요. 그렇습니다. 저희는 성공했습니다."

성공 아닌 성공. 그러나 의도하던 바를 달성했다. 그도 알고 그 힘의 원주인도 알고 있다. 게일의 시선이 성진을 향했다.

성진은 팔짱을 낀 채 눈을 감고 있었다. 게일은 순간 갈등했다. 저것은 무언의 승낙인가? 알 수 없었다. 그러나 목적을 이루기 위해서는 모디프스를 격동시켜야만 했다.

다행히도, 그리고 불행히도 모디프스는 그러한 사실을 몰랐다.

그리하여 모디프스는 격동하고 말았다. 모디프스의 거대한 눈에서 시퍼런 안광이 뿜어져 나왔다.

―정녕 시작하려는가! 말세란 인위적으로 조장할 수 없는 것! 마스터가 세상에 개입하지 않는다는 원칙을 저버리는 것인가!

용의 분노. 강력한 존재감이 피어오르더니 공기를 밀어내기 시작했다. 모디프스가 몸을 뉘고 있던 땅이 벌겋게 달아오르며 강력한 열기가 발산되었다. 강력한 기파가 모디프스의 몸에서 터져 나오더니 공동 안을 휩쓸었다. 대기가 진동하고 암벽이 흔들렸다. 뿌얀 먼지가 후두둑 떨어져 내렸다.

이제껏 볼 수 없었던 모디프스의 진정한 모습이었다.

그러나 게일은 흔들리지 않았다. 오히려 더욱 잔잔한 눈빛을 띠었다.

"그것은 몇백 년 전 한 마스터가 쉐도우 워커들에 의해 살해당했을 때부터 예견된 일입니다. 예언대로 돌아가는 것뿐, 인위적인 말세가 아닌 다가올 말세를 조금 앞당긴 것뿐입니다."

―닥쳐라!

크와와와와!

뜻과 섞인 모디프스의 분노의 외침이 입을 통해 터져 나왔다.

용은 불꽃의 화신이다. 가장 뜨거워 오히려 차가운 불꽃을 피워내는 것이 바로 엘더 드래곤. 그러한 이들의 직계 자손이 바로 모디프스이다. 모디프스야말로 세상에서 가장 뜨거운 불을 피워낼 수 있는 진정한 불꽃의 지배자였다.

화아악!

눈이 멀어버릴 빛과 함께 새파란 불꽃은 이내 백색 불꽃으로 바뀌더니 이윽고 아무것도 보이지 않았다.

극의 극! 너무나 뜨거워 빛으로도 발현되지 않는 것. 에너지가 백 퍼센트 열로 전환되면서 벌어지는 현상이었다.

성진조차 뜨거워 뒤로 주춤 물러설 정도였다. 공기를 차단한다고 되는 것이 아니다. 저 정도 열기라면 대류가 아닌 열복사를 일으킨다. 아니, 푸른 불꽃이 일으키는 열복사도 강렬하거늘 무채색의 불꽃이 일으키는 열복사는 얼마나 강할 것인가.

열복사뿐이 아니다. 몇만 도라는 온도까지 올라가면 물질이 분해되어 이온화하여 플라즈마가 된다.

또한 플라즈마뿐인가? 저 정도 열이 발생되면 그 열원에서 극초단파를 비롯하여 방사선이 뿜어져 나온다. 여러모로 생명체에게는 치명적인 것이다.

다행히 그 엄청난 불꽃을 만들어낸 모디프스는 불꽃을 삼켜 뿜어내지 않았지만 만일 발현시킬 시 레어 안은 물론이요, 반경 몇백 미터는 순식간에 용암으로 변할 터였다.

"그만!"

샤이라의 눈이 시퍼렇게 물들더니 앞으로 내민 두 손이 새하얗게 변하였다. 주위의 에너지가 무시무시한 속도로 밀려 나가며 기온이 떨어지기 시작했다.

극저온(極低溫). 주먹만하지만 영하 250에 달하는 냉기의 집적체를 만들어낸 샤이라는 흉흉한 안광을 뿜어내며 외쳤다.

"그만! 그만 하세요. 당사자는 영문도 모르는 판국에 이 무슨 짓입니까! 예언이라고 했습니까? 말세라고 했습니까? 법칙이라고 했습니까? 모디프스! 당신은 마스터들을 인도하는 인도자이자 모든 것들을 두루 살피는 오연한 눈이며 가운데를 지키는 중간자! 냉정해지세요!"

새하얗게 빛나는 구슬이 풀리더니 냉기가 살짝 빠져나오며 레어 안에 휘몰아치는 열기를 잠재웠다. 온 레어 안에 퍼지는 냉기를 느끼며 모디프스는 눈을 감았다. 크르렁거리는 숨소리로 여러 번 심호흡을 한 모디프스는 다시 눈을 떴다.

샤이라는 그 눈을 보며 한숨을 내쉬듯 말을 내뱉었다.

"이제 당신이 할 일은 하나. 우리에게 무슨 일인지 설명하는 겁니다."

모디프스의 입 안에 타오르는 불꽃은 애초에 없었다는 듯 사라졌다. 그의 눈 속에 타오르던 푸른 불꽃 또한 사그라졌다.

―미안하군, 이모트 양. 내 잠시 실수했군. 하지만 또 미안하다는 말밖에는 할 수가 없군. 모든 것을 설명할 수 없네. 무슨 일이 일어난 것인지도 말할 수 없네.

"무슨 뜻입니까?! 설명할 수 없다는 것으로 모든 것을 회피하려 하지 마십시오. 그것이 당신의 의무입니까?"

―그렇네. 내 의무일세.

"……."

샤이라는 숨을 몰아쉬며 분을 삭이고 말았다. 의무라 하니 어떤 수단을 써도 입을 열 수 없다는 뜻. 설사 존재가 소멸되더라도 결코 밝히지 않을 것이다. 그래서 더욱 화가 났다. 무엇이기에 저리도 모디프스가 필사적이란 말인가.

"모디프스. 그녀는 원하고 있습니다. 아니, 그녀뿐만이 아닙니다. 당신의 외침을 들었을 모든 이들이 원하고 있습니다."

용이 토해낸 포효는 단순히 소리가 아니다. 뜻과 소리가 동시에 담겨 있는 것. 특하나 모디프스 정도이면 그와 비슷한 레벨의 지성체는 그의 포효를 들었을 것이다.

─……!

그가 지닌 오연한 눈으로 세상을 바라보지 않아도 느낄 수 있었다. 마스터만이 빛나는 또 하나의 세상은 그의 별을 주목하고 있었다.

─…….

모디프스는 가슴 깊숙한 곳에서 저미어지는 통증을 느꼈다. 실로 오랜만이었다. 본래 용의 수명은 이천 년이다. 하나 그의 육신의 나이는 일만 살에 달한다. 무려 다섯 배가 넘는 기나긴 시간 동안 살아왔다.

인간들보다 월등한 육신. 마스터로 거듭나며 그의 육신은 영생을 보장했다. 더 이상 늙지도 아프지도 않는다. 아득한 옛날 느꼈던 통증이 지금 덧없이 찾아왔다.

'늙은 것인가.'

순간 일만 년의 세월이 주마등처럼 흘러갔다. 지성을 갖추지 못했던 아주 어린 시절부터 힘을 깨달아가며 느꼈던 희열. 수많은 인간들이 태어나고 살아가며 죽어가는 광경. 인간들이 세상 끝까지 닿을 것만 같은 영화로운 대제국을 세웠으며 탐욕과 광기로 무너져 가는 것을 보았다. 그들이 엮어가는 역사를 지켜보았다.

창세력 2기가 시작하기 전부터 살아온 마스터. 마스터들의 지주이자 산 증인인 사람이 바로 그였다.

─게일. 원하는 것을 말해 보게.

마스터들의 뜻이 모아져 하나를 이루게 되면 그것 또한 운명이 되고 순리가 된다. 아니, 어쩌면 단 하나의 목적을 이루기 위해 순리는 그렇게 가능성을 엮어가는지도 몰랐다.

이제껏 넘쳐 나는 분노와 슬픔 따위는 찾아볼 수 없었던 모디프스의 잔잔한 뜻이 체념이라는 것을 모를 리 없는 마스터들이었다. 그리고 그 뜻이 퍼지는 순간 게일의 가슴도 동시에 무너졌다. 아니, 무너지려 하였다. 모디프스는 게일의 스승이었다. 그를 마스터로의 길로 이끌어 준 스승.

강해져야 한다. 독해져야 한다. 악당이 되어야 한다. 그렇게 힘들거든 너 자신을 포기해라.

카르노와 다짐했던 말. 맹세. 게일은 무너지려는 가슴을 독기로 억눌렀다. 죽을 각오로 온 걸음이었다. 그토록 괴로웠던 길이었다. 하나 이루려는 것이 있기에 했던 걸음. 후회는 없다. 그리고 게일의 입은 천천히 그가, 카르노가 원했던 것을 전했다.

"'선언'을 원합니다."

─그래, 그렇겠지. 그래야지. 그래야 법칙이 움직이지.

모디프스는 천천히 고개를 끄덕였다. 모디프스는 고개를 돌려 샤이라를 내려다보았다.

　—샤이라. 이제 진실에 접근할 때가 되었군.

　그것은 그녀뿐만 아닌 모든 마스터에게 해당하는 말이었다.

　"……!"

　샤이라는 모디프스의 뜻 속에서 알 수 없는 위압감을 느꼈다. 아니, 어쩌면 숙명이라 부르는 것일지도.

　모디프스는 목을 쭉 빼더니 뒷다리에 힘을 주고 천천히 몸을 일으켰다. 지난 수천 년간 화산 작용을 억제하며 꿈쩍도 않았던 모디프스가 움직였다. 그 움직임의 무게를 아는 샤이라는 순간 숨을 멈췄다.

　—성진, 부탁하네.

　"알겠습니다."

　무엇을 부탁하는 것인지 말하지 않았으나 성진은 알 수 있었다. 성진은 모디프스가 몸을 뺀 공터 안으로 걸음을 옮겼다.

　단단하지만 뜨거운 대지. 그리고 저 밑에는 강력한 힘을 머금은 마그마덩어리가 꿈틀거리고 있었다.

　대자연의 힘. 줄(J)로 따지면 수천억을 넘어 경에 다다를 정도의 막대한 에너지였다. 대륙을 단숨에 둘로 쪼갤 만한 에너지를 머금은 마그마를 모디프스는 이루 헤아릴 수 없는 시간 동안 억눌러 왔다. 수천 년 동안 오직 생명을 위해, 대륙을 살아가는 모든 생물들을 위해 그 자신을 희생해 왔다. 그의 강인함은, 그리고 그의 강력함은 실로 경이적이었다.

　모디프스는 그의 의무를 행하기 위해 몸을 일으켰다. 대륙을 둘로 쪼갤 만한 이 막강한 폭탄은 잠시라도 고삐를 늦출 수 없기에 그 임무를 잠시나마 성진에게 맡기는 것이다. 이 정도 에너지를 제어할 만한 인물은 이 중에서 오직 그밖에 없었다.

성진은 천천히 숨을 고르며 천천히 힘을 개방했다. 아니, 개방이기보다는 집중이며 합일(合一)이었다. 성진이 뜻을 일으키자 그 모든 것이 동조하였다.

산맥 주위를 흐르던 창생력이 거센 흐름이 되어 빗살처럼 성진에게 모여들었다. 모여든 창생력은 성진의 의지에 따라 가늘고 촘촘한 실이 되어 사방으로 뻗어나갔다. 바람에 풀린 실타래처럼 창생력은 보이지 않지만 분명히 존재하는 세상의 그물에 스며들었다.

세상을 구성하는 가장 강대한 축의 하나인 인과율. 그 인과율에서 뻗어 나온 그물. 성겨 보이지만 지극히 촘촘하여 그 무엇도 벗어날 수 없다는 하늘의 그물. 그 그물 속에 성진은 손을 뻗었다.

"허!"

게일은 크게 놀라 헛바람을 들이켰다. 무언가에 집중하는 성진에게서 느껴지는 강대한 의지. 그 끝을 알 수 없는 정신력.

힘이란 물을 수용하기 위해서는 육신이라는 그릇이 필요하다. 또한 그 그릇을 제대로 써먹기 위해서는 그에 따른 정신력이 필요하다.

마스터란 육신은 그릇으로서 극에 다다른 것이다. 비록 그 형태나 빛깔이 제각각일지언정 힘을 담는다는 의미에서는 가히 절정이라고 표현해도 좋을 정도였다. 그릇이라는 조건이 같다면 마스터가 지닌 힘의 우열을 가리는 것은 바로 정신력이었다.

게일이 기겁하고 놀라는 것도 당연했다. 보지 않은 지 불과 몇 달밖에는 되지 않았으나 지금 느껴지는 성진의 정신력은 실로 막강하였다.

마치 거대한 산 같아, 그 끝을 알 수 없는 바다 같아 암담해 보이기까지 했다. 그 짧은 시간에 저 정도의 의지를 갖추다니……. 도무지 끝을 알 수 없는 성진의 능력에 게일은 그저 놀라울 따름이었다.

'도대체 끝은 어디인가.'

기겁할 정도로 놀란 게일과 달리 성진은 상당히 만족했다. 지난 세 달 동안의 명상은 그에게 많은 것을 가져다주었다.

그가 여행 중에 얻었던 모든 것과 다크 엘프로 각성된 세르피아와 싸우면서 깨달은 심결, 그리고 꽁꽁 얼었던 마음이 풀리며 느꼈던 따스한 감정들과 그가 알고 있던 것을 잊으며 얻은 망각의 오의(奧義). 잊으면서 얻었다는 것이 모순적이기는 하지만 실지로 얻었다. 진리란 때로는 모순이기 때문이다.

그 밖의 많은 것들을 소화하면서 그는 그가 실로 큰 것을 지녔다는 것을 깨달았다. 너무나 크기에 짐작도 못하여 사용하지 못했던 수많은 것들. 성진은 이제 그가 지닌 많은 것들을 하나하나 재정립하였다. 이것도 그것 중의 하나.

성진은 한 걸음을 옮겼다. 그러자 그의 몸이 세상의 제약에 벗어나 새로운 법칙의 경계에 걸쳐졌다. 이쪽과 저쪽으로밖에 표현할 수 없는 세상 사이 속으로 몸을 던졌다.

성진은 주위를 둘러보았다. 그의 눈은 또 다른 것을 보고 있었다. 그 누구도 볼 수 없는 것. 그러나 그만이 볼 수 있는 그것.

에너지의 흐름이었다. 세상을 둘러싸는 보이지 않는 그물은 그에게 많은 것을 보여주었다. 하찮은 미물의 호흡부터 세상을 움직이는 거대한 시간의 강까지. 그 많은 것을 한꺼번에 보기에는 아직 성진의 능력으로는 무리지만 최소한 그가 원하는 것은 볼 수 있었다.

샤이라의 호흡에서 흘러나온 따스한 열기가 허공에 떠돌다 작은 실 같은 에너지의 흐름에 휩쓸렸다. 눈앞을 무수히 흐르는 에너지의 흐름.

백(白)과 은(銀). 지극히 투명하고 맑아 스스로 빛이 나는 듯한 흐름이 식물을 거치기도 하고 생명체의 힘차게 박동하는 심장을 통해 강하게 분출되기도 한다. 세상 모든 것에 공평한 것. 에너지는 높은 곳에서 낮은 곳으로 세상 모든 곳을 두루 채워간다.

에너지가 구성하는 거대한 강은 그러한 에너지의 흐름을 충실히 반영한다. 마치 물처럼 자연스럽게 낮은 곳을 채워가는 것. 한 치의 거스름도 없이, 한 치의 광포함도 없이 그렇게 자연스럽게 모든 것을 공평하게 만든다.

현대 물리학에서 주장하는 '엔트로피 증가의 법칙'이 그러한 것이다. 우주는 언젠가는 열 평형에 도달하여 모든 종류의 에너지가 분자의 불규칙적인 열 운동으로 변하여, 열의 종말, 즉 우주의 종말에 도달하게 될 것이라는 결론의 법칙.

그러나 우주는 그러한 면에서 또한 공평하다. 자연스럽게 하려는 것이 있으면 역행하는 것 또한 있는 법. 세상에 선과 악이 있듯이 엔트로피가 한정없이 증가하라는 절대적인 법도 없다.

세상을 받드는 법칙은 관대하다. 가끔 법칙을 풀어 역행하기도 한다. 그가 가끔 행하는 이적은 엔트로피라는 절대적인 명제를 정면으로 처부순다. 현대 물리학이 인류가 쌓아온 최고의 학문이라고 하지만 지극한 것은 아니었다. 현대의 뛰어난 학문을 바탕으로 재구성한 창생력이 발전하며 성진은 인간이 쌓은 학문이 절대적이지 않다는 것을 깨달았다.

성진은 실같이 엮어져 모든 것을 통해 흐르는 에너지의 흐름을 따라갔다. 실은 엮어져 작은 개천이 되어 산맥의 기복을 타고 세상에 흘러들었다. 때로는 대지에 파고들어 지하로 흘러들기도 하고 지표를 통해 마치 활화산처럼 분출되기도 하였다.

성진의 눈은 더욱 넓은 곳을 보았다. 공간을 무수히 가로지르는 힘의 강을 보았다. 박동하는 세계. 그리고 질주하는 세계. 숨 쉬는 공간. 에너지의 강(江)은, 힘의 강은 이러한 세상의 핏줄이자 호흡이다.

그의 눈은 이제 지하를 들여다보았다. 대륙의 중심부 저 깊은 곳에 엄청난 에너지가 오도 가도 못하고 갇혀 있었다. 자유를 찾아 갈구하려는 듯 시뻘겋게 달아오른 마그마는 계속 요동치려 하였다.

모디프스의 힘이 지금껏 마그마의 힘을 억제하고 있었다고 하지만 마스터의 힘이 대자연의 힘을 결코 압도할 수는 없다. 가끔 그의 한계를 벗어나는 힘들이 분출되어 그 피해가 지상으로 미쳤다.

흔히들 몇백 년 만에 한 번씩 몰아닥치는 대지진이 그것이다. 그렇게라도 초과한 힘을 해소했으니 지금껏 모디프스가 버텼으리라.

그냥 몇천 년 전에 폭발하도록 놔두었으면 이 지경까지는 오지 않았을 것이다. 하나 모디프스가 그 점을 모를 리 없다. 그도 그 나름대로의 사정이 있었을 것이다. 성진은 그렇게 생각하기로 했다.

에너지의 흐름을, 천계의 그물을 볼 수 있다 함은 만질 수도 있다는 뜻이다. 성진의 강력한 의지는 그러한 흐름을 조작할 수 있었다. 하나 하늘의 흐름은 지극히 안정되어 한곳이 일그러지면 그 끝에 닿은 무언가가 무너져 내린다. 마치 한 치의 오차도 없이 돌아가는 정교한 톱니바퀴로 이루어진 거대한 세계. 그것이 지금 성진이 밟고 있는 세계였다.

'그러나 살아 있지.'

말 그대로다. 강대한 에너지가 수십 개의 지류로 흐르며 맥동하며 숨 쉰다. 만일 성진이 그중 한 가닥의 흐름을 움직여도 결국은 다른 흐름이 만들어진다. 물론 오랜 시간이 흐른 뒤지만 말이다.

마그마란 상당한 열에너지를 머금은 용융 물질이다. 돌들이 녹아 흐르는 뜨거운 물질. 그것에서 열에너지만을 빼앗는다면 어찌 될까. 당장 딱딱한 돌, 화산암으로 바뀔 것이다.

성진은 저 강대한 마그마의 힘을 자연스레 해소하기를 원했다. 자연의 필요에 의해 뭉쳐진 저 마그마는 마치 에너지의 호수 같았다. 들어가는 에너지의 강은 굵지만 나오는 에너지의 흐름은 개천 같아 지극히 적다.

들어오고 나가는 양이 평행하지 않으니 엄청난 에너지가 쌓인 것이다.

'어떻게 할까?'

모디프스가 어떤 생각으로 폭발을 억눌렀는지 알 수 없다. 때문에 그도 저 막대한 에너지를 어느 한쪽으로 흘려버려 안정된 상태로 만들 수 없었다. 그렇게 하려고 마음먹었다면 그뿐만 아니라 모디프스도 쉬이 행했을 것이다.

성진은 가장 간단한 방법을 행하기로 했다.

성진은 창생의 인을 원했다. 그러자 저 멀리 무언가에 가로막혀 희미하게 느껴지던 창생의 인이 맥동하며 공간을 뛰어넘어 그의 앞에 현신했다.

그만이 볼 수 있고, 그만이 만질 수 있는 이 공간 아래 창생의 인이 모습을 드러냈다. 언제나 느낄 수 있었고 숨 쉬었지만 실지로 만질 수 없었던 인장. 그의 것이었지만 마음의 거리낌 때문에 가져올 수 없었던 그만의 것. 하얗고 맑은 빛을 뿜어내는 창생의 인. 푸르고 흰 창생력을 뿜어내며 실로 오랜만에 그의 앞에 모습을 드러냈다.

'많이 바뀌었군.'

창생의 인은 형상이 없다. 형상이 없다는 것은 곧 무한(無限)을 의미한다. 형상을 가졌다는 것은 한계, 제약을 만든다는 것이다. 지금 그가 보고 있는 창생의 인도 형상을 가졌다. 아카식 스트림처럼 무한의 궤도를 그리며 끊임없이 순환하는 모습. 창생의 인이 머금은 신성이 많이 희미해져 있었다.

'재미있는 게 붙었군.'

창생력이 뿜어져 나오는 것을 가로막으려는 힘. 다섯 빛깔의 힘들이 오망성을 이루며 창생의 인을 억누르려 하였다.

자세히 보니 신루의 힘이다. 이 세계를 관장하는 다섯 신의 힘이 집약된 힘의 결정체. 밝힐 수 없는 진실을 밝히자면 그것은 작은 문(門)이다. 신의 힘을 지상에 직접 발현시키기 위해 만들어놓은 그들만의 눈속임. 그것은 아름다운 전설과 빛깔로 꾸며 지상의 인간에게 선물한 것.

—재미있는 것을 붙여놓았군요.

성진은 게일에게 뜻을 보내며 살짝 미소를 지었다. 게일의 얼굴에 순간 의아함이 어렸다. 그런 그의 머리 속으로 지금 성진이 보고 있는 영상이 떠올랐다.

가슴이 철렁했다. 그가 행한 것. 그리고 카르노가 행한 것. 그 결과물이다. 게일의 조마조마한 마음과는 달리 성진은 그것으로 게일에게서 눈을 떼었다.

창생의 인을 휘감는 오망성을 보며 성진은 잠시 고민에 빠졌다. 공간 저편으로 느껴지는 카르노의 힘은 만만치 않다. 힘은 정신에 비례한다. 그 정도 힘을 갖추고 있는 자라면 격조 높은 지성을 지녔을 것이다. 저렇게 허술하다 못해 유치한 것으로 창생의 인을 억누르려는 노력은 하지도 않을 것이다. 뭔가 생각이 있었을 것이다.

당장 잡아 뜯어버릴까 하는 생각을 했던 성진은 그들의 행위를 눈감아주었다. 힘을 사용하기에 아무런 불편함이 없으니 말이다.

성진은 창생의 인의 한 귀퉁이를 풀어 마그마를 감싸기 시작했다. 마치 누에가 고치를 짜듯 창생의 인에서 뿜어져 나오는 하얀 실 같은 에너지는 1,200도를 넘나드는 광포한 자연의 괴수를 옥죄었다.

말은 길었으나 일은 순식간이었다. 아무도 알지 못하는 사이에 놀라운 이적을 행한 성진은 모디프스에게 말했다.

"다 끝났습니다."

그렇지 않아도 그도 느끼고 있던 참이었다. 생소한 힘이 지하에서 발현되더니 마그마를 억눌렀다는 것을. 눈빛으로 감사를 표한 모디프스는 천천히 기세를 높여갔다.

대기가 진동했다. 세상에서 가장 오래 산 자의 권능이 그의 영혼 깊은 곳에서 깨어나 기지개를 켰다.

크오오오!

―나 원한다!


용의 포효와 함께 모디프스의 몸에서 뿜어져 나오는 강렬한 열기가 그의 표피 위로 머물렀다. 열은 전파한다. 끝없이 낮은 곳으로 퍼져 가는 것이 열. 에너지다. 밖으로 나아가지 못하니 안으로 파고들 수밖에 없다. 곧이어 모디프스의 금속성 비늘이 새빨갛게 달아오르기 시작했다. 비늘의 본래 색깔인 암록색이 달아올라 뻘건 빛을 뿜어내기 시작했다.


크와아라라라!

―지금 이 자리! 이 순간!


용은 생물이다. 전혀 새로운 체계의 생명이 아닌 이상 동물은 단백질로 구성되어 있다. 단백질은 섭씨 40도에 달하면 파괴되기 시작한다. 제아무리 열에 견디는 내열 구조가 있더라 하더라도 열은 단백질에 있어서 치명적이다. 열을 제어한다는 것과 견디는 것은 분명히 차이가 있다. 때문에 성진이 보기에도 모디프스가 지금 행하는 것은 자살 행위와 같았다. 그 막대한 열량으로 몸을 달구다니! 그러나 모디프스는 기세를 멈추지 않았다. 도리어 더 더욱 높여 시뻘겋게 달아오른 비늘이 점차 하얗게 백열(白熱)하기 시작했다.

그리고 어느 순간 모디프스에게서 뿜어져 나오는 새하얀 빛이 주변의 공간을 잠식하기 시작했다. 종이에 잉크가 번지듯 하얀 빛은 공간을 새하얗게 물들이며 모두를 감싸갔다.

속박(束縛).

세상을 휘감는 권능. 법칙이 모디프스에게 부여한, 그리고 그가 깨달은 권능. 그 속박은 지극히 강해 법칙마저 잠시 묶어둘 수 있었다. 모디프스가 행하려는 선언은 그만큼 강력한 힘을 필요로 한다. 세상이 꿰뚫릴 만큼, 정지할 만큼.

─멈춰라!

모디프스가 내뿜는 강렬한 파장이 공간을 넘어 퍼져 나가자 태초에 약속되었던 한 가지 법칙이 움직였다. 지금껏 자고 있었던, 세상이 창조된 다음 다섯 손가락으로 셀 수 있을 만큼만 움직였던 단 하나의 법칙이 눈을 떴다.

바람이 멈췄다. 부서지던 파도와 흩날리던 물방울이 정지했다. 쉴 새 없이 흐르는 시간의 강이 그 흐름을 잠시 뒤틀었다. 세상에서 끊임 없이 증가하는 엔트로피가 움직임을 멈췄다. 세상이 멈췄다.

그 멈춤 속에 선택된 자들은, 약속된 자들은 또 하나의 빛을 보았다. 하얗게 잠식된 공간에 모디프스와 게일, 성진과 샤이라가 서 있었다. 저편에서 또 다른 이들이 걸어나왔다.

백색의 공간 속에서도 짙고 어두운 기운을 풍기는 사람과 금발 머리

의 날카로운 인상을 품은 중년인, 그리고 굵고 짙은 수염이 얼굴에 가
득한 드워프. 짙은 갈색 피부로 작지만 커다란 발바닥을 가지고 있는,
이제는 거의 멸종당한 하플링. 그리고…

'세르피아!'

순간 성진의 눈이 크게 흔들렸다.

그녀! 어떻게 그녀가? 순간 성진은 이해했다. 이곳은 전능(全能),
전지(全知)의 공간. 세월의 흐름 속에 아카식 스트림에서 녹아난 지식
의 총아가 묻혀 있는 곳이다. 한 세상의 모든 것들이 잠들어 있는 곳이
다.

세르피아는 마스터로서 이곳에 도달했다. 그녀는 이제 마스터였
다.

'세르피아.'

소리 내어 불러보고 싶었지만 그녀는 그를 보고 있지 않았다. 다른
이들도 마찬가지였다. 하늘을 수놓은 아카식 스트림의 강대한 흐름을
보고 있을 뿐. 신을 초월하는 강력한 정신력을 지닌 성진만이 그 마력
과 같은 매혹에서 올곧은 정신을 유지하고 있었다.

—오라! 보아라! 이제 선언하니!

쿠르르릉.

소리는 없다. 기세였다. 모디프스의 세상을 뒤덮을 만한 강력한 뜻
이 공간을 흔들자 발을 딛고 있던 새하얀 공간에서 일곱 개의 거대한
기둥이 끝도 알 수 없을 만큼 높이 치솟았다. 암회색의 금속성 빛을 발
하는 기둥은 하늘 끝까지 닿은 듯 그곳에서 눈부신 빛을 피워 올렸다.
일곱 개의 기둥에서 피워 오른 일곱의 빛깔이 무지개가 되어 하늘을

덮었다.

세상은 정지하고 시간이 뒤틀린 그 작은 틈바구니에서 마스터들만의 공간이 8,000여 년이 넘은 시간을 초월하여 출현했다.

―모든 이들은 임하라!

그러자 시간의 흐름 속에 몸을 맡겼던 마스터들이 하나둘씩 모습을 드러냈다. 지난 8,000년 동안 깨달은 이들이 그와 그녀와 모두의 주위로 나타났다. 각자의 깨달음 탓인지 그들은 미묘하지만 다른 빛을 뿜고 있었다. 만류귀종(萬流歸宗)이라고 하지만 궁극(窮極)에 이르는 진리란 여러 가지다. 또 궁극도 여러 가지이다.

―재미있지 않습니까.

누군가 성진에게 말을 걸어왔다. 성진은 고개를 돌렸다. 다른 이들과 전혀 다른, 그래서 검을 빛을 띠는 기운을 뿜어내는 인물이 그를 보았다.

어두운 기운에 파묻혀 얼굴을 제대로 볼 수 없지만 성진은 개의치 않았다. 어차피 껍데기란 바꾸면 그만이다. 외형은 중요하지 않다. 중요한 것은 본질. 영혼이다.

―당신이 카르노군요.

성진은 낯선 그의 기운을 느꼈다. 데스 마스터라 칭하며 아카식 스트림에 떠돌아다니는 공포감 따위하고는 거리가 멀었다. 그가 느낀 네거티브 플레인이 흘리는 특유의 기운도 느껴지지가 않았다.

―그렇습니다.

검은 기운이 휘몰아치더니 다시 그의 주위에서 고고히 흘렀다. 하얀 김이 천천히 흩날리듯 검은 기운 또한 그렇게 그의 몸을 감돌았다.

―당신은 다르군요.

그는 지배되지 않았다. 강력한 마력을 지닌 아카식 스트림의 매혹에서 그 자신을 지키고 있었다. 성진과 같이 극에 극을 넘는 지극한 정신력도 갖추지 않았거늘 그는 올곧았다. 성진의 의아함을 읽었는지 그는 성진의 물음에 답했다.

―저는 다른 식으로 깨달은 이니까요.

그 순간 성진의 눈빛이 달라졌다. 성진의 정신은 카르노의 속으로. 그리고 카르노의 정신은 성진의 속으로 뛰어들었다.

성진은 광대한 암흑을 보았다. 수많은 악념(惡念)에서 더욱더 어둡고 그리하여 더욱 순수한 어둠. 악이라는 역경을 헤치며 순수를 더욱 강하게 만든다. 만마(萬魔)를 지배하는 자. 그것이 카르노였다.

―……!

카르노는 아무것도 볼 수 없었다. 그러나 느낄 수 있었다. 끝이 없다. 무한(無限)하여 그의 역량으로는 잴 수 없었다. 그는 전율하였다.

네거티브 플레인이란 개념 자체가 성진에게는 없었다. 이곳에 와서 처음 보았고 느꼈다. 그 같은 차원을 통해 깨달음을 얻는다는 것이 얼마나 지난하고 희귀한 것인지 알 수 없었다. 모든 것을 통찰하는 눈을 지닌 성진조차 카르노의 깨달음을 파악할 수 없었다. 알 수 없다는 것만으로도 카르노는 대단한 자였다.

카르노의 뜻과 성진의 뜻이 일치하자 순간 그들의 정신 사이에 강력한 링크가 생겼다. 사슬처럼 이어진 그 링크 속으로 그들의 정신이 교환되기 시작하였다.

―칼과 하이단에게서 본 기운이 당신의 것이로군요.

―감사합니다. 그들은 성공한 케이스이지요.

―역행(逆行)입니까?

―개척이라고 해두지요.

아무리 그들만의 링크가 생겼다고 하지만 이곳은 마스터들의 공간이다. 뜻이든 의지든 몇십, 몇백 배가 증폭되어 주위로 퍼져 나간다. 그들의 대화에 흥미를 느낀 마스터들이 하나둘씩 모여들기 시작했다.

저 높은 곳에서 의식을 주관하던 모디프스마저 의식을 중단한 채 그들을 내려다보고 있었다.

기묘한 압박감. 백의 마스터들이 그들을 보고 있었다. 지난 9,000년간 존재했던 모든 마스터들이 그들의 뜻에 귀를 기울이고 있었다.

―죽음을 깨달은 자여. 그 이야기가 진실인가?

농부의 복장을 한 이가 홀연히 나타나 물었다. 주위에 서 있던 많은 수의 마스터가 그를 알아보고는 목례를 취했다. 꽤나 명망있는 듯 보였다.

―바로스, 오랜만이군.

―그렇군요, 모디프스님. 2,000년 만인가요?

―벌써 그렇게 되었나……

모디프스 다음으로 오랜 시간 동안 존재했던 마스터였다.

농부. 대지를 일구며 책을 벗 삼아 지내다 불현듯 자연의 목소리를 듣게 되었다는 이. 그가 바로 바로스다.

―그건 그렇고 이자의 이야기가 흥미롭군요.

―나도 놀랐다네. 무혼(無魂)의 생명이라니.

노 소울 인 라이프(No Soul In Life).

약자로 NSIL. 영혼을 가지지 않으면서도 활동할 수 있는 생명체. 모든 이들은 영혼을 가지고 있다. 여기서부터 중요한 명제가 생겨났다.

과연 영혼이 없이도 생명이 존재할 수 있는가.

이 과제에 수많은 마도사들이 도전하였다. 결과는 참혹했다. 생체 실험에 의해 태어난 생명체는 생명이 아닌 고깃덩어리였다. 영혼이 거세된 존재는 곧바로 죽어버렸다. 몇몇 진보한 자들에 의해 생명 활동이 가능한 생명체가 태어났지만 어찌 된 영문인지 곧바로 부패해 가기 시작하였다.

이 과제에 대해 수천 년 동안 수많은 이들이 연구하였지만 어느 누구도 성공할 수 없었다. 무분별한 실험에 의해 폐해가 급증하자 대륙 마도학회에서는 곧바로 이 실험에 대한 모든 자료를 폐기하고 실험자들을 이단으로 몰아 처형하였다.

당연한 결과였다. 마도사들은 모르는, 그리고 몰라야 할 진실이기에 마스터들은 가르쳐 주지 않았다.

영혼이란 생명을 숨 쉬게 하는 기틀이자 아카식 스트림을 지탱하는 근원이다. 죽은 자의 영혼에 스며든 영체가 강력한 원심력에 의해 분리될 때 쏟아내는 에너지가 바로 아카식 스트림이 구동할 수 있는 주된 동력이다. 영혼은 세상의 기둥이자 작지만 중요한 요소. 세상의 근원이라 할 수 있는 아카식 스트림이 무너지면 '다른 대안이 없는 한' 세상은 멸망하게 된다.

그것을 카르노가 해낸 것이다. '선언'으로 인한 말세에 비할 수 없는 큰 사태인 것이다.

―어떻게 해낸 것인가.

―극에 이르는 네크로맨시. 법칙이란 순리와 역리가 엉켜 이루어진 산물 아닙니까.

카르노는 웃어 보였다. 일렁이는 흑기(黑氣)가 묘한 조화를 이루었다. 바로스는 그에게 뜻 모를 눈빛을 던졌다. 카르노는 말없이 그를 보기만 하였다. 고개를 끄덕인 바로스는 하늘로 시선을 돌렸다.

―모디프스님. 선언이란 다수에 해당하는 마스터들의 동의가 필요한 줄로 압니다.

―맞네.

―그렇다면 저는 찬성합니다.

가벼운 충격이 장내를 휩쓸었다. 말세는 세상에 던지는 심판이다. 시기는 시간이, 결정은 마스터가, 그리고 관리자가 심판한다. 시간이란 요소는 어떻게든 지연시킬 수 있지만 결정이 떨어지고 나면 그 뒤는 신들의 몫이다. 그들 마음대로 되는 것이다.

바로스는 동요하는 마스터들을 향해 한마디 던졌다.

―저들이 예언의 주인공이네.

―저들이? 아……!

―가벼움!

―무거움!

마스터들의 시선이 성진과 카르노를 향했다. 이제껏 보였던 의혹이 아닌 환희와 기쁨. 도무지 알 수 없었다.

―예언……?

성진이 의문을 가지자 사방에서 그 의문을 풀어주기 위한 정보가 밀려들었다. 순간 성진은 이해하였다. 예언이라 함은 그가 고대의 도시, 비탄이 잠긴 대지에서 보았던 그 예언을 말했다. 한데 그것을 그들이 어찌 아는 것인가.

―그렇군.

―그렇지!

―찬성입니다.

―찬성이오.

―찬성하는 바입니다.

바로스를 기점으로 사방에서 찬성이 메아리쳤다. 그런 그들의 결정에 카르노는 당연하다는 듯 고개를 끄덕였다. 그런 카르노를 향해 바로스는 뜻을 던졌다.

―뭐든지 시작되려면 무대가 필요하겠지. 우리가 그 무대를 열어주겠네. 하지만 자네가 당연히 주연이 될 수 없을 걸세. 무슨 의도인지, 앞으로 어떻게 될지 알 수 없지. 예언이란 달리 해석되는 모호한 것. 잘해보시게나.

예나 지금이나 음모를 꾸미는 자가 좋게 보일 리 없다. 선언할 시간은 진작 도래했지만 지금껏 미루었던 모디프스를 움직이게 만든 이가 어찌 믿음직스러울 수 있겠는가.

―훗. 지켜보십시오.

바로스는 의미심장한 미소를 지었다. 성진은 카르노의 의식에 적의(敵意)를 담아 던졌다.

　—당신이 뭘 하는지 알 수 없습니다. 다만 어떻게 되어가는지 느낄 수 있지요. 웬만한 것은 그대로 따르지요. 당신의 계획이 그다지 나쁠 것은 없다고 느끼고 있으니까요. 하지만 그녀를 가지고 장난치는 것은 결코 용납할 수 없습니다. …정도껏 하십시오.

　경고였다. 아무런 조치도 없이 이제껏 보이지 않는 손, 카르노에 의해 이리저리 끌려 다녔지만 지금부터는 그럴 의사가 없었다. 그가 하는 일이 비정상이니만큼 중간에 부숴 버려도 그에게 큰 해가 될 것은 없었다. 물론 부숴 버려서 맞이할 미래에 대해 어렴풋이 느끼기에 가만히 있었다. 필요하다고 느꼈기에, 변화가 필요하다고 생각했기에 참고 있었다. 그다지 오래 생활하지는 않았지만 성진은 절실히 느끼고 있었다.

　확실히 세상은 정체되어 있었다.

　—…….

　솔직히 지금껏 성진을 압도한다거나 제압할 수 있다고 생각한 적은 없었다. 그가 마련한 계획에서 성진은 가장 큰 변수 중에 하나였다. 하나 내심 그는 그 변수를 어느 정도 컨트롤할 수 있다고 생각했다. 그러나 아니었다. 변수는 재앙이 될 수도 있었다. 그것도 끔찍한.

　성진은 아이의 놀이에 같이 놀아주는… 괴물이었다.

　카르노는 조용히 물러갔다. 그러나 더 일이 재미있게 돌아간다고 생각했다. 목표란 힘들수록 성취감이 높기 때문이었다. 카르노는 제약된 범위 안에 최대한 움직이리라 생각했다.

성진은 생각했다. 길고도 짧은 만남. 어찌 보면 아득할 만큼 긴 만남
이었다. 짧은 시간이었지만 서로가 서로에 대해 알기에는 부족함이 없
는 시간. 성진은 그에게서 묘한 동질감을 느꼈다.

―집중하여라!

모디프스가 이들의 대화를 읽었는지 아니면 행하는 의식의 수순인
지 알 수는 없지만 그 같은 강렬한 뜻을 퍼뜨렸다. 과연 그의 말마따나
하늘을 수놓는 칠색(七色)의 빛이 모디프스의 몸을 휘감기 시작하였다.

일곱의 빛이 섞이면 백색이 된다. 파장이 겹치고 겹쳐 가장 순수한
흰색을 띠게 된다. 모디프스의 몸이 하얗게 물들더니 이차 빅뱅(Big
Bang)을 일으켰다.


선언한다.

모든 이들은 들어라.

지식의 전수자, 문명의 전파자. 선택받은 이.


법칙 속에 잠들었던 맹약이 깨어나며 순수한 정보가 사념이 되어 공
간을 휩쓸었다.


파괴는 새로운 창조를 위한 법칙.

부족한 창조를 위해.

그대들은 택하여라.


정보는 말이었고 글이었으며 영상이었다. 그리고 가장 순수한 의

지였다. 어린아이라 할지라도 인지할 수 있는 가장 순수한 형태의 것.

다섯의 지키는 자들.
스트림의 수문장 이듑의 계약에 따라.
세상을 정화할지니.

기묘한 도시와 기묘한 피부 색을 가진 사람들 머리 위로 박쥐 날개를 단, 그리고 새의 날개를 단 흉측하고도 아름다운 이들이 입가에 선혈을 묻히고는 불을 피워 올렸다. 순간 세상이 불바다가 되었다. 자욱하게 피어오른 연기. 대지를 가득 메운 온갖 종류의 생물. 이윽고 터지는 섬광. 쓸려 나가는 모든 것들. 엄청난 열을 동반한 폭풍이 모든 것을 휘몰아쳤다.

아카식 스트림의 법칙에 따라.
종말을 선언하니.
이제 그 때를 맞이하여.
하늘을 가로지르는 뻐꾸기가 되리라.
세상을 위해, 세상을 위해.
보아라. 걸어라. 날아라.
그리하여 택하여라.

헐벗고 굶주린 사람들의 앞에 신인(神人)이 나타났다. 문자를 가르

쳐 주었으며 농업을 전수하였다. 그들의 손 앞에 바위가 부서지고 폭
포가 끊어졌다. 개화된 사람들은 그들을 칭송하고 부러워했다.

사람들 손에 다시 건물이 세워지고 군대가 조직되었다. 대륙이 정복
되고 이윽고 국가가 세워졌다.


주문과 같은 기나긴 말이 끝나자 그들이 존재하는 새하얀 공간으로
강력한 에너지가 모이더니 하늘 높이 보이는 아카식 스트림 중심부로
날아갔다. 흐름이 다시 빨라지고 거칠어졌다. 빛은 소용돌이치고 포효
하였다.

두 번째 파동이 모여들며 거대한 빛을 만들어냈다. 거대한 빛의 기
둥이 은하(銀河)처럼 빛나는 아카식 스트림의 중심부를 꿰뚫더니 거센
빛의 폭풍을 터뜨렸다.

폭풍이 온 공간을 휩쓸더니 마스터들을 가로질렀다. 폭풍 속에 담긴
뜻은 태고의 법칙이 담긴 뜻이자 의지. 그리고 그들이 걸었던 대지 이
전의 마스터들이 완성하였던 뜻이 담겨 있었다.

빛은 더 더욱 거세게 몰아쳤다. 세상을 휩쓸 듯. 공간을 휩쓸 듯.


세상은 하얗게 물들었다.


성진은 눈을 깜빡였다. 하얗던 잔상이 사라졌고 그제야 모든 것이
시야 속으로 들어왔다. 머리 속에 회오리치던 많은 양의 정보들이 차
곡차곡 정리되면서 머리가 맑아지는 것을 느꼈다.

"아……."

한숨 같은 탄성과 함께 샤이라도 눈을 떴다. 몽롱한 눈으로 잠시 동안 허공을 바라보던 그녀는 머리를 감싸 쥐었다.

"선언이 이런 것일 줄은……. 생명이 이렇게 덧없는 줄은 정말 몰랐어요."

선언으로 비롯한 말세는 진정 잔인했다. 시간의 흐름이 때를 알리고 그 때를 마스터들이 인정한다. 마침내 신이라 불리는 다섯 관리자의 손발이 지상에 강림하여 모든 것을 불태운다. 살아 움직이는 그 모든 것.

멸망은 한순간이며 몇백 년 동안 진행된다. 인간들이 모여 있는 도시를 멸하고 마을들을 쓸어간다. 하나하나가 죽을 때까지 살행(殺行)은 계속된다.

그 가운데 마스터가 할 일은 특이성을 지닌 유전 형질을 확보하는 것이다. 다시 시작될 문명을 존속시킬 새로운 종족. 그리고 새로운 문자 체계를 만든다.

말과 글은 정신과 연관된다. 어떤 문자 체계가 확립되냐에 따라 그들의 습관과 사고방식이 달리된다. 그 밖에 문명이 발전할 수 있는 기틀은 거의 마스터의 손에서 창조된다.

불타 버린 대지 위에 쏟아지는 몇십 일 동안의 폭우. 세상이 정화되고 나면 비로소 새로운 해가 시작되는 것이다.

"이렇게 된 이상 최선을 다해야겠지요."

세상에는 수많은 사람들이 있다. 새로운 세상에 어울릴 만한 이들. 그런 이들을 구하는 것이 마스터들이 할 일.

"당장 떠나겠습니다."

샤이라는 그렇게 말하고는 몸을 돌렸다. 발걸음을 옮기려는 순간 샤이라는 뒤를 돌아보았다.

"당신이 얼마나 큰일을 저질렀는지 이제야 알겠습니다. 선대 마스터들이 어찌해 찬성했는지 도무지 이해할 수 없지만 나만은 당신을 용서하지 않을 것입니다. 결코."

평온한 어조와는 달리 그녀의 눈은 시퍼런 빛을 뿜어내고 있었다. 한기. 게일은 담담히 웃었다.

"게일, 당신의 뜻대로 하지요. 약속은 지키겠습니다. 수도 쉬스만에 도착하지요. 시일은 관계없습니까?"

"언제든 상관없습니다."

"알겠습니다. 아, 한 가지 받았으면 하는 게 있군요."

성진의 눈가가 좁혀지며 싸늘한 빛이 뿜어졌다.

분노는 또 다른 의지다. 의지의 강력한 표출이라 해도 옳을 것이다. 세르피아를 잃었던 지난 시간 동안 쌓였던 분노가 의지의 검이 되어 게일에게 작렬하였다.

성진이 가지는 의지의 검은 상대의 의지를 부수어 물질적으로 파괴한다. 마스터의 육신을, 영혼을 이루는 구속력, 항마력은 아주 강력하다. 그리고 성진의 검은 그 항마력을 부수고는 영혼을 갉아 끊어버렸다. 의지의 검은 게일의 왼팔을 분쇄했다.

"……!"

파파팍.

미처 무슨 일인가 파악하기도 전에 게일의 왼팔이 불같이 뜨거워지면서 허공으로 먼지가 되어 사라져 버렸다. 미처 파악도, 대비할 틈도 없었다. 게일은 크게 놀랐으나 그 놀람 바로 뒤에는 고통이 기다리고 있었다.

"크윽!"

아픔은 참을 수 있다. 하나 영혼의 아픔은 참을 수 없다. 그렇기에 게일은 자기도 모르게 비명을 토해낸 것이다.

"재생할 수 없겠지요?"

성진은 사늘히 웃었다. 결코 재생할 수 없을 것이다. 육신의 기억, 생의 모든 것이라 할 수 있는 영혼에서 왼팔이라는 기억을 부숴 버렸다. 게일의 영혼은 왼팔이 없었으며 앞으로도 없게 된 것이다. 단지 그의 뇌가 지니고 있는 기억만이 왼팔을 기억할 뿐.

"으으윽……."

영혼이 다치는 경험은 결코 흔한 게 아니다. 그리고 참을 수도 없는 것. 게일의 안색은 창백하게 변했다. 고통을 참기 위해 입술을 세게 깨문 탓인지 입가로 짙은 선혈이 흘러내렸다.

"카르노에게 전하십시오. 이것은 당신으로 인해 선언된 말세의 날이 말하는 힘의 논리. 가장 강한 자가 모든 것을 설명하는 법칙. 단 하나만이 그 모든 것을 지배하는 법칙에 근거하여 선언합니다."

성진의 눈빛이 심유해지며 엄청난 위압감이 퍼져 나갔다. 그 누구도 따라올 수 없는 신성이 그의 영혼 깊은 곳에서 분노를 타고 피어올랐다. 대기가 요동치고 자연이 떨었다. 가장 강력하고도 잔혹한 뜻. 분노라는 단 하나의 감정만이 지금 이 순간 모든 것을 지배하였다.

"내가 쉬스만에 도착한 날. 절망시켜 드리지요. 당신이 창생의 인에 부린 수작이 '선언'을 통해 무슨 뜻인지 확실히 알겠습니다. 당신이 말하는 대의, 도리 따위는 더 이상 신경 쓰지 않겠습니다. 나는 이제 내 갈 길을 걷겠습니다. 세르피아를 가지고 농간을 부릴 시에 는!"

성진의 눈동자가 유리알처럼 투명해졌다.

"깨끗하게 해드리지요. 이 세상마저도."

"크윽……."

성진의 영혼은 억겁의 시련을 이겨내고 단신으로 네거티브 플레인의 마수를 쳐부수며 엄청나게 단련되었다. 그 같은 이가 세상에 어디 있으랴! 약육강식의 법칙이 모든 것을 지배하는 말세가 도래한 이상 성진은 그 법칙을 철저히 따르기로 결심했다. 성진은 더 이상 망설이지 않겠다고 결심하였다.

그 강렬한 존재감에 약해진 영이 충격을 입었는지 게일의 입으로 새하얀 빛이 감도는 피가 터져 나왔다. 영혼의 피. 광혈(光血)이었다.

"나는, 우리는… 옳습니다."

"그래요. 당신은 옳겠죠. 하지만 나에게는 옳지 않습니다. 말로 해서 안 될 때는 무력이지요. 그렇게 신봉하는 무력의 잔혹함을 알려 드리겠습니다."

샤이라는 마른침을 꿀꺽 삼켰다. 성진에게 저런 면모가 있으리라고는 생각 못했다. 하나 그녀도 모르는 사실이 있었으니 저것이 바로 성진의 진실된 모습이었다. 성진의 성격은 결코 좋은 편이 아니다. 마스터이기 이전에 인간 성진이 가지는 성격은 받은 대로 돌려주는 것. 어이없이 당하는 것은 결코 취미가 아니었다.

그것을 모르고 한계를 넘어버렸으니 성진의 분노가 하늘을 찌르는 것은 당연하였다.

게일은 무언가 잘못되었다고 생각했다. 한데 그 잘못이라는 것이 무엇인지 도무지 알 수 없었다. 게일은 치열이 역력한 입술을 다시 한 번 깨물었다.

피가 배어 나왔다.


게일은 돌아갔다. 그의 모습을 끝까지 지켜본 샤이라는 크게 웃으며 말했다.

"잘했어요! 속이 다 시원하네요!"

"그렇습니까?"

성진은 쓸쓸한 미소를 지었다. 그는 생각을 바꿨다. 그가 세웠던 결심을 부정하고 새로운 결심을 세웠다. 어떻게 하는지 끝까지 지켜보겠다는 뜻을 버리고 말았다.

"어차피 인과율이 바뀌었으니……."

성진은 작게 중얼거렸다. 그만큼 선언은 충격적이었다. 선언으로 인해 인과율이 바뀌었다. 성진이 힘을 남용한다고 하여 그 반대되는 급부가 나타나는 것은 사라졌다. 힘이 미치는 그대로. 원하는 그대로. 다시 말하면 마스터들의 힘이 전면에 나서는 순간이었다.

마스터들은 정해진 룰 안에서 움직이는 최강의 존재이다. 정해진 룰이 바뀌었으니 행동이 바뀐다. 샤이라의 태도도 그러하다. 게일에 의해 갖은 수모를 겪었으면서도 최소한의 예우는 갖추었다. 상황이 뒤바뀌어 그녀도 게일에게 그러한 대우를 받을 수도 있기에.

룰이 바뀌었다면 그 바뀐 룰에 따라 뜻하는 바를 바꿔야 했다. 우유

부단하게 행동했다가는 어떠한 결과를 가져올지 모른다. 앞길이 캄캄하다면 단호한 결단으로 마음먹은 길을 걸어야 한다. 지금이 바로 그때이다.

"모디프스는 모든 것을 알고 계십니까?"

보이지 않는 하늘을 우러러보고 있던 모디프스는 그 굵은 목을 움직여 그를 내려다보았다.

─나라고 모든 것을 알 수는 없네. 다른 마스터들도 모든 것을 알 수 없지. 각자의 능력에 맞게, 그리고 알고 있는 것에 맞게 그 공간에서 공정히 정보가 분배되지. 그리고 그에 맞게 사명이 부여되네. 아마도 그녀는 자신의 사명을 이루기 위해 그대를 따를 것 같네만.

그런 것 같았다. 그녀가 어떤 사명을 부여받았는지 알 수 없지만 여행의 채비를 갖춘다는 것은 성진을 따르겠다는 말이다.

물어볼 수는 없었다. 그것은 마스터의 존엄과 연결되는 문제. 그 사명을 이루는 데 다른 마스터와 다툼이 있을지 몰랐다. 때문에 사명을 이루기 위해서는 힘이 필요하다. 거대한 흐름에 회귀해 버린 역대 마스터들 중 대다수는 흐름 속에 지켜볼 것이나 의욕적인 일부는 흐름에서 벗어나 지상에 다시 돌아왔을지도 모른다. 그녀와 다른 사명을 지닌 마스터들이 있을 것이다. 약육강식이라는 법칙이 실행된 지금, 마스터 사이의 존엄이 사라진 지금 힘만이 최선이었다.

"아, 그러고 보니 말입니다. 참 재미있는 걸 해놓으셨더군요."

성진의 눈이 완만한 곡선을 그렸다. 모디프스의 세로로 찢어진 홍채가 좁혀졌다. 기분이 좋을 때 나타나는 버릇이었다.

─눈치 챘군. 내가 모든 것을 다 이뤄주리라 생각하면 오산일세. 나

도 한 가지 수를 가지고 있지. 그 누구도 몰랐거늘. 당연하지. 이 몸이 수천 년에 걸쳐 만든 계략인데. 언젠가 이런 날이 올 줄 알았네. 당연히 대비해야지. 그러는 자네도 재미있는 것을 준비했더군.

"아. 어쩌다 보니 그리되었지요. 지금 생각해 보면 참 잘한 것 같습니다."

선언을 이루는 데에는 막대한 에너지가 필요하다. 말세를 대비하여 아카식 스트림의 새로운 탈피이자 진화가 이루어지기 위해서이다. 그 에너지를 조달하기 위해 행성이 잔뜩 품고 있는 에너지를 이용한다. 유동하는 에너지. 그 흐름이 차원을 넘어 아카식 스트림으로 연결되면 아카식 스트림은 거센 흐름을 이끌어내며 맥동한다.

사실 모디프스는 이런 날을 준비했었다. 선언을 조금이라도 미루기 위해 산맥 깊숙이 자리잡은 마그마 에너지를 대륙 분열을 막는다는 이름 아래 억압하고 계속 모아왔다. 원래 순리를 따르는 것이 마스터다. 그냥 폭발시켜 버렸으면 화산 하나 폭발하고 말았을 것이다.

그런 에너지를 수천 년간 모아오니 자못 거대한 에너지가 되었다. 성진이 계산해 보니 이 마그마 에너지를 제외한 행성 자체의 유동 에너지는 아카식 스트림 구동에 미치지 못했다.

─나 말고는 아무도 선언을 본 적이 없으니 이게 정상적인지 비정상적인지 알 턱이 없을 걸세. 그나저나 창생의 인으로 마그마 에너지를 억압해 버리다니. 나중에 카르노가 눈치 채면 꽤나 황당하겠어.

"남의 힘을 멋대로 쓰려 한 대가라고 해두지요. 뭐, 대가는 이자를 쳐서 받을 겁니다."

레어는 바빠졌다. 네 마스터의 화합에 밖으로 밀려났던 칼들도 분주히 여행을 준비하는 샤이라의 모습에 눈이 휘둥그레졌다.

"갑자기 뭡니까?"

칼은 무언가 알 수 없는 것을—여행에는 하등 도움이 안 돼 보이는—잔뜩 모아놓는 샤이라의 어깨에 손을 올리며 물었다.

"떠나는 거예요. 목적지는 크라인 왕국 수도 쉬스만. 목적은 세르피아의 영혼 회수. 방법은 일직선으로 걸어서."

그녀의 속사포 같은 말에 칼은 잠시 정신이 멍해지는 것을 느꼈다. 그것은 다른 이들에게도 마찬가지였다. 근데 뭔가 황당한 말을 들은 것 같았다. 에? 걸어서? 여기서? 그리고 그것은 다른 이들에게도 해당하는 것이었다.

"…여기는 드리오닌 산맥인데?"

길리언이 천천히 입을 열었다.

"해발… 25,000피트인데?"

그리고 타키안이 친절하게 덧붙였다.

영하 20도에 산소는 극히 희박. 막말로 나가면 숨 막혀 동태가 되는 동네다. 산을 내려가면 다가오는 곳은 몬스터 천국. 수천 년 동안 우거진 원시림 속에는 온갖 몬스터들이 서식하고 있었다. 그런 곳에서 걸어서 내려가자고?

순간 칼과 하이단의 눈빛이 교차하며 둘의 생각이 일치되었다.

'미쳤다!'

하지만 그 말을 입 밖에 낼 만한 '만용'은 최소한 하이단에게는 없었다. 그도 어지간히 험난한 인생을 살아왔고 나름대로 눈치가 있다고 자부했다. 하지만 칼은 아니었다.

"이런 곳에서 걸어 내려가자고요? 진심이오?"

칼은 황당하듯 외쳤다. 샤이라는 새삼스럽게 왜 그러냐는 눈빛을 띠었다.

"왜 그래요? 마스터가 둘이나 있다고요. 죽기나 하겠어요?"

그런 문제가 아니었다. 몬스터 따위의 소소한 문제가 아니었다! 도저히 자존심상 말 못할 문제였다! 칼은 어떻게든 필사적으로 이유를 만들어내기 위해 머리를 굴렸다.

"자, 잠깐. 그게 가당키나 합니까? 하이단과 저야 그렇다 치고 길리언과 타키안은 어쩌자고요? 그 애들은 아직 어립니다!"

"아이들은 제가 보호하겠습니다. 걱정하지 마세요."

'그게 문제가 아니란 말이야!'

차마 입 밖으로 내지 못한 말이 목구멍에서 맴돌았다. 마스터는 이런 추위에 꼼짝 안 할지 몰라도 최소한 칼은 아니었다. 수련할 때도 번번이 느끼는 것이었지만 이곳은 경치 하나만 죽이지 지옥보다 더 춥고 험악한 곳이었다. 거기다 무엇보다도…

"자, 잠깐! 어이! 나는 산 타는 게 제일 싫다고! 내 말 듣는 거요?! 어이!"

다급한 나머지 진실이 튀어나와 버리고 말았다. 사실 그는 산행을 매우 싫어하였다. 매우.

샤이라의 푸른 눈썹이 꿈틀거렸다.

"그냥 갈래요? 끌려 갈래요?"

다른 말은 필요없다. 그녀가 간다고 했으면 가는 것이다. 이유를 막

론하고 말이다.

"······."

단 두 마디의 말로 칼을 침몰시킨 샤이라는 모든 짐을 아공간 속에 넣어버리고는 성진에게 다가섰다. 성진은 작은 관 같은 것을 등에 지고는 그녀를 기다리고 있었다.

"세르피아의 육신인가 보군요. 무겁지는 않나요?"

"무거울 리 있겠습니까."

—가는 건가. 목적이 있으면 빨리 해치우는 것도 좋지. 성진. 샤이라. 행운을 비네.

성진과 샤이라는 빙그레 웃으며 모디프스를 바라보았다.

"잘 계십시오."

"저기… 안녕히 계세요, 모디프스님."

"다음에 다시, 꼭 올게요."

타키안은 눈물을 글썽이며 말했다. 착한 아이다. 인자한 용의 눈빛이 어린아이의 마음을 쓰다듬었다.

—인간의 아이여. 이 같은 오지에 오는 것은 힘들다네. 기억이란 중요한 것이지. 그 기억을 추억으로 삼거라. 그리고 부디 몸 조심히 하거라.

모디프스의 부드러운 말에 타키안은 기어코 눈물을 떨어뜨리고 말았다. 그런 타키안의 볼을 쓰다듬고는 가볍게 목례로 인사를 대신한 하이단은 칼을 잡아끌었다.

"어서 방한복이나 입고 출발하지. 자자, 5개월 만의 외출이구만!"

하이단의 억척스러운 힘에 끌려가는 칼은 결국 비명을 토해내고 말았다.

"진짜 산행은 싫다고요! 누가 나 좀 살려줘요!"

*       *       *

알려지지 않은 곳. 누구도 모르는 곳.

"다녀왔는가. 방금 전까지만 해도 괜찮았는데 왼팔은 어떻게 된 건가?"

"없어져 버렸습니다. 영에 각인되어 있던 것까지 철저하게 부숴 버렸더군요. 덕분에 꽤나 아팠습니다."

"…미안하네."

"괜찮습니다. 뭐, 응징이라면야 응징이겠지만……. 새로 만들어주시겠죠?"

"사기가 내 전문 아닌가. 성능 좋은 놈으로 붙여주지."

"아아. 감사합니다."

"그나저나… 제대로 한 방 먹었어. 계획을 수정해야 할지도 몰라."

"무슨 뜻입니까? '선언' 까지 받아낸 마당에."

"그 이계의 마스터가 제대로 한 방 날렸네. 거참. 조용한 사람이 더 무섭다더니. 그 짝이더군."

"창조의 힘 말입니까?"

"그게 말일세, 완전히 박살났어. 결계를 이루던 마법진은 완전히 가루가 되었고, 신루고 뭐고 감쪽같이 사라졌지. 도대체 어떻게 수습해야 할지 모를 정도로 말이야. 그 장로들을 다시 세뇌할 생각에 골치 아프네."

"어차피 그는 여기에 옵니다. 빠르나 늦으나 언젠가 발현될 힘 아닙니까. 당신의 힘과 그의 힘. 어떻게 될지."

"아아. 이제 어찌 될지 모르겠어. 가능한 변수를 모조리 계산했지만 내 능력 밖인 것도 있으니. 그의 행보에 따라 미래가 바뀌겠군. 내가 생각하는 것과 그대 종족의 미래."

"…당신의 계획을 그가 알아줄 리는 없지만 그래도 최선을 다해야지요."

"그래… 꼭 어른을 속이기 위해 꾸미는 악동 같은 기분이군. 이제 바람이 불겠어. 시작이지. 지고한 세월 동안 정체되었던 것이 풀리니 정신없게 흘러가겠군. 정신 바짝 차려야지. 다른 이들에게도 알리게."

"그렇게 하죠."

\*          \*          \*

대륙은 신년을 맞았다. 아무도 기뻐하지 않는 신년. 대륙은 전운에 휩싸이고 앞으로 수많은 생명이 죽어갈 대전쟁이 벌어지기 직전이었다.

그리고 지금 여기. 아무도 살지 않는, 아무도 알 수 없는 이곳에서 선언이 이루어졌다. 대전쟁 따위와는 비교할 수 없는 말세. 말세가 도래하는 바람이 생겨났다.

바람은 한 마스터와 같이 떠났다. 마스터는 바람이 되어 이제 미친 듯이 대륙을 향해 질주할 것이다. 모든 것을 쓸어버리는 멸망의 바람이.

창세력 제2기 8013년 1월 2일. 광풍이 시작된 날이었다.

제5장 바람이 걷는 길

『'걷다'라는 단어는 수많은 뜻을 담고 있다. 그것은 사전적 의미일지도 혹은 우리가 살면서 쓰는 비유적 의미일지도 모른다. '사람은 걷는다' 이 한 문장의 뜻은 단순히 '길을 걷는다'라는 뜻이 될 수도, '인생을 걷는다'라는 뜻이 될 수도 있다.

내딛는 발 한 걸음. 이 한 걸음이 수많은 것을 좌우할 수 있다. 당신의 한 걸음이 한 사람의 운명을 좌우하고 왕국을 무너뜨리며 수많은 생명을 죽일 수도 있다. 가장 당연한 것일지라도 뜻이 담긴다면 그것은 더 이상 당연한 것이 아니다. 특별한 것이다.

만일 특별한 사람이 특별한 한 걸음을 내디뎠다고 하자. 그 한 걸음은 단순한 것이 아니다. 필자가 실지로 보았으며 그분에게서 걷는다는 행위가 그토록 큰 뜻을 담고 있는지조차 처음 알았다. 미래를 위한 길이든, 전장을 위한 길이든, 진리를 위한 길이든 길을 가기 위해서는 한 걸음부터 시작한다. 그 한 걸음의 의미를 잘 알아두도록 하자.』

통일력 317년

로버트 길트만 저. 에세이 '길'에서 발췌

# 제15장 바람이 걷는 길

전장에서의 일보 전진은 일천 명의 피요,

일보 후퇴는 일만 명의 피다.

〈제너럴 '로카르트 덴쿠버'의 입버릇〉

창세력 제2기 8013년 3월 18일. 달빛 숲 속.

캄캄한 어둠. 텐트 안은 훈훈했다. 상부에 매달린 은은한 빛을 뿌리는 조그마한 손전등은 텐트 안에서 조용히 숨을 내쉬는 두 아이의 얼굴을 비추고 있었다.

아이, 아니, 사춘기를 벗어나 이제는 청년으로 성장하려는 소년은 정신없이 잠에 빠져 있었다. 그리고 그 가운데 하얗고 고운 손이 어둠 속에서 슬쩍 나타났다.

푸른 머리칼의 그녀는 업어가도 모를 정도로 정신없이 자고 있는 두 소년을 내려다보며 살며시 미소 지었다. 그녀는 조용히 입술을 달싹였다.

침묵(沈默)—Silence.

뜻은 마력으로 변하였고 마력은 질서를 뒤틀었다. 물체가 진동하면서 퍼지는 음파는 마력의 올가미에 묶여 사그라졌다. 정확히 표현하자면 같은 파장의 위상이 어긋난 음파가 역으로 생성되면서 중화시켜 버렸다는 것이 옳으리라.

"소년, 다 당신 때문이에요."

살포시 웃은 그녀는 짙은 녹색의 배낭을 뒤지기 시작했다. 본래대로라면 부스럭거리는 소리가 나야 했지만 침묵이라는 마법은 그 뛰어난 위용을 톡톡히 발하고 있었다. 마스터인 그녀가 시전한 이상 캔슬하지 않는 한 꽤나 긴 시간 지속될 것이었다.

이윽고 배낭에서 무언가를 꺼내 든 그녀는 흡족한 미소를 지으며 텐트를 벗어났다. 그녀가 떠난 자리에는 향긋한 체향이 남았다. 소년들의 얼굴에 기분 좋은 미소가 감돌았다.

성공적으로 목적한 바를 이룬 샤이라는 두 손으로 잡은 책을 앞으로 쭉 뻗으며 작게 외쳤다.

"아자!"

지난 두 달 동안 노려왔던 물건을 탈취했으니 그 성취감은 더했다. 너무나도 궁금했다. 너무나도 궁금했기에 저질러 버렸다. 하나 그녀는 후회하지 않았다. 그녀는 마도사. 호기심을 먹이 삼아 성장하는 마도사였다.

"그렇게 좋은지요?"

모닥불 가에는 성진이 있었다. 지구에서 가져온 침낭. 그뿐 아니라 모닥불 주위에는 칼과 하이단 역시 마찬가지로 침낭 속에 들어가 잠을 청하고 있었다. 길리언과 타키안이 차지한 텐트 역시 성진이 가져온 것이었다. 뛰어난 섬유 공학을 기반으로 만들어진 침낭은 뽀송뽀송했고 아늑했다.

성진은 그런 침낭 속에 하체를 넣어놓고 반신을 일으킨 채 무언가를 읽고 있었다. 자세히 보자 휘라인 교단의 성경이었다. 샤이라는 처음 교단의 경전을 그가 왜 읽을까 의아한 생각도 들었지만 요 삼 일 동안 되풀이하며 읽는 그의 모습을 보자니 경전에 무슨 비밀이 있는 듯하였다.

샤이라는 빛을 발하는 작은 구슬을 머리 위에 만들어놓고는 성진의 물음에 고개를 끄덕였다.

"당연하지요. 지난 두 달 동안 별러왔던 겁니다. 기쁘지 않겠어요?"

"그렇게 기쁜가요, 남의 일기를 읽는 게?"

"보살피는 남자 아이의 모든 것을 알아야 하는 것이 보살펴 주는 누님의 역할이지요."

자못 위험한 사상이다. 개인의 사생활까지 속속들이 알려고 하는 것은 현대어로 '스토커'라 한다. 관심이 가는 사람의 모든 것을 아는 것. 집착이었다. 설마 하니 샤이라가 거기까지 갈 리는 없다.

말은 그렇게 했지만 본질은 역시 궁금한 것은 못 참겠다였다. 호기심. 그것을 모를 리 없는 성진이었다. 그러나 구태여 말릴 생각은 없었다. 그녀가 길리언의 모든 것을 안다 해도 나쁠 것은 없었다. 도리어 도움이 될 것이다.

"길리언이 알면 꽤나 화를 내겠군요. 꽤나 소중히 여기는 것 같던데."

"그렇지요. 스승이 선물해 준 것이니……."

성진이 길을 떠나기 직전 길리언에게 한 권의 빈 책과 볼펜을 선물해 주었다. 길리언은 그 책에 자신의 모든 것을 기록하기 시작했다. 일기인 셈이다.

샤이라는 모닥불 가에 주저앉으며 의미심장한 미소를 지었다.

"같이 읽으시겠어요?"

"……."

성진은 다시 조용히 경전을 읽기 시작하였다. 샤이라는 약간 새침한 표정을 짓더니 이내 풀어버리고는 기대에 찬 얼굴로 첫 장을 넘겼다.

〈8013년 1월 16일. 구름이 떠돌다 바람을 타고 사라지다.

오늘은 스승님께서 바람에 대해 설명해 주셨다. 바람은 복잡한 원리를 동반한다고 한다. 내가 자세히 묻자 이렇게 이야기해 주셨다.

"길리언, 내가 알고 있는 지식은 너에게는 무용(無用)이다. 마법을 원하느냐?"

내가 조용히 고개를 젓자 다시 해주시던 이야기.

"너는 진리(眞理)를 찾아야 한다. 새는 본능적으로 나는 법을 알지. 하지만 그 나는 법은 어미가 교육시킨다. 본능으로 알아도 계기가 마련되어야 사용할 수 있는 법. 너는 모든 사물을 꿰뚫어 볼 수 있다. 힘이 모든 것을 설명해 주지는 않아. 난 너에게 그런 것을 가르칠 것이다."

스스로 보는 법. 나는 어리다. 해가 바뀌어 나이가 열여섯이 되었다

고 하지만 그건 숫자일 뿐. 세상을 보는 데 있어서 나는 아기다. 걷지도 못하는 아기.〉

〈8013년 1월 30일. 양 떼가 하늘을 가로지르다.

호흡. 언제나 되풀이하는 호흡. 숨이란 중요하다고 스승님이 말씀하셨다.
"숨이란 생명이다. 길수록, 그리고 깊을수록 생명이 길어지지. 숨이란 생명을 타오르게 하는 양분이란다. 이 숨의 횟수가 적고, 길이가 길고, 깊게 들이쉴수록 사람은 더 큰 것을 얻게 된단다."
이해가 되지 않았다. 하지만 곧 양초가 떠올랐다. 양초는 어둠을 밝히는 도구다. 어둠을 물리치며 스스로를 살라 빛을 만드는 도구. 양초 또한 공기가 필요하다.
바람이 세면 불이 꺼진다. 하지만 신선한 바람이 계속 불어올 때면 양초는 더욱 밝은 빛을 뿜어낸다.
생명이란 이런 것인가? 숨이란 그런 것인가? 스승님께서는 숨 쉬는 법을 가르쳐 주셨다. 앞으로는 언제나 그렇게 숨 쉬어야 할 것 같다.〉

〈잡담. 그냥 생각나서 쓰다.

난 왜 일기를 이렇게 쓰는 걸까? 누구에게 설명하듯 그렇게 스승님의 말을 자세히 써놓은 것일까? 그분의 말씀이 그토록 박혀서일까?

내 스스로도 알 수 없다. 하지만 말이다. 누구에게 보여주게 된다면, 많은 사람이 보게 된다면 내 비밀스러운 이야기는 지워야지. 부끄럽잖아!)


"풋!"
샤이라는 작게 웃음을 터뜨렸다. 어떻게 이렇게 귀여운 생각을 하는 것일까?
샤이라는 더 더욱 멈출 수 없다는 것을 느꼈다.


〈8013년 2월 3일. 구름이 분노하여 세상에 비를 뿌리다.


추적추적 비가 온다. 우리는 아직도 숲을 헤매고 있다. 일직선으로 내려온다는 게 이렇게 힘들 줄은 몰랐다. 산을 타고 절벽을 내려오고. 정말 이 나이에 별의별 경험을 다 하네. 비까지 내리니 더 우울하다. 발도 아프고 다리가 저려왔지만 차마 표현을 못하겠다.
세르피아님을 안고 가는 스승님의 마음은 얼마나 우울하실까. 내가 만일 스승님이 가지신 능력을 가지게 된다면 그 무엇도 용서하지 않을 것이다.
하지만 말이야……. 그만큼 가진 것이 있다면 지킬 것도 있지 않을까? 그토록 커다란 힘을 지니셨으면서도 묵묵히 고난을 헤쳐 나가는 그분을 보니 하늘이 그분의 힘을 질투하여 그런 고난을 내렸는가 하는 생각조차 든다.
가진 것과 그에 따른 의무. 구름은 세상을 떠도는 자유를 가졌다. 때로는 자신을 쥐어짜 세상에 비를 뿌린다. 식물은 그것을 받으며 자란다. 문득 그것이 자유의 대가라는 생각이 들었다.

직위, 힘에 따른 의무. 귀족이라는 것들은 그 의무를 저버렸다. 나도 안다. 세상은 어지럽다. 이 어지러운 세상에 수많은 적을 가진 귀족은 살아남기 힘들 것이다. 자기의 의무를 행하지 않은 귀족들은 당장은 살아날지 모르지만 그 후손은 살기 힘들 것이다.

부귀라는 혜택을 얻었지만 의무를 행하지 않은 귀족의 대가는 피가 끊긴다는 것. 자신의 후대가 없다는 것. 지하에서도 원통할까?

문득 그러한 생각이 든다. 그렇다면 말이다. 마스터라는 상징의 대가는 얼마나 클까.

어지럽다. 도저히 모르겠다. 언젠가는 알게 되겠지.〉


〈8013년 2월 9일. 짙은 숲 속 찬바람이 불어오다.


숲은 더욱 깊어진다. 어째 산맥을 벗어나니 더욱 우거질까? 아무래도 이곳이 산맥 바로 아래쪽에 자리잡았다는 '돌아오지 않는 숲'인가 보다. 멀리서 야생 동물의 울음소리가 들린다. 혹은 맹수들의 포효가 들린다. 이런 소리는 오랜만에 듣는다. 고향에 온 듯한 기분. 내 집, 울창하게 우거진 엘프의 숲에서 느껴지는 향기가 이곳에서도 느껴지는 이유는 뭘까?

몬스터들이 그렇게 많다고 하는데 이렇게 걸으면서 몬스터 따위는 보지도 못했다. 칼 형이 내 머리를 쓸었다. 손 좀 닦지.

"마스터의 존재감 때문이지."

형은 오러 유저다. 대륙에서 난다 긴다 하는 사람 중에 우위라고 할 수 있는데 내가 보기에는 그렇게 뛰어나 보이지 않는다. 하지만 검을 뽑은 칼 형의 모습은 너무 멋지다.

발바닥이 따끔거린다. 물집이 터졌나 보다. 글씨도 엉망이다. 아무래도 오늘은 그만 써야 할 것 같아.

덧— 결국엔 굴러 버렸어. 제길. 스승님이 주신 볼펜도 잃어버렸잖아. 몇 개 여분이 있어서 망정이지. 그래도 아까운걸. 그래도 책을 구했으니 망정이지.

이걸 웃어야 하나 말아야 하나. 그냥 울자.〉

〈8013년 2월 16일. 가시밭길을 걷다.

지루하리만치 계속된 숲길이 끝나자 이제는 암석 지대가 나타났다. 끝없이 보이는 황량함. 깨진 바위들이 이리저리 널려 있고 이따금 바람이 불 때면 붉은 황토와 작은 돌들이 튀어 얼굴을 때린다. 그 작은 돌들도 너무 날카롭다.

스승님이 준 이 등산화라는 게 없었다면 발바닥은 엉망이 되어버렸을 거야. 넘어지기라도 하면 큰일인데. 다행이 오늘은 넘어지지 않았다.

나뭇가지가 타오르고 빛이 퍼져 나간다. 따스한 온기가 온몸을 감쌀 때면 비로소 피로가 몰려온다. 언제까지 이 길을 걸어야 할지 모르겠다. 샤이라님이 말씀하시길 아직 절반도 오지 못했다고 한다.

걷고 또 걷고. 눈만 뜨면 걷고. 지겹다. 하지만 즐겁다. 볼 것이 많다. 스승님의 이야기도 많다. 내가 언제 이렇게 그분과 붙어서 이야기할 시간을 가져 볼까?

생각해 보면 지난 시간 동안 스승님께 무엇 하나 제대로 배운 적이 없다. 요 한 달 동안 들은 것들은 정말 도움이 된다. 사람이 무엇인지, 삶이 무엇인지, 그리고 진리가 무엇인지.

바람 하나에도, 돌 한 조각에도 진리가 들어 있다고 한다. 그 하나하나를 깨닫다 보면 어느새 궁극에 도달하겠지.

그 끝은 무엇일까. 그리고 그 이후에는 무엇이 있을까.〉


〈8013년 2월 24일. 삭풍이 몰아치다.


뼈마디를 얼릴 것 같은 차가운 바람이 몰아쳤다. 불과 그제만 해도 계절에 어울리지 않는 더위가 바위 대지를 휩쓸었다. 타오르는 태양과 발갛게 익어버린 대지. 그리고 올라오는 열기.

땀은 끊임없이 솟았고 살은 발갛게 익어갔다. 힘들다. 펜을 들 힘마저 없을 정도로.

한데 오늘은 모든 것을 얼려 버릴 듯한 한풍이라니. 차가워 살이 에일 듯하다. 계절에 맞지 않는 날씨, 변덕스러운 날씨.

샤이라님은 내게 미안하다고 하셨다.

당신들은 마스터, 혹은 오러 유저. 하지만 나와 타키안은 평범한 소년이다. 이런 고난은 정말 힘들었다. 하지만 여행의 편이를 위해 마법을 사용하지 못하는 샤이라님의 말에 더 이상 힘들다는 기색을 못하겠다. 이 악물고 조금만 견뎌보자!)

〈8013년 2월 28일. 안개가 대지를 품다.

짙은 안개가 끼었다. 추위가 물러가니 이제 안개다. 샤이라님은 '선언' 이후에 모든 것이 뒤틀어지기 시작했다고 말씀하셨다. 선언이 뭘까?

칼 형에게 물어보니 모른다는 듯 고개를 저었다. 하긴 요새 칼 형은 정신없다. 걷는 도중에도 연신 검을 꺼내 들고 휘둘렀다. 간혹 스승님께 조언을 구하기도 하고 말을 들으면서 고개를 끄덕이기도 하셨다.

아, 오늘 왜 이리 여정이 더딘 것인지 깨달았다.

나와 타키안 때문이다. 순수하게 도보로 이동해야 하는 이번 여행에 뒤늦은 사춘기를 끝내지도 못한 소년들의 보폭은 너무나도 적었다. 내 나이 또래 아이에 비해 작은 키, 작은 체구. 그리고 체력.

타키안도 그것을 깨달았는지 이를 악물었다. 우리는 손을 잡았다.

끝까지 같이하자고, 친구.〉

샤이라는 일기에서 눈을 떼고는 텐트 쪽을 돌아보았다.

'어린것이 고생이 많구나.'

성장이 더딘 아이들이다. 제 나이 또래에 비해 머리 하나 정도가 더 적어 제 나이보다 두 살 정도 어려 보인다. 요새 부쩍 크고 있다고 하지만 그래도 아직은 소년. 빨리 성장하고 빨리 성숙하는 전형적인 대류인에 비해 느렸다.

그렇다고 비정상적인 것은 아니다. 거인이라 불리는 사람들 중 일부는 십대 중반까지는 왜소한 체구인 사람도 있다.

체구가 작으니 체력 또한 부족한 것이 사실이다. 체구에 비해 체력이 좋다는 사람들도 알고 보면 꽤나 힘든 단련을 거친 노력의 결과이다. 체력은 체격에 비례하기 마련이다.

많이 힘들 것이다. 하긴 성인들도 하기 어려운 여정이다. 그런 길을 두 소년은 묵묵히 따라주었다.

인내와 끈기, 타고난 자질이다. 무엇을 하든 크게 성취를 볼 수 있는 그릇. 그런 두 소년에게 하다못해 작은 마법도 베풀어주지 못하는 것이 아쉬웠다. 새삼 게일을 향한 적의가 솟구쳤다.


〈8013년 3월 2일. 붉은 구름이 태양을 가리다.


하늘이 붉게 타오르고 있다. 노을이 진 것도 아닌데 괴이하다. 칼 형과 하이단 아저씨 또한 근심스러운 표정이다.

샤이라님은 전쟁이 드디어 터졌다고 했다.

전쟁.

죽음.

전쟁 하면 죽음이 떠오른다. 남을 죽이기 위해 싸우는 것. 왜 인간은 전쟁을 벌일까? 엘프들도 드워프들도 그네들끼리 전쟁을 벌이지 않는다. 사람이란 본능적으로 타인을 질투하는 걸까? 그래서 죽이고 싶을 정도로?

아… 모르겠다. 나는 아직 어른이 아니지. 복잡해.

바람이 불어온다. 바람 속에 혈향이 감도는 것 같다.〉


〈8013년 3월 7일. 하늘은 청명하다.


바위 지대가 끝이 났다. 실로 넓었다. 걷고 또 걸어도 나타나는 바위 투성이의 대지. 그런 혹독한 곳에서 어찌 생명이 살아가는지 이해할 수 없다. 바위 대지가 끝나는 지점과 달빛 숲이 시작되는 경계 지점에는 꽤나 넓은 초원이 펼쳐져 있었다.

오랜만에 녹색의 물결을 보니 기분이 좋아진다.

이만 펜을 놓아야지. 그리고 풀잎을 밟으며 입에 물고 그 쓴맛을 즐겨봐야겠다.〉


〈8013년 3월 8일. 없다. 아무것도.


아직까지 심장이 두근거린다. 초원은 무서운 곳이다. 특히나 몬스터들이 있는 곳은.

오늘 최초로 몬스터와 조우하였다. 마스터의 존재감을 두려워하지 않는 기이한 괴물. 마치 뭔가에 뒤틀린 듯 근육이 크게 불어져 있었고 새빨간 얼굴 위에는 하얀 눈이 세 개나 자리잡고 있었다.

"인간형 몬스터 중 눈이 세 개인 괴물은 없어요. 아무래도 변종 같군요. 공포라는 감정이 존재하지 않는 것 같아요."

"제가 처리하지요!"

샤이라님의 말에 칼 형은 신이 난 듯 검을 빼 들고 덤벼들었다.

흐릿한 모습, 그리고 떠오르는 은색의 섬광.

그것이 내가 본 것의 전부였다. 몬스터의 머리는 대번에 날아가 시뻘건 피를 마치 분수처럼 뿜어내고는 쓰러졌다.

"어때?"

칼 형이 깔끔하게 검을 집어넣고 턱을 치켜들자 하이단님이 왼쪽 눈으로 윙크를 하고는 오른 주먹을 내밀고 엄지손가락을 세웠다.

그렇게 끝났다면 좋으려만… 변종은 한 마리가 아니었다.

저 멀리서 먼지구름을 일으키며 엄청나게 밀려오는 괴물들. 족히 수백 마리는 되어 보였다.

칼 형의 안색이 대번에 노래졌다.

죽여도, 죽여도 계속 덤벼들었다. 두려워하지 않는 것은 무섭다. 그것을 처음 알았다. 샤이라님의 마법이 아니었다면 밤새도록 쫓겨야 했을지도 몰랐다.

하늘에서 떨어지는 불벼락이라니. 몬스터도 무섭지만 샤이라님의 마법도 무섭다.〉


〈덧— 아, 맞다. 오늘은 스승님께 강철에 대해 물어보려 했는데 잊었다. 아무래도 몬스터의 충격이 컸나? 내일 물어봐야지.〉


〈8013년 3월 12일. 새들이 크게 울다.


숲이 시끄럽다. 일기를 쓰는 늦은 저녁인 지금도 시끄럽다. 귀가 아플 정도로. 샤이라님이 텐트에 침묵이라는 마법을 걸어주지 않았다면 잠도 자지 못할 정도로.

하루 종일 새들이 크게 떠들며 울부짖었다. 평소 아름답던 소리는 없고 비명과 같은 소리만이 사방에 메아리쳤다.

인간은 느낄 수 없는 공포가 퍼진 것인가? 세상이 망하려는 건가? 스승님은 행성의 자기장이 갑작스레 조금 뒤틀렸다고 하는데 뭔지 모르겠다. 조금 뒤틀린 것 가지고 새들이 저리 요란을 떨까? 아무튼 크게 불길한 것임은 틀림없다.〉


〈8013년 3월 17일. 어둡고 어둡다.


이제는 빛 없이는 움직이지 못할 정도로 깊은 숲에 들어왔다. 간혹 짙은 나뭇잎의 장애를 뚫고 들어오는 햇빛은 너무 가늘고 은은해 달빛 같았다. 왜 달빛 숲이라 하는지 알 것 같았다.

이 깊고 깊은 달빛 숲을 지나면 그랜드플랜 대평원이 나타난다고 한다. 그리고 그곳에는 수백만 명이 모여서 서로가 서로를 죽이는 행위가 벌어질 것이다.

스승님은 한 번에 수십만 명이 맞붙는 대전쟁은 아직은 일어나지 않을 것이라고 하셨다. 샤이라님도 아직은 국지전을 벌이는 것에 불과하다고 하셨다. 하지만 그 국지전이라는 게 수천 명이 싸우는 규모다.

수천 명이라니. 우리 마을 사람들의 몇 배일까?

아, 보급품이 제대로 분배되지 않아 일부 부대에서는 같은 편끼리 싸운다고 했다. 배고픔은 이성을 마비시키는 괴물이다.

가족과 떨어뜨려 사지(死地)에 몰아넣고는 먹을 것조차 제대로 안 주다니. 최악이다.〉

샤이라는 마지막 장을 넘기고는 일기를 덮었다.

"흐음……."

샤이라는 앞머리를 검지로 꼬아 비틀었다. 일기에는 수많은 것들이 담겨 있었다. 꼼꼼히 읽지 않았지만 길리언이 느낀 것, 깨달은 것, 생각, 감정이 충실히 배어 있었다. 그리고 나서 내린 판단.

"나도 좀 가르쳐 볼까?"

똑똑한 아이다. 현명한 아이다. 장래가 무척 기대되는 아이다. 눈에 당장 보이는 무력이 아닌 얻으면 얻을수록 깊어지는 지혜의 샘을 가진 아이다. 특하나 녀석이 가진 진실의 눈은 그를 더욱 빛나게 만들고 있었다.

불과 16세인 녀석의 생각과 신념이 이토록 올곧다면 많은 것을 가르쳐도 제 것으로 충분히 소화시킬 수 있다. 성진같이 프라이드 높은 자가 왜 길리언을 제자로 삼았는지도 이해가 간다.

내면의 보석. 진흙에 감춰진 다이아몬드라는 것을 첫눈에 알아차린 것이다.

'마법을 가르쳐 볼까?'

마법은 가르칠 수 없다. 드골 백작에게 입은 상해, 그리고 극한에 이른 한계 상황에서 마기에 노출된 길리언의 육신은 더 이상 에너지를 다루지 못했다. 그렇다면 무엇이 좋을까.

'극의가 좋겠지?

그녀가 깨달은 것은 실로 크다. 한 마스터의 깨달음은 어찌 보면 만금(萬金)보다 더 클 수 있다. 하물며 현존하는 마도사 중 최강이라 자부하는 그녀의 진리는 마도학적인 측면에서 볼 때 혁명과도 같았다.

그러나 샤이라는 고개를 가로젓고 말았다. 채 완성되지도 않은 그릇이다. 그런 그릇에 대해를 담을 수는 없는 노릇이었다.

샤이라는 그녀의 무릎 위에 놓여 있는 일기를 유심히 보더니 오른 검지를 살짝 저었다. 안배해 놓았던 마력의 씨앗이 넝쿨처럼 커지더니 이쪽과 저쪽의 공간을 갉아먹으며 커졌다.

책은 지우개로 지우듯 사라졌다. 동시에 텐트 안에 놓여 있던 길리언의 배낭 안에 다시금 나타났다.

고도로 정밀한 텔레포트. 전에는 할 수 없는 기법이었다.

'지금은 지켜만 볼까?

성진이라는 자양분만으로도 크게 클 수 있는 재목이다. 샤이라는 옆에서 조금씩 도와주기로 결심하였다. 그렇다면 더욱더 멋진 꽃을 피울 수 있을지 모르니.


여정은 힘들고 고단했다. 그러나 타키안과 길리언은 고단하지 않았다. 언제부터인가 성진은 두 소년의 곁에서 모든 것들을 이야기하기 시작한 것이다.


하늘.

땅.

바람.

물.

그리고 인간.


진리(眞理)는 말로써 전달할 수 있는 것이 아니다. 그렇다고 전의법으로 전달할 수도 없는 노릇.

진리라는 그 커다란 명제를 전의법으로 전달한다면 당장 그 사람은 머리가 터져 버릴 것이다. 제아무리 천재라도 말이다.

진리란 그러한 것. 인위적으로 주입할 수 있는 것이 아니다. 스스로 경험을 쌓고 체득해 나가는 것. 그것이 바로 진리를 얻기 위한 길이다.

진리라는 것은 주입할 수는 없으나 인도할 수는 있다. 선각자가 닦아놓은 길을 따라 걸어 조금 더 쉽게 진리에 이르게 된다.

때문에 성진은 이야기를 했다. 수많은 이야기. 인간들만이 존재하여 발전한 지구의 감성은 진실로 복잡하다. 인간의 욕망이 극대화되고 모든 사상이 실험된다.

정치 체제라는 한 가지 분야에서도 그러한 특징은 뚜렷하게 나타난다. 사상을 실천하기 위해 달려가는 사람들. 많은 사람들의 생각 속에 탄생한 공산주의와 민주주의. 두 가지 상반된 사상이 충돌하고 승리한 민주주의. 순수한 민주주의만으로는 또 다른 혼란이 초래되어 탄생한 수정 민주주의.

그가 알고 있는 역사와 문화. 인간들 사이의 갈등. 분노와 절망으로 비롯된 비극적인 이야기. 자신을 희생해 모두를 구하는 인간. 목적을 이루기 위해 제 몸을 희생해 뜻을 관철시키는 인간. 그리고 그 와중에 죽어간 무고한 사람들.

타키안과 길리언은 그 이야기를 들으며 여행의 고단함을 잊었다. 이야기 속에는 세상이 들어 있었다.

두 소년은 이야기를 들으며 분노했으며 환호했고 슬퍼했다. 인간은 이야기를 통해 희로애락(喜怒哀樂), 오욕칠정(五慾七情) 등을 희미하게나마 학습할 수 있다. 두 소년은 그렇게 알아가고 있었다.


"그렇다면 로미오는 죽은 건가요?"

길리언은 샤이라의 라이트 마법에 의해 만들어진 눈처럼 시린 빛을 뿜는 광구(光球)에 의지해 조심스럽게 걸음을 내디뎠다.

달빛 숲길은 어두우면서도 위험했다. 그리고 신비하며 아득하였다. 아득한 태고의 자연은 인간이라는 이방인을 거부하면서도 싫어하지 않았다.

썩어 들어가 눅눅해진 낙엽은 밟아도 아무런 소리가 나지 않았다. 그리고 그러한 낙엽에 묻힌 나무뿌리는 보이지 않았다.

간혹 발등까지 쌓인 낙엽층을 밟을 때면 크게 조심해야 한다. 진흙마냥 부스러져 미끄러지거나 숨겨진 나무뿌리에 걸려 넘어지게 된다. 그렇게 되면 썩은 낙엽에 바지가 엉망이 되어버린다.

냄새는 그리 나쁘지 않았다.

맑은 이슬과 깨끗한 비에 곱게 삭혀진 낙엽 냄새는 의외로 향긋하였다.

짐승들이 몇십 년 동안 다니며 만들어놓은 길은 사람들을 안전한 곳으로 안도하고 있었다.

"그렇단다. 묘약을 먹고 심장이 정지하여 사늘하게 식어버린 줄리엣의 모습을 보고는 로미오는 하늘이 무너지는 충격을 받고 말았지. 로미오는 품속에서 극약을 꺼내 들었단다. 그리고 한 모금 한 모금, 병속의 독이 다할 때까지 남김없이 마시고 말았지."

세익스피어의 비곡은 인간의 감성을 가장 충실히 자극하는 걸작이다. 수많은 신조어를 만들어내었고 수백 년이나 지난 지금까지 읽혀지고 노래되어지는 세익스피어의 희곡. 지금 낯선 이계에서조차 그 위력을 유감없이 발휘하고 있었다.

특히나 영문 원작을 충실히 번역하여 대사 하나하나까지 원작에 가장 가깝게 전달하는 성진의 말솜씨에 비극은 더욱 빛을 발하고 있었다.

아니나 다를까, 두 연인의 비극적인 만남을 묘사하는 성진의 노래에 칼과 하이단마저 가슴을 움켜쥐었다.

"하늘의 장난이더냐, 운명의 희롱이더냐. 영원한 비련은 이렇게 해서 태어났단다. 로미오가 마지막 숨을 거두는 그 순간 줄리엣의 눈꺼풀이 가늘게 떨렸다. 식었던 몸이 다시 따스해지고 아름다운 그녀의 몸에서 과거와 같은 향기로운 삶의 향기가 피어나기 시작했단다. 그토록 아름다운 여인 줄리엣은 로미오를 위해 천천히 눈을 떴단다."

"그럴 수가!"

"아……!"

안타까움에 저도 모르게 칼은 소리를 내고 말았다. 그만큼 성진의 이야기는 맛깔스러웠으며 마력적이었다.

"줄리엣은 자신의 심장 소리를 들으며 눈을 떴단다. 숨을 서서히 내쉬고 들이쉬며 온몸의 감각이 돌아오는 것을 느끼는 순간 그녀는 따뜻하지만, 이제는 식어가는 무언가가 그녀의 손을 쥐고 있었다는 것을 깨달았단다. 그녀는 고개를 그쪽으로 돌렸지. 줄리엣은 자신의 눈을 믿을 수 없었단다. 로미오였지. 독약을 먹고 죽어가는 로미오. 독약은 로미오의 뜨거운 심장을 식히고 붉었던 입술을 파랗게 질리게 만들었지. 이 얼마나 엇갈리는 운명인가.”

성진은 잠시 이야기를 멈췄다. 그리고 손에 쥔 정글도를 가볍게 휘둘러 주변의 나뭇가지를 쳐냈다. 비록 짧은 시간이었지만 길리언의 얼굴에 조급함이 흘렀다. 두 소년의 눈은 빨리 성진의 입이 움직이기만을 기다리고 있었다. 그리고 그 기대에 부응하듯 성진은 다시 이야기를 풀어갔다.

“줄리엣은 비관했단다. 눈을 떠보니 보인 것은 로미오. 그토록 사랑하여 죽음을 가장하는 약까지 먹었거늘 연인은 죽어버렸지. 줄리엣은 통곡하였지. 이 어처구니없는 현실에 눈물 흘리며 절망하였단다. 그러던 그녀의 눈에 보인 것은 하나의 단검.”

너무도 긴장되어 모두가 마른침을 삼키는 그 순간,

“헛!”

어디선가 헛바람을 들이키는 소리가 들렸다. 길리언과 타키안은 서로를 바라보았다. 둘은 아니었다. 그럼 칼?

칼에게로 시선이 옮겨지자 칼은 고개를 저었다. 자신은 아니다. 이 중요한 부분에 소음을 일으켜 이야기를 끊을 생각은 죽어도 없었다. 그럼 누구인가?

샤이라가 만든 마법의 빛으로 드러난 하이단의 구릿빛 피부는 검붉게 물들어 있었다. 모두의 시선이 그를 향하자 하이단은 오른손으로 주먹을 쥐고는 입에 가져다 대며 가볍게 헛기침을 했다. 칼은 너털웃음을 터뜨리며 하이단의 어깨를 두들겼다.

"지금껏 안 듣는 척하면서 다 듣고 있던 거유? 하하하!"

"자네가 내 나이 되어보게. 흠흠……."

그 모습에 성진은 가볍게 미소 지으며 이야기를 이었다.

"줄리엣은 로미오의 허리춤에 걸린 검을 뽑아 들었지. 하얗게 날이 선 단검. 흡사 그녀의 피를 갈구하듯 번뜩였지. 줄리엣은 하늘을 원망했단다. 둘의 사이를 방해하는 가문, 엇갈린 전령, 그리고 죽음. 줄리엣의 두 눈에는 맑은 눈물이 하얀 볼을 따라 끊임없이 흘렀지. 그녀는 망설이지 않고 검으로 가슴을 찔렀단다. 그리고 터지는 피. 줄리엣은 그렇게 로미오의 곁에서 망설임없이 죽음을 택했단다."

기어코 타키안과 길리언의 눈에서 눈물이 떨어졌다. 불같이 모든 것을 태운 그들의 사랑. 로미오의 사자가 유배지로 달려가 줄리엣이 죽었다고 보고하는 순간, 교차하는 신부의 사자. 종내에는 그들의 생명마저 태워 버렸으니 이 얼마나 슬픈가. 성진이 표현한 '영원한 비련'이라는 말은 결코 과분하지 않았다. 오히려 부족할 정도로.

칼과 하이단마저 눈물을 글썽였으니 오죽하랴. 그만큼 완성도 높은 작품이 가져다주는 감정의 몰입은 지독했다. 정녕 셰익스피어는 천재였다.

시간이 조금 흐르고 흔들렸던 감정이 조금이나마 가라앉자 성진은 길리언의 어깨를 짚었다. 길리언은 꽤나 성장했다. 고단한 여정이었지만 오히려 득이 되었다.

걷는다는 것은 매우 좋은 운동이다. 근력과 지구력을 기르고 심폐 능력 또한 증가시킨다. 거기에 대륙 평균을 웃도는 영양 섭취는 두 달에 불과하지만 길리언의 신체를 부쩍 키워놓았다. 이번 여행은 고단하지만 매우 득이 될 것이다. 이 소년들에게. 육체적으로나 정신적으로나.

"내가 한 가지 말 안 한 게 있단다."

"뭔데요?"

"……?"

"그들은 만난 지 불과 하루 만에 사랑을 맹세했고 삼 일째 되는 날 결혼했으며 일주일도 되지 않아 죽음을 맞이했지."

"……!"

성진의 말에 모두의 얼굴이 딱딱하게 굳었다. 로미오와 줄리엣이 벌인 로맨스는 너무나도 달콤하고 애절하기에 칼은 애써 받아들이려 했다. 진정한 사랑은 시간마저 초월할 수 있다고.

"하, 하지만 시간이 사랑의 척도라고 할 수 없잖습니까. 진실 된 사랑은 하루아침에 이룰 수 있잖아요?"

성진은 칼의 말에 고개를 끄덕였다.

"그것도 그렇죠. 시간이 모든 것을 증명하는 절대적인 잣대는 아니듯 사랑도 오랜 시간만으로 증명할 수 없지요. 하지만 말입니다……?"

"하지만……?"

"그들은 불과 십대 중반이었습니다. 타키안과 길리언 또래였지요."

"……."

그들 모두는 말을 잃고 말았다. 그 비장하고 애련한 로맨스가 불과 열다섯 살짜리 아이들의 사랑 이야기였다니.

성진은 그런 두 아이의 눈을 보며 말했다.

"내가 왜 그들의 나이를 먼저 밝히지 않았는지 생각해 보렴. 왜 시간의 흐름을 말하지 않았는지 생각해 보렴. 그것이 내가 던지는 화두다."

순간 타키안과 길리언의 머리 속이 헝클어지며 깊은 심연에 빠져들기 시작하였다. 단 며칠뿐이었지만 목숨을 끊을 정도로 극단적인 사랑을 한다는 것이 과연 정상적인 것인가? 15년이라는 짧은 시간 동안 삶을 살며 그들이 맛본 사랑이 전부라는 것을 증명할 수 있을 것인가? 그들은 불과 열다섯. 성숙된 판단을 하기에는 아직 이른 나이다.

하지만 말이다. 진정으로 사랑했다면, 목숨을 바칠 정도로 사랑했다면 그럴 수도 있지 않을까? 너무나도 애절한 이야기. 듣는 이의 심금을 울리는 이야기. 그런 그들의 이야기를 들으며 감동에 젖었던 것은 왜인가. 그런 그들의 사랑이 정녕 숭고한 것인가. 아니면 그저 어린아이들의 불장난 같은 감정의 폭주인가.

성진은 사색에 빠져드는 두 소년을 보면서 가볍게 미소 지었다. 중요한 시간이다. 일단 길을 보여줬으니 걷는 것은 그들의 몫이었다.

인도할 수는 있으되 안겨줄 순 없다. 품에 안는 것은 그들의 몫. 그리하여 마침내 얻는다면 그것이 가르치는 자의 기쁨이다. 성진은 그 기쁨을 조금씩 맛보아가고 있었다.

쏴아아아.

나뭇잎을 스치며 깊은 숲 속으로 좀처럼 경험하기 힘든 바람이 불었다. 눅눅한 공기와 어우러진 숲의 호흡. 싱그러운 산소와 생기가 가득 찬 바람이었으나 성진은 그 속에서 또 다른 것을 느꼈다.


위험해. 위험해.

자식이 아닌 자. 부자연스러운 것.

그들이 오고 있어.

위험해위험해위험해.

피해. 피해.

모두 피해.


숲은 경고하고 있었다. 성진은 숲의 소리를 들었다.

성진의 감각이 확장되며 파문처럼 그 영역을 넓혀 나갔다.

풀과 나무, 벌레, 동물. 그들 모두를 어루만지며 성진의 또 다른 감각은 숲을 아우르기 시작하였다.


알려달라. 너희들이 보는 것을 알려달라.


한창 교미 다툼을 벌이던 큰 뿔 사슴벌레가 싸움을 멈췄다.

썩은 낙엽 틈을 돌아다니며 양분을 먹고 있던 지렁이가 몸을 멈췄다.

막 딴 도토리를 갉아 먹으려던 노란줄무늬 다람쥐가 귀를 쫑긋 세웠다.

수풀 사이를 달려가는 들쥐를 낚아채려는 보라매가 타이밍을 놓치고는 황급히 홰를 쳐 날아올랐다.

멀리서 위협이 다가오고 있었다. 숲의 경고가 담긴 바람을 맞은 동물들은 황급히 주위를 살폈으며 이어 다가오는 성진의 뜻에 그들은 주목하였다.

성진이 퍼뜨린 영역이 커져 가며 모든 동물들의 반응을 살폈다. 달빛 숲이 발한 염원은 그 모든 이들에게 던진 것. 너무나도 거대한 달빛 숲이기에 위험이 있다 한들 가까운 곳이 아닐 수도 있다.

과연 저 멀리서 이상한 낌새가 잡혔다. 숲을 어미 삼아 살아가는 모든 생명체에게서 불안감이 퍼지고 있었다.

무엇일까. 불안감은 전염병처럼 커지며 모두에게 번져 갔다. 그래서인지 부지런히 울어대던 풀벌레 소리도 사라졌다. 숲을 활기 넘치게 하던 각종 동물과 새의 울음소리도 사라진 지 오래다. 질식할 것만 침묵.

네 눈을 빌려달라.

갑작스레 닥친 불안감에 잠을 깨어버린 부엉이의 눈에 신비로운 푸른 빛이 스쳤다. 성진의 눈이 부엉이의 눈이 되었다. 부엉이는, 성진은 불길한 기운이 퍼지는 곳을 보았다.

저 멀리서 나무가 쓰러지고 있었다. 새들이 분분히 날아오르고 초식동물들의 절규와 나무들의 소리없는 비명이 울려 퍼지고 있었다.

이제 성진은 황급히 달아나는 사슴에게로 다가갔다. 사슴의 귀가 성진의 귀가 되었다. 성진은 저 멀리서 나무의 섬유질 부러지는 소리와 그 가운데 울려 퍼지는 거친 숨소리를 들었다. 그리고 야수의 포효를 들었다.

크오오오!

열심히 도망가던 사슴은 그 서슬에 놀라 그만 기절하고 말았다. 성진은 사슴에게서 벗어나 숲을 가로지르는 괴물들에게 다가갔다. 무엇이 이토록 숲을 무너뜨리며 오고 있는 것인가.

달빛 숲은 지극히 오래되었다. 세상이 한번 멸망하고 나서 생겨난 숲이다. 너무도 오래된 숲이기에 미약하지만 의지가 생겼고 뜻이 생겨났다. 숲은 모두를 보호하였다. 파괴하거나 질서를 무너뜨리는 자는 배제하였다.

때문에 달빛 숲에서는 몬스터가 살지 못했다. 숲은 몬스터에게 있어서 너무도 가혹했다. 괴물들이 마시려는 물은 썩어 들어가기 시작하고 나무가 죽어갔으며 풀이 말라비틀어졌다.

초식동물들은 얼씬도 하지 않으며 나무 열매는 그들이 따려고 하면 땅에 떨어져 곧바로 썩어 들어갔다. 낙엽이 썩어들어 만들어진 장독이 공기마저 오염시킬 정도였으니 오죽할까.

달빛 숲은 몬스터들을 완전히 배제하였고 몬스터는 그런 달빛 숲에 얼씬도 하지 못했다. 너무도 확고했기에, 도도했기에 엘프의 손길조차 거부한 숲은 태고의 신비를 깊이 간직하고 있었다.

그런 숲의 의지를 무시하고 파괴하며 달려오는 괴물은 결코 평범한 괴물은 아닐 것이다. 그런 괴물이 지금 이 순간 그들 쪽으로 몰려온다는 것은 분명히 불길한 징조라.

성진은 그것을 확인해 보기 위해 감각의 파문을 더욱 퍼뜨렸다.

크르르륵…….

크워억!

콰직!

괴수의 울부짖음과 동시에 수백 년 묵은 나무의 줄기가 터져 나가더니 옆으로 쓰러졌다. 나무에 살던 수많은 동물의 집들이 부서져 나가고 푸른 나뭇잎이 우박처럼 떨어져 내렸다.

콰르르릉—

육중한 무게에 다른 나무조차 연쇄적으로 부러져 나가며 쓰러졌다.

수십 피트는 족히 될 법한 거대한 나무였으니 그 파장이란 어마어마한 것이다. 문제는 이 나무 한 그루에서 일어나는 것이 아닌 근처의 모든 나무에서 동시 다발적으로 일어나고 있다는 것이다.

괴수는 강했다. 몸으로 부딪치고 앞발로 후려치니 줄기가 터져 나가고 패었다. 하얀 속살이 드러난 줄기로 한 괴물의 타액이 닿았고 하얀 연기를 피우며 타 들어갔다.

콰광!

어디선가 대기가 요동치더니 폭발음과 함께 화염이 치솟았다. 화염은 옆으로 번져 나가 모든 것을 불태우기 시작했다. 거세게 솟구친 불길 사이로 괴물들이 지나갔다. 불빛에 드리워진 괴물들의 그림자가 기괴하여 흔들렸다.

'많군.'

족히 수만은 되어 보이는 무리였다. 더군다나 예전 성진의 일행을 습격한 괴물과 같은 돌연변이 같았다. 동급의 몬스터에 비해 몇 배나 강한 이들. 그런 괴물이 수만 마리였다. 야수의 해일이었다.

이 정도 전력이라면 한 왕국 따위는 단숨에 쓸려 버릴 것이다. 성진이 이들을 꼼꼼히 살피고 있는 사이 그의 감각 안으로 기묘한 것이 나타났다. 그의 시야가, 감각이 그쪽으로 돌려진 순간 성진은 암흑 속에 숨어 있는 비틀려진 웃음을 발견하였다.

엿보는 것은 이제 그만.

귓가에 들리는 속삭임과 동시에 감각이 일그러지더니 성진이 일구어놓은 파문이 한꺼번에 깨져 나갔다.

성진은 미간을 살짝 좁혔다.

좋지 않다. 아무래도 저 무리는 누군가가 인솔하는 듯했다. 그의 시야마저 흩뜨려 놓을 정도의 능력자. 필시 마스터일 것이다.

'역시……'

인간은 하나를 보고 수많은 것을 생각한다. 생각도 다르니 사상도 다를 것이다. 말세를 맞이하여 성진을 도우려는 마스터도 있을 것이나 방해하려는 이들도 있을 것이다. 자기 나름대로의 염원에 따라.

"정지. 잠시 이곳에서 쉬고 가지요."

성진은 걸음을 멈추며 뒤를 돌아보았다. 그의 뒤를 따르고 있던 두 소년의 몸을 양팔로 부드럽게 감싸 안아서 근처에 쓰러진 나무 위에 앉혔다. 두 소년은 몽롱한 눈으로 성진을 쳐다보더니 다시 사색에 잠기기 시작했다.

"샤이라, 잠시 탐색 좀 하고 오겠습니다. 세르피아를 부탁합니다."

성진은 등에 짊어지고 있던 세르피아의 몸을 담은 관을 그녀에게 넘겨주었다. 그 모습에 칼과 하이단은 깜짝 놀랐다. 잠잘 때 외에는 몸에서 떼어놓지 않았던 성진이었다.

"무슨 일입니까?"

과연 하이단이었다. 탐색이라는 말과 휴식이라는 상황에 무언가 불길한 것을 느꼈나 보다. 성진은 조용히 고개를 흔들며 그에게 말했다.

"기다리십시오. 곧 돌아오겠습니다."

샤이라는 묵묵히 성진이 넘긴 관을 받아 들었다. 그리고는 의혹이 담긴 눈으로 성진을 바라보았다. 아무래도 그녀는 느끼지 못했나 보다.

숲의 경고를.

몬스터의 광기를.

─샤이라, 앞쪽에 불길한 것들이 다가오고 있습니다. 제거해야겠습니다.

─그렇다면 저도 가겠어요. 혼자보다는 둘이 더 편하지 않나요?

─아닙니다. 당신은 이들을 지켜야 합니다. 이 길은 제가 가고, 걷는 길입니다. 이것은 나의 의무. 내 의지로 나를 가로막는 것은 없앨 것입니다. 당신은 당신의 길을 걸으십시오. 당신의 길이 나를 돕는다면 이들을 지켜주세요.

성진의 뜻에 샤이라는 생각에 잠기는 듯하더니 고개를 끄덕였다.

─좋아요. 대신 내 눈을 가져가세요.

샤이라는 오른손을 들어 보였다. 샤이라의 손바닥 중앙에서 새파란 빛이 일렁이더니 성진의 왼 손등에 달라붙었다. 빛은 잠시 손등에 떠돌다가 희미하지만 작은 문양을 남겼다.

─위저드 아이(Wizard Eye)입니다. 구경이라도 해야겠죠?

샤이라는 웃으며 살짝 혀를 내밀었다. 성진은 그런 그녀를 향해 목례를 취하고는 나무 위로 뛰어올랐다.

"부탁합니다."

말이 채 끝나기도 전에 성진의 몸이 희미해지더니 높이 수십 피트의 나무 꼭대기를 밟고는 뛰었다. 마치 활처럼 굽어진 나무줄기의 탄성을 이용해 성진은 한 번에 수십 미터를 건너뛰었다.

바람이 갈라지고 그 가운데 성진이 섰다. 성진은 바람의 결을 디디며 나무 꼭대기를 발판 삼아 숲을 질주하였다.

숲은 엄청나게 컸다. 호주 대륙의 절반만한 크기였으니 오죽하랴. 사실 따지고 보면 남대륙을 주름잡는 인간들의 왕국의 면적은 남대륙 전체 삼 분지 일에 불과하였다. 나머지는 이런 태고의 원시림이 대륙을 뒤덮고 있었다.

끝도 없이 펼쳐진 나무의 바다를 성진은 거침없이 달렸다.

파파팟!

성진은 손가락 굵기만한 나뭇가지의 탄력을 빌어 위로 뛰어올랐다. 까마득히 솟구친 성진은 지평선 저쪽에서 피어오르는 연기를 보았다.

저기다!

성진도 보았고 숲도 보았다. 숲은 성진이 공유해 준 시야로 자신의 몸을 보았다.

찢어지고 있었다. 부서지고 있었다. 불타오르고 있었다. 그의 몸에 살고 있는 수많은 동물의 외마디 비명을 들었다.

고통이 밀려왔다.


......!


언어로 표현할 수 없는 숲의 분노가 중심부로부터 서서히 일어났다. 나무의 줄기에 자라나던 버섯의 포자가 일제히 터져 나갔다.

포자는 나무들의 뜻과 생각을 전하는 전령. 매개체다. 마치 인간이 분비하는 호르몬처럼 바람을 타고 나무들 사이사이로 퍼졌다.


적.

적.

적.

적.


적의를 한껏 담은 그들만의 언어가 퍼지는 순간 바람이 불었다. 숲 깊은 곳에서 불어온 바람은 이제까지 담았던 경고가 아닌 적의. 인내하는 자가 분노할 때야말로 진정으로 무섭다. 그리고 그 분노한 자를 얻은 성진은 숲이 지니는 거대한 에너지를 마음껏 이용할 수 있었다.

부수겠다.

성진은 허락을 구했고 숲은 승낙하였다. 몬스터가 분비한 산(酸)과 독은 숲을 오염시킨다. 애써 그들을 멸절시킨다 하더라도 산과 독으로 물든 자리는 쉬이 복구되지 않는다. 그럴 바에야 도려내는 게 나았다.

그러기 위해서는 가장 효과적인 방법을 사용하는 것이 좋다. 기선을 제압하는 것. 상대방의 허점을 노려 가장 큰 타격을 입히는 것. 선공이다.

기이이잉—

마치 작은 돌개바람이 회전하는 듯한 소리와 함께 성진의 손에서 빛이 일기 시작하였다. 성진의 주위로 빛이 빨려 들어가기 시작하였고 손바닥에서 재구성되기 시작하였다.

그의 가장 강렬한 염원이 일자 자연히 빛에서 광자가 일제히 집적되기 시작하였다. 광자는 다른 말로 양자라 불리기도 한다. 분리된 양자는 성진의 손바닥이라는 미소 공간에서 급가속하더니 점으로 압축되어 튀어나갔다.

적을 꿰뚫는 섬광. 그리하여 모든 것을 불태우는 창.

빛은 대기를 갈랐다. 맹렬히 가속된 양자는 대기를 구성하는 산소와 질소에 부딪쳐 일부는 산란되었지만 성진이 원하는 지점을 향해 뻗어나갔다.

성진의 손바닥에서 피어난 섬광은 그의 몸통만하게 커지며 대기를 찢어발겼다. 성진과 괴물들이 있는 지점에 섬광으로 만들어진 선이 그려진 순간 거대한 폭발이 일어났다.

콰아아아아—

양자가 다른 원자와 부딪치면서 만들어진 에너지—줄(J)은 곧바로 열로 전환되더니 삽시간에 그 일대를 십만 도까지 올려 버렸다. 십만 도라는 엄청난 열은 대기를 달궜으며 달궈진 대기는 맹렬히 팽창해 방사형으로 퍼져 나갔다.

콰르르르릉—

폭풍이 일며 모든 것을 쓸어갔다. 재수없게도 폭심부에 위치하였던 몇몇 괴물은 그대로 증발하였고 주위에 있던 괴물들 대다수가 반신이 불타 버리는 3도 화상을 입었다.

폭발에 쓸린 돌멩이나 불탄 나무들 일부가 흉기로 변해 강철검도 튕겨내는 괴물들의 피부에 박혀들었다.

이어 진공으로 변한 폭심부를 향해 다시 바람이 몰려들었다. 역으로 방향이 바뀐 바람은 모든 것들을 빨아들이고 뭉쳐서 위로 퍼져 나갔다.

원자 폭탄의 재현이었다.

"쿠아아아아!"

"쿠에에에엑!"

"캬악!"

별안간 일어난 재앙. 대폭발과 동시에 몬스터 무리는 일순간 아수라장이 되어버리고 말았다. 십만 도라는 열에너지가 집중된 마당에 온전히 제 모습을 유지하는 것들은 얼마나 될까?

섬광이 닿은 부분으로부터 반경 몇백 야드는 대지가 한껏 달아올랐고 후폭풍이 쓸고 지나간 자리는 아수라장이 되고 말았다.

까마득히 먼 거리에서 발사된 강력한 빔(Beam)은 마치 현대의 전투 개념처럼 보이지 않은 곳에서 적을 유린해 버린 것이다.

이 시대의 전투 개념보다 더 고차원적인 개념을 알고 있고, 또 그 개념을 실지로 구현할 수 있는 능력의 성진은 여타의 마스터와는 차원을 달리하였다.

다시 숲 위를 달려 수십 킬로미터를 뛰어간 성진은 그 같은 저격을 다시 한 번 행하였다. 하늘에 푸른 궤적이 생기며 섬광이 질주하였다.

콰아아아앙—

그저 눈에 보이는 곳에서 발톱과 이가 맞부딪쳐 오는 피와 살점의 향연이 아닌 보이지도 않은 곳에서 떨어지는 섬광은 실로 끔찍하였다. 괴물들은 혼비백산하였다. 보이지도 않는 재앙은 단순히 넘기기에는 그 파괴력이 너무도 빼어났다. 섬광이 떨어진 근방의 괴물들은 깡그리 전멸하였고 주위는 중상을 입은 괴물들이 신음을 흘리며 누워 있었다.

수만의 군대는 적을 보기도 전에 심각한 피해를 입고 사기가 바닥을 기었다. 일반적인 괴물과 수준을 달리하는 이들이 겨우 공격 두 번에 이렇게 변했다는 게 믿기지가 않을 정도였다. 그러나 성진의 공격은 그만큼 강력하였다.

광기에 빠진 몬스터조차 주춤거리게 만들 정도로.

풍족한 연료와 높은 열, 그리고 산소. 이 세 가지 조건이 어울려지자 거대한 화재가 발생하였다.

쿠아아아—

숲은 불타오르고 있었다. 성진이 만들어낸 재앙은 몬스터뿐 아니라 숲까지 불태우고 있었다. 기묘하게도 화재는 그들 몬스터 군단이 지나온 곳을 따라 번지고 있었다. 그러나 숲은 관조하였다. 불이란 재생이라는 또 다른 의미를 담고 있다. 몬스터들에 의해 황폐해진 숲은 불로 정화되고 그 재가 새로운 생명의 기틀이 될 것이다. 마치 숲의 의지처럼, 상처 난 곳을 불로 지지는 소독을 하고 있는 것처럼.

불은 산소를 빨아들였다. 대기의 구성 요소 중 산소가 차지하는 비율은 22%. 나머지는 연소에 참여하지 않는 질소지만 100% 중 22%가 사라져 버린다면 그 공백은 자못 크다. 그리고 그 공백은 다시 다른 공기가 채운다.

이렇게 1/5이 계속적으로 사라지며 공백이 채워지면 이제 불은 단순히 뜨거움이 아닌 압력도 가지게 된다. 힘을 가진 불길은 단순히 산소의 유입에 만족하지 않고 사방으로 뻗어나가 산소를 집어삼킨다. 특히나 숲에 번진 화재처럼 사방이 불길로 휩싸인다면 그때는 산소를 먹어치우는 괴물이 된다.

대기는 달아올랐다. 인간이라면 숨조차 쉬지 못할 정도로 달구어진 대기는 기도를 자극하였다. 연기는 사방으로 몰아쳐 시야를 가로막았을 뿐 아니라 따갑게 만들었다.

쿠에에에엑!

사방에 괴물들의 울부짖음이 들렸다. 강철검도 튕겨내는 표피를 지녔다고 하나 그것은 어디까지나 조직의 치밀함에 의해서지 조직의 견고함에 의해서가 아니다. 그네들도 살아 있는 생명체인 이상 단백질로 구성되어 있다.

그리고 그 단백질은 고온에서 쉽게 파괴되었다. 사방이 시뻘건 화염으로 둘러싸인 흡사 열화지옥 같은 이곳에서는 제아무리 강력한 괴물이라도 타 죽기 십상이었다.

그때 머리에 흑색 뿔이 두 개 달린 놈이 하늘을 보며 크게 울부짖었다. 그러자 우왕좌왕 어찌할 바 모르던 괴물들은 순간 일사불란하게 움직이기 시작하였다. 그중 코가 유독 긴 놈이 킁킁거리며 냄새를 맡더니 그 지옥에서도 가장 불길이 얕은 곳을 찾아냈다.

뿌우우우!

마치 코끼리 울음처럼 큰 소리로 놈이 포효하자 불길에 온몸이 휩싸여 중상을 입은 녀석들이 무리 앞으로 나서기 시작하였다. 저마다 광기에 찬 괴성을 지르며 맹렬히 타오르는 화염을 보며 일제히 달려들었다.

퍼벅! 퍽!

불붙은 나무를 몸뚱이로 들이박자 고기 타는 냄새와 동시에 그 굵은 나무가 부러져 쓰러졌다. 일부는 제 가슴에 손을 박더니 불타오르는 대지 위로 피를 뿌려 식히기 시작하였다.

캬아악!

퀘에에엑!

몸으로 불길을 헤치고 피로 불을 껐다. 수백, 수천에 달하는 전투 불능의 괴물들이 만들어내는 피와 살의 개척로는 거대 화재를 진압하는 기적을 창조하고 있었다.

성진은 까마득한 높이의 하늘에서 공간을 딛고 서서는 그 광경을 보고 있었다.

"굉장하군."

성진은 감탄하였다. 제아무리 이성이 마비되고 본능 중 광기가 극대화되어 정신없는 괴물이라고 하지만 그 우두머리가 생에 대한 집착까지 미련없이 버리게 할 정도로 정신(본능)을 지배하여 다수를 위해 희생한다는 게 놀라웠다.

전투력이 저하된 개체를 이토록 효과적으로 써먹을 줄이야! 아무래도 저 우두머리는 평범한 괴물이 아닌 듯하였다. 과연 괴물의 등에는 무언가 접혀진 형태로 붙어 있었는데 대략적으로 따져 볼 때 날개 같았다.

우두머리의 명령에 따라 수천의 개체가 일구는 개척로는 어느덧 불길이 만든 거대한 장벽을 돌파하고 있었다. 성진은 그 불굴의 의지에 순수하게 감탄하였으나 공은 공이고 사는 사다. 성진은 저들을 멸절시킬 뜻을 접을 생각이 추호도 없었다.

"가만 놔두면 번거롭지."

이대로 계속 양자포를 난사해 전멸시키는 것도 괜찮았지만 그도 엄연히 한계가 있다. 양자포를 만들어 쏘는 것도 꽤나 힘든 작업이다. 그가 지닌 정신력도 엄연히 한계가 있는 것이다. 그 한계라는 게 까마득할 정도로 높지만 말이다.

더군다나 최후의 한 마리까지 완전히 박멸하기 위해서는 양자포는 부적합하다. 워낙 생명력이 강한 괴물들이라 그 지옥에서도 살아날 가능성이 있다. 가장 확실한 방법은 지상에서 확실히 제압해 버리는 것. 그것이 최선이었다.

성진은 사늘하게 웃으며 몸을 허공으로 던졌다. 곧이어 성진의 몸은 자유 낙하하기 시작하였고 200km/h의 무시무시한 속도로 떨어져 내렸다.

촤자자자자—

귓가로 바람이 찢어지는 소리가 들려왔다. 얼굴이 심한 풍압에 이리저리 밀리는 게 느껴졌다. 성진은 온몸을 압박하는 바람 속에서 눈을 감고 양손을 가슴에 모았다.

두근두근.

심장 소리가 들렸다. 바로 몇 초 후면 땅에 닿는다. 이런 속도로 땅에 부딪쳤다가는 제아무리 그라도 살아남지 못한다. 당장 가루가 될 것이다. 죽을지도 모른다는 생각이 묘하게 그를 흥분시켰다.

가벼운 흥분. 그것은 약이다. 전투에 있어서 가벼운 흥분이란 신진대사를 촉진시키는 역할을 한다. 사실상 자의로 행하는 최초의 싸움이기에 그 흥분은 더했다. 그가 지닌 힘을 마음껏 발휘할 수 있는 것이다. 아무 거리낌 없이.

성진이 다시금 눈을 뜨자 숲이 한가득 눈에 밀려들어 왔다. 그리고 시뻘건 화염. 눈 한가득 보이는 화염과 검은 연기가 시야를 잠식하였다.

성진은 그 연기 속으로 뛰어들었다.


＊          ＊          ＊


샤이라는 성진이 사라진 곳을 보았다. 나뭇가지를 타고 순식간에 사라지는 동작은 엘프라 해도 따라 하지 못할 듯하였다. 그녀는 자신의 앞에 놓인 관을 쓰다듬었다.

세르피아의 관. 혼이 빠져나가 육체만 살아 있는 그녀를 옮기기에는 관같이 좋은 물건이 없었다. 살아 있는 생명을 넣는다는 것 자체가 조금은 부담스럽게 들릴지 모르나 그것은 어디까지나 일반적인 통념.

그에게나 그녀에게나 그들이 속한 존재에게는 별반 통하지 않았다.

"에휴……."

그녀는 나직이 한숨을 쉬었다. 가슴이 답답했다.

관은 단순한 물건이 아니다. 살아 있는 생명을 담고 있는 물건이자 성진의 반쪽이었다. 혹은 성진의 전부였으며 그의 뜻이었다. 도대체 무슨 뜻으로 그의 연인을 맡긴 것인가.

"쳇."

그녀는 살짝 콧방귀를 뀌었다. 괜스레 성진이 얄미웠다. 그래서 한 번 발로 차주고 싶었지만 관이 무슨 죄가 있으랴. 세르피아가 무슨 죄가 있으랴.

"……."

더군다나 보는 눈이 너무 많았다. 샤이라는 눈을 감고는 고개를 저었다. 그러자 풍성한 새파란 머리칼이 이리저리 휘날렸다. 아무래도 성진이 선물해 준 그 샴푸라는 물건이 꽤나 좋은 효과를 나타내는 모양이다. 향기도 좋고 머리를 감고 나면 부드럽기도 하고.

마스터의 모발은 관리를 하지 않아도 자연스레 청결한 상태를 유지한다. 엘프처럼 청초한 머릿결까지는 되지 않지만 여인네들이 경험하는 머리칼이 숫구치는 그런 경험 따위는 하지 않는다. 아무래도 그 샴푸라는 물건이 꽤나 물건이다. …그리고 이따위 생각이나 하고 있는 자신이 한심했다.

'그런 생각이라도 하지 않으면……'

가슴이 답답했다. 못 견딜 정도로. 샤이라는 그런 기색을 싹 지워 버리고는 일행에게 말을 건넸다.

"자자, 성진의 말 들었죠. 다들 휴식입니다. 거기 두 소년, 이제 앉아서 마음껏 다리를 주무르세요! 그쪽 놀고 있는 중년의 아저씨들은 간단한 간식이라도 준비하면 좋겠죠?"

"와아!"

두 소년은 만세를 불렀고,

"쳇. 내가 무슨 아저씨라고……?"

"이 나이에……."

라며 두 중년은 구시렁거리며 배낭에서 작은 육포 쪼가리를 꺼내 들었다.

길리언은 육포를 입에 넣고 씹었다. 처음에는 딱딱했지만 곧이어 침이 배어들자 부드럽게 변하더니 짭짤하고도 구수한 고기 맛이 입 안에 가득 퍼졌다. 씹을수록 감도는 맛에 얼른 삼키고 싶지만 그랬다가는 쉬이 배탈난다는 것을, 그리고 영양을 듬뿍 흡수하지 못하는 것을 경험과 성진의 조언을 통해 알고 있었다.

육포를 꼭꼭 씹으며 길리언은 무릎 안쪽의 움푹 파인 부분을 엄지로 열심히 문질렀다. 때로는 세게, 때로는 약하게.

성진은 그곳이 다리의 피로를 푸는 곳이라고 하였다. 문지르면 딱딱했던 근육이 풀어지는 곳. 반신반의하면서도 이렇듯 상당 시간 문지르고 나면 한결 다리가 가벼워지는 것을 느꼈다. 이제는 버릇처럼 늘 행했다.

그 모습을 물끄러미 보던 타키안도 다리를 쭉 펴더니 마찬가지로 무릎 안쪽을 문지르기 시작했다. 간식으로 육포를 조금씩 씹어대던 하이단과 칼도 이제는 경쟁이라도 하듯 한 개의 육포 주머니 가지고 '니가 많이 먹네, 내가 적게 먹네' 하며 옥신각신 싸우고 있었다.

샤이라는 그 둘의 작태를 보며 살포시 웃고는 근처 나무 둥치에 엉덩이를 걸쳤다.

한가로웠다. 평화로웠다. 일상의 작은 한 조각에서 평온과 행복을 얻을 수 있다고 하더니 그 말이 참말인 듯하였다. 우거진 나뭇가지 사이로 얇게 스며드는 햇볕에 머리 일부분이 따스해지는 것을 느끼며 샤이라는 기지개를 켰다.

"으으음냐……!"

손끝에서 짜릿한 기운이 팔을 타고 내려오더니 다시 등골을 타고 아래로 퍼졌다.

'뭐 하고 있을까?'

모두들 자신만의 시간에 열중하는 순간 샤이라는 성진을 떠올렸다. 적을 부순다고 했었는데 적은 얼마만한 규모일까, 얼마나 강할까 하는 생각이 떠올랐다. 우습게도 그가 다녀온다고 했을 때 샤이라는 당연히 그가 돌아올 것을 생각하며 말했다. 실지로 그는 강했다. 너무나도.

그 생각을 샤이라만이 가진 것은 아닌지 길리언이 어느새 자리에서 일어나 샤이라 곁에 주저앉았다.

"스승님은 탐색을 나가신다고 하셨는데 무슨 일일까요?"

"글쎄다. 낸들 알겠니?"

샤이라는 어깨를 으쓱였다. 가끔 그녀가 취하는 제스처지만 볼 때마다 길리언은 웃음을 참을 수가 없었다. 격조 높은 저 마스터는 가끔은 어린 그가 봐도 너무나도 귀여웠다.

"아아, 샤이라님, 훔쳐볼 수 있잖습니까?"

어느샌가 육포 한 조각을 입에 물고는 칼이 어슬렁거리며 그들의 곁으로 다가왔다. 그 뒤를 보니 하이단은 빈 육포 주머니를 보며 고개를 숙이고 있었다.

비분이 가득 찬 표정. 아무래도 최후의 쟁탈전에서 승리한 자는 칼인 듯 보였다. 그렇지 않다면 저 득의만만한 표정이 나올 수가 없을 테니까.

"그 마법 있잖아요. 너무나 빠르고 흔적이 미세했다고 하지만 그건 위저드 아이였다고요."

"호?"

샤이라는 칼의 말에 놀랍다는 표정을 지었다. 그도 그럴 것이 그녀가 시전한 위저드 아이는 상대의 몸 일부분에 문신 같은 마법진을 새겨 그것으로 정탐할 수 있는 변종 마법이었다. 본래라면 허공에 눈알이 생겨나 정찰하는 마법이었지만 마법이 개량화되면서 이렇게 바뀐 것이다.

"알아볼 수 있다니… 꽤나 대중화된 모양이네요."

"그렇죠. 많은 마법사들이 선호하는 마법이니. 물론 막는 법도 개발되었답니다. 근데 '꽤나 대중화된 모양이네요' 라니. 그건 무슨 뜻이에요?"

칼은 용하게도 샤이라의 말속에 숨은 뉘앙스를 발견했다. 샤이라는 그의 물음에 씨익 웃었다.

"당연하지요. 제가 만들어낸 마법이니까요."

"에엑?!"

칼은 기괴한 비명을 터뜨렸다. 한데 전혀 놀랄 일이 아니다. 사실 그녀를 마도학적 계보로 따진다면 까마득할 정도로 높은 대마도사다. 그런 그녀가 인간 세상을 벗어나기 전 그런 마법 하나 만든 건 전혀 놀랄 일이 아니었다.

"왜 그렇게 놀라지요?"

"그, 그야 그 위저드 아이를 변형시킨 마도사는 키가 크고……."

"크고?"

"하얀 수염이 배까지 늘어졌으며……."

"…늘어졌으며?"

"온몸에 기품이 가득한 마법사라고 했거든요."

"하아……."

샤이라는 머리를 짚으며 한숨을 쉬었다. 그 늙은이다. 늙다리 장로들. 당시 마도학회를 주름잡던 꼴통들. 당시 그녀가 40대의 젊은 나이로 그런 마법을 만들어냈다는 게 너무도 질투가 나 그녀의 모습을 기록에서 싹 지워 버린 것이리라. 안 봐도 뻔했다.

이제 와 따질 수도 없는 노릇이다. 이미 수백 년이 흘러 버렸고 당시의 늙은이들은 이제 죽어 뼛가루도 안 남았다. 그녀만이 마스터가 되어 이렇게 오롯이 세상을 지켜보고 있는 것이다.

"아아. 됐어요, 됐어. 그건 그렇고 우리 성진이 뭘 하는지 지켜

보……?!'

그녀는 채 말을 끝내지도 못하고 서쪽을 바라보았다. 서쪽은 바로 성진이 향했던 곳. 그곳에서 소름 끼칠 정도로 강력한 에너지가 유동하고 있었다.

'뭐지?!'

인지함과 동시에 하늘 끝 자락이 환해졌다. 빛이 마치 지상에서 하늘로 뿜어지듯 강렬하게 솟구쳤다. 얼마나 밝은 빛인지 나뭇잎들이 우거진 숲이 일순간 환해졌다.

모두가 놀란 표정으로 서로를 바라볼 때 샤이라는 재빨리 성진의 손에 심어놓은 위저드 아이를 발동시켰다.

약속된 흐름에 따라 마력이 달리자 법칙이 호응했다. 호응된 법칙은 공간을 넘어 성진의 손등에 새겨진 문장을 발동시켰다. 발동된 문장은 주위의 모든 것을 인지하기 시작하였다. 문장에서 피어난 마력의 더듬이는 사물을 더듬어 시각화하였다.

샤이라는 그 영상을 허공에 띄웠다.

"……!"

"뭐, 뭐야?"

"…맙소사!"

허공에 띄워진 영상 속에서 보인 것, 그들이 본 것은 허공을 가득 메운 거대한 버섯구름이었다.

＊　　　　＊　　　　＊

연기 속은 뜨거웠다. 바로 밑에 열원(熱源)이 자리잡고 있으니 당연한 것이었다. 성진은 눈을 감았다. 그리고 인지의 영역을 넓혀 몬스터들의 한가운데를 찾아내었다.

쾨광—

재앙은 또 한 번 일어났다. 이제껏 경험했던 열화지옥 따위는 비교할 수조차 없는 성진이라는 재앙이.

성진이 지면에 착지하는 순간 땅이 울리며 까만 재가 회오리치면서 퍼졌다. 아울러 화염들이 소용돌이치며 매섭게 허공을 휩쓸었다.

그리고 이어지는 권격.

소리도, 형체도 없다.

속도를 완벽하게 제압한 것이다. 그리하여 형체도 소리도 사라진 궁극의 권. 쾌(快)라는 묘리를 극대화한 권격.

성진은 자신을 둘러싼 팔 방위를 향해 권을 떨쳤다.

단 한 발의 권이지만 그 위력은 절대적이었다. 혁신이라고 표현할 정도로 강렬한 깨달음을 통해 결(訣)의 속박을 던져 버린 성진에 있어 그의 한 수 한 수는 치명적이었다.

'퍽' 하는 소리가 여덟 번이 울려 퍼지고 치솟는 여덟 개의 피분수. 맞은 부위는 제각각이었지만 권격에 실린 경력을 넘어선 힘은 몬스터들의 체액을 진동시켰다.

성진은 주위를 장막처럼 드리우는 검은 재 속에서 한 걸음씩 움직였다.

이어 터져 나가는 여덟 개의 주먹.

2차원상에서 한 목표를 향해 공격할 수 있는 곳은 정확히 여덟 곳.

시야가 방해되는 상황에서 팔 방위에 때려 넣는 권격은 절대적인 위력을 발휘했다.

성진의 걸음이 떼어질 때마다 여덟 마리의 몬스터가 반드시 죽어나갔다. 그렇게 열 걸음을 떼고 나자 불길이 소용돌이치는 곳에서도 혈향이 퍼지기 시작하였다. 특히나 후각이 발달한 녀석들이 이 같은 사실을 눈치 채지 못할 리가 없었다.

크워워워!

코끼리처럼 코가 긴 녀석이 울부짖었다. 아마도 공기 중에 서린 성진의 냄새를 맡은 모양이었다.

피식 웃은 성진은 녀석을 향해 주먹을 휘둘렀다. 주먹에 담긴 거력이 공간을 격하고 녀석의 얼굴에 닿는 순간 녀석의 가죽이 터져 나가더니 피가 사방으로 튀며 뼈가 두부처럼 으스러져 버렸다. 주위에 있던 괴물들은 깜짝 놀랐으나 이윽고 성진이 있는 곳을 발견하고는 괴성을 지르며 접근하였다.

콰아아아!

새빨간 불길과 불똥이 정신없이 휘날리는 이곳에서 괴물들은 성진을 향해 적의를 불태웠다. 그리고 발톱을 드러냈다.

대가는 혹독하였다.

성진은 왼발을 축으로 삼아 몸을 회전시키며 수도를 세워 눈앞을 가로 그었다. 그 순간 성진의 의지가 검이 되었고 수도가 이끄는 대로 무한히 길어져 모든 것을 양분하였다.

약한 것들은 죽어라. 그것이 내 뜻이니.

숲이 침묵하였다. 그 가운데 성진의 의지는 예리한 칼날이 되었다. 법칙이 짜놓은 사슬을 칼날은 무자비하게 끊으며 물질을 파괴하였다. 칼날이 지나간 자리에 있던 모든 것들이 일시에 잘려 나갔다. 분자들의 연결 고리가 끊어졌으며 원자들이 일순간 파괴되었다. 성진의 강력한 일격은 순수한 의지로 물질계를 간섭할 수 있음을 넘어 파괴할 수도 있다는 것을 보여주었다.

그리고 그 결과는 엄청났다. 칼날에 담긴 의지보다 약한 녀석들은 잘렸으며 강한 녀석들은 살아남았다. 성진의 수도가 가리켰던 모든 것들 중 기준 이하의 것들이 일시에 갈라졌다.

콰드드득—

크워워워어!

캬우우웅!

환상처럼 불길이 갈려졌다. 재들이 상하로 분리되었다. 불타는 세상을 가르는 하얀 선이 그어졌다. 불에 탄 나무들이 밑동부터 잘려 나가더니 쓰러지기 시작했다. 달려오던 몬스터들의 상체가 분리되어 대지를 굴렀다. 선이 지나간 것들 중 약한 것들은 전부 죽어나갔다.

사방 1km에 달하는 영역의 모든 나무들이 잘려 나가며 쓰러졌다.

불타오르던 수백 년 묵은 거목들이 일시에 쓰러지자 사방은 진동하고 불꽃이 튀었다. 재들이 공기 중으로 자욱하게 퍼져 눈조차 뜨지 못할 정도로 끔찍하였다.

얼마나 큰 소란인지 성진의 일격에서 살아남은 강인한 놈들 중 일부는 쓰러지는 거목에 깔려 죽었을 정도였다.

"남은 것은 이놈들인가?"

단 일 수에 잔챙이라고 표현할 수 있는—그러나 보통 몬스터의 수배를 상향하는—모든 괴물을 쓸어버린 성진은 불과 천여 마리 남은 녀석을 향해 하얗게 미소 지었다.

그의 검을 버틴 녀석들은 유독 강한 녀석들이다. 두셋이 뭉치면 능히 오러 유저와 싸울 수 있을 정도로.

그런 놈들이 천이다. 불을 견디는 피부, 강철을 구부러뜨릴 수 있는 근력. 엘프에 버금가는 순발력. 말하자면 인간형, 비인간형을 떠나 전투를 행하는 개체로서 가져야 할 최상의 장점을 모조리 가진 놈들이다. 잘만 싸운다면, 아니, 머릿수로만 덤벼도 마스터를 격살할 수 있는 전력이었다.

크르르르!

캬우우우!

타오르는 대지 아래서 그들은 흥분하기 시작하였다. 강한 힘을 지닌 녀석일수록 본능에 의거한 판단력이 뛰어나다. 이성은 없을지 모르나 본능에 의한 판단은 때로는 이성을 능가할 수도 있다.

흥분은 본능을 자극한다. 녀석들의 눈가에 핏발이 서고 뜨거운 숨결을 토해냈다. 100도에 가까운 대기 속에서 저렇듯 원활하게 호흡할 수 있는 자체가 상식을 타파하는 것이다.

캬오오오!

천여 마리가 일시에 포효하자 대지가 흔들렸다!

성진은 차갑게 웃으며 말했다.

"오너라. 고양이들."

푸아아악—

성진의 몸에서 일어난 기세에 검은 재들이 방사형으로 밀려났다. 폭발적으로 일어난 기세는 썰물처럼 성진의 몸속으로 사라졌다. 더욱더 압축되고 순환하여 강력한 힘을 만들어내기 시작하였다.

크오오오오!

성진은 돌격해 오는 괴물의 뿔을 손으로 잡아 꺾더니 그 뿔을 다른 놈의 미간을 향해 던졌다. '빡' 소리와 함께 미간에 뿔이 박힌 녀석은 뇌가 헤집어지는 충격으로 눈이 멋대로 돌아갔다.

작은 체구를 이용해 그 녀석의 가슴으로 파고든 성진은 순간 생긴 시야의 사각에서 주먹을 뿌렸다.

발차기는 분명 위력적이다. 주먹질보다 네 배가량의 힘을 낼 수 있다. 하나 발차기는 주먹질보다 더 오래 걸린다. 아무리 빨리 행한다고 하지만 분명 주먹질보다 더 오래 걸린다. 때문에 성진은 다리로 지면을 쓸 듯 옮기며 주먹을 놀렸다.

주먹에는 막대한 경력을 담고 있었고 경력은 바위를 부술 수 있다. 마치 해머로 내려친 것처럼 닿는 부위를 부숴 버렸다.

'퍽' 소리와 함께 어느 녀석의 안면에 권격이 꽂히자 얼굴 절반이 함몰되었다. 뇌가 흔들리자 녀석은 술에 취한 듯 비틀거렸고 성진은 녀석의 가슴을 밟고 올라가 무릎으로 턱을 올려쳤다.

콰그득—

기괴한 소리와 함께 살점과 골편이 비산하였다. 성진은 재빨리 손을 놀려 골편을 몇 개 쥐고는 허물어지는 녀석의 어깨를 밟고 허공으로 뛰어올랐다. 따뜻한 느낌이 손 안에 가득 퍼졌다. 이런 뼛조각도 그의 손에 쥐이면 훌륭한 무기가 될 수 있다.

　손 안의 골편을 작게 부순 성진은 그것을 엄지로 튕겼다. 손끝에서 일어난 탄자결의 묘리가 뼛조각에 실려 날아갔다. 그리고 그 위력은 7.62㎜ 소총탄을 능가하였다.

　허공으로 사라진 성진의 신형을 잠시 놓친 녀석들을 향해 몇십 개의 뼛조각이 날아갔다. 정수리를 향해 날아간 뼛조각들 절반은 괴물들의 살가죽을 뚫을 뿐 단단하기로는 강철을 능가하는 녀석들의 두개골을 뚫지 못했으나 나머지 절반은 그 두개골을 뚫었다. 뚫고 들어간 뼛조각은 연약한 뇌수를 사정없이 저어버렸다.

　쿠르르륵.

　공기 빠지는 소리와 함께 한꺼번에 몇 마리가 주저앉았다. 성진은 잠시 고민했다. 숨 몇 번 쉴 시간 동안 한꺼번에 수십을 격살했지만 그렇게 따지다가는 이천여 마리를 죽이는 데 한참 걸린다.

　'적들은 어디에 얼마나 몰려 있나?'

　성진의 눈이 바람이 되었다. 휘몰아치는 화염 속에서 성진은 그 화염을 타고 모두를 둘러보았다. 대부분의 괴물들은 그의 근처 1㎞ 안에 몰려 있었다.

　'한 방에 날려야겠군.'

　뜻을 굳히자 성진은 땅에 내려섰다. 대지에 굳건히 발을 딛고 세상에 흐르는 기류를 그의 몸으로 집중하기 시작했다.


　오라!

눈에 보이지 않는 거대한 에너지의 흐름이 요동쳤다. 성진의 강력한 의지는 흐름을 왜곡시켜 그의 몸으로 이끌었다.

화르륵!

불은 에너지다. 가장 활발한 형태로, 가장 단순한 형태로 전환된 열에너지. 때문에 기류의 흐름에 민감했다. 눈에 보이지 않는 기류를 맹렬히 빨아들이는 성진의 몸 둘레로 화염이 소용돌이쳤다.

성진의 몸은 거대한 호수가 되었다. 몰려드는 순수한 자연의 힘을 창생력이라는 족쇄로 억매더니 정신이라는 틀 속에 부어 그의 뜻대로 움직였다.

순식간에 달빛 숲 전체를 흔들어 버릴 만한 방대한 에너지가 요동치며 성진의 몸을 가득 채우기 시작했다.

강력한 힘은 성진의 세포 하나하나까지 스며들며 끝도 없이 모아졌다. 지극한 역도(力度)가 그 위용을 드러내기 시작했다. 그리고 그 와중에 성진은 뜻을 퍼뜨렸다.

"와라!!"

그의 뜻이 가장 원초적인 형태로 퍼져 갔다. 본능을 자극하는 외침. 도전의 외침. 가장 멀리 있어 전투에 참가하지 않았던 괴물들도 공간을 격하고 퍼지는 성진의 강렬한 뜻에 전의가 타올라 달려들었다.

카우우우웅!

크워워워!

성진과 가장 가까이 있었던 괴물은 흥분에 흥분을 더해 거의 발광하였다. 목청이 터져라 포효하였다.

순식간에 여러 괴물이 성진의 주위를 휘감는 화염의 손길을 견디며 가만히 서 있는 성진의 머리 위를 몽둥이로 내려찍고 주먹을 휘둘렀다.

퍽퍽!

성진의 몸이 강철이라도 된 듯 그들의 주먹을 튕겨냈다. 강철판도 구멍 낼 수 있는 그들의 이빨이 성진의 피부를 뚫지 못했다. 광분한 괴물들은 더 더욱 흥분해 성진을 내려쳤다.

꺾어보아라!

크워워워웍!

괴물들의 가슴속에서 미칠 것 같은 분노가 피워 올랐다. 그들이 가한 공격은 아무런 효과가 없다는 듯 적은 멀쩡하였다. 그런 와중에서 도발하였다. 거의 정신이 나가 버린 그들 뒤로 또 다른 무리의 괴물들이 나타나더니 몸을 날려 덮쳤다.

한 마리가 덮치자 연이어 수십 마리가 달려들었다. 순식간에 성진의 몸 위로 몇십 톤이나 되는 중량이 가중되었다. 성진의 두 발이 서서히 지면을 파고들었다. 그러나 그 순간에도 성진의 몸으로 꾸준히 스며드는 강력한 에너지가 있다. 그리고 그 힘은 성진의 몸을 그 어떤 것보다 단단하게 만들었다!

괴물들은 마치 달콤한 냄새에 현혹된 벌 떼처럼 그를 향해 달려들었다. 성진이 발하는 외침은 기이할 정도로 몬스터들을 자극하였다. 마침내 성진의 주위 50m 정도는 몬스터들에 의해 발 디딜 틈이 없어질 정도로 모여들 무렵 성진이 눈을 떴다.

성진의 몸에서 퍼져 나간 파장은 반경 1km를 중심으로 강력한 역장(力場)을 구축하였다. 역장은 외부로부터의 방어가 아닌 내부로부터 외부로의 확산을 통제하는 개념으로 이루어졌다.

말하자면 결계(結界). 그것도 강력한 결계였다. 하지만 지금부터 성진이 행할 일에 비하면 모자란 감이 없지 않았다.

성진은 내부에 모인 에너지를 몸 위로 둘렀다. 성진의 몸이 빛을 뿜더니 그를 누르던 수십 마리의 몬스터를 일시에 날려 버렸다.

퍼버벅!

그 엄청난 거구들을 마치 공깃돌처럼 날려 버린 빛은 성진의 몸을 감싸더니 맹렬한 기세로 타오르기 시작하였다.

성진의 몸을 중심으로 강력한 열기가 흐르기 시작하였다. 아주 짧은 시간 동안 성진의 몸을 뒤덮던 열기가 불꽃으로 변해 그 색깔이 점차 밝아지며 변해갔다. 열기들은 0.01초 만에 수천 도까지 올랐으며 이윽고 수만 도를 돌파하였다.

그러자 성진의 몸 주위에 있던 모든 것들이 녹아 흐르기 시작했으며 대기를 이루는 질소와 산소 분자가 끊어지더니 원자로 화했고 이윽고 그 원자마저 파괴되어 플라즈마가 되기 시작했다.

화르르륵—

청염(靑炎)이 솟구치더니 그 불꽃조차 확인할 수 없을 정도로 엄청난 빛을 뿜기 시작하였다.

성진의 몸속에 빨려 들어갔던 에너지들이 그의 의지에 따라 열로 변환하였다. 그 막대한 에너지가 열로 변했으니 그 여파가 얼마나 클 것인가!

열기에 정면으로 닿고 있는 질소와 산소 원자들이 파괴되었다. 그리고 폭발하였다. 성진에 의해 사방으로 튕겨 나갔던 괴물들의 몸뚱이가 땅에 닿기도 전에 증발해 버렸다. 열기는 무서운 기세로 대기를 밀어붙였다.

쿠르르르릉—

대지가 달아오르고 증발하였다. 역사상 가장 뜨거운 불길이 달빛 숲에 강림하였다. 그 강렬한 불길은 얼마 전에 일어난 입자포가 일으킨 대폭발보다 더욱더 거세게 휘몰아쳤다.

수백 톤의 거력이 단 일 제곱센티미터에 집적되었다. 그리고 그 압력의 벽은 방사 형태로 퍼졌다. 눈 깜짝할 사이에 1㎞를 주파한 압력은 역장에 부딪쳤다.

십만 도를 훌쩍 넘는 불길이 밀고 간 대기 속에 한껏 들떠 있던 전하들이 역장이라는 장애물을 맞자 미친 듯이 요동쳤다. 순식간에 역장을 따라 엄청난 양의 전하들이 이동하였다.

콰좌좌좌좍—

샤이라가 시전하는 썬더 스톰(Thunder Storm)보다 더한 벼락의 그물이 역장을 가득히 메웠다. 역장에 부딪친 압력은 다시 달려온 길을 되짚어갔다. 시뻘겋게 녹아 흐르는 대지는, 아니, 용암은 압력을 따라 요동치더니 헤일처럼 사방을 몰아쳤다.

성진은 녹아 흐르는 대지 위로 이 모든 것을 지켜보았다. 입자포 몇십 발을 난사한 것보다 확실한 단 한 방이 더 효과적이었다.

'다 죽은 것인가?'

이 지옥 속에 살아날 생물이 어디 있겠는가? 1초도 안 되는 짧은 시

간 동안 방출한 열기였지만 파장은 어마어마했다. 지독한 열기는 그
여파만으로도 끔찍했다.

완전한 괴멸. 그야말로 완전무결이었다.

하지만 그 지옥 속에서도 생명 하나가 꿈틀댔다. 살아 있었다. 불꽃
이 제 스스로 타올라 모든 것을 살라먹는 이 지옥 속에서도 단 하나의
생명이 꿈틀거리고 있었다.

성진은 그쪽을 향해 걸음을 옮겼다. 그의 몸 주위로 둘러져 있는 역
장은 용암을 밀어내고 열기를 차단하였다. 그가 걷는 그 주위로 열기
가 사라지더니 급격히 온도가 떨어지기 시작하였다. 비록 성진이 스치
는 그 순간이었지만 용암이 굳고 들떠 있던 대기가 온순해졌다.

이윽고 성진은 살아 있는 생명체 앞까지 도착했다.

참혹했다. 하반신은 완전히 녹아 사라졌고 허리는 끓어오르는 용암
에 조금씩 녹고 있었다. 몸통을 제외한 팔들은 이미 타서 재가 되었으
며 피부는 완전히 사라졌다. 붉게 꿈틀대는 근육이 있어야 할 것이나
숯처럼 타버린 근육만이 온몸을 덮고 있을 뿐이었다.

강력한 재생력을 갖추고 있는지 뼈가 살짝 비치는 곳으로 붉은 근육
이 차올랐지만 대기는 수천 도로 타오르는 상태였다. 그런 고온 속에
단백질로 이루어진 것들이 버틸 리가 없었다.

순식간에 익어버리더니 까맣게 타버렸다. 그런데도 그러한 상황에
서 숨을 쉬고 살려고 발버둥 치고 있었다.

─이대로 죽을 수는 없어……. 이대로… 아직 못다 한 말이…….

놀랍게도 괴물은 뜻을 발하고 있었다. 강렬한 사념. 그 사념은 마치
속삭임처럼 울려 퍼지고 있었다. 주위에 지성을 가진 생명이 있다면

그 같은 속삭임을 들을 수 있겠지만 아무도 없다. 단 하나, 성진을 빼고는.

무엇이 그리 맺혔는지, 아직 못다 한 말이 무엇인지 알 수 없지만 그것이 이 생명을 지탱하는 듯 보였다. 다 죽어가는 괴물은 소생의 가능성이 없었다. 앞서 묘사한 것만으로도 상식적으로 살아 있을 수 없는 상태였다.

─어리석은 그대는 누구인가.

순간 괴물은 꿈틀거림을 멈췄다. 무언가를 보려고 애쓰는 것 같지만 열기에 익어 터져 버린 눈으로는 아무것도 볼 수 없다. 지금껏 꿈틀거리던 괴물은 놀랍게도 성진 쪽으로 고개를 돌리더니 뜻을 발했다.

─나는… 나는 마스터 오웬. 그대는… 그대는 누구인가.

성진의 머리 속으로 오웬이라는 이름을 가진 마스터를 떠올렸다.

있었다. 먼 과거, 이제는 거의 멸종해 버린 호비트의 일족으로 '방랑자의 왕'이라 불리던 한 마스터. 몇백 년 전 위대한 흐름으로 회귀해 이제는 잊혀진 자였다. 그런 그가 왜, 이 자리에서 이런 꼴로 있는 것인가.

─크윽. 도대체 어떻게 된 것인가. 뭐가 뭔지 알 수 없다. 내 이름이 오웬인가, 아니면 멸절자(滅絶者)인가.

괴물의 입에서 검붉은 피가 토해졌다. 괴물이 가진 두 개의 심장도 이제는 그 한계에 다다른 모양이다. 폐도 내출혈과 심한 압력 차로 인해 엉망이 되어버린 터라 호흡도 할 수 없었다. 그저 놀라운 육체 능력에 의거해 지금껏 생을 이어온 것.

─마스터 오웬이여, 어찌하여 그리되었는가.

—크에엑……. 나는 그저 내가 반(反)하는 마스터 성진의 걸음을 붙잡기 위했을 뿐이 …이름을 가진… 다. 그러기 위해 세상에 패악을 끼치는 몬스터의 무리를 현혹하려다 …모든 것을 멸절… 특이한 괴물 몇 마리 …죽인다… 습격했다.

아무래도 오웬이라는 마스터의 이성과 괴물이 가진 본능이 충돌하는 모양이다. 괴물은 심하게 경련하기 시작했다.

'몬스터들 속에 숨어 있는 멸절자의 인자가 깨어나는 것인가?'

그제야 성진은 돌연변이 괴물의 정체를 이해할 수 있었다.

엘프를 비롯한 이종족, 그리고 몬스터. 그들은 사생아다. 멸절자들에게 강간당해 태어난 인간의 자식. 완전하게 태어난 몇몇은 이종족의 기원이 되었고 열등 인자를 가지고 태어난 몇몇은 몬스터가 되었다.

몬스터들은 멸절자가 지니는 명령 중 가장 위험한 것들만 본능으로서 각인되었다. 그중 하나가 인간을 비롯한 모든 이종족에 대한 끝없는 적의와 말살. 그 때문에 성진도 가장 처음 만나고 죽였던 오크라는 종족의 본능을 읽어보고 그들이 불필요한 존재라고 판단하지 않았는가.

어쨌든 이 괴물은 그중 가장 강인한 놈으로 말세의 법칙이 시행되고는 가장 먼저 멸절자의 인자가 깨어난 것이다.

그러나 몬스터들에게는 완전한 멸절자의 유전자를 가지고 있지 않다. 그 복잡한 유전자의 사슬(DNA) 중 일부분만을 물려받았을 뿐. 그런데도 고작 몇 마리의 반각성(半覺醒)된 괴물들이 마스터 오웬을 죽이고 그의 육신과 능력을 흡수한 것이다.

성진은 한숨을 쉬었다. 도대체 아득한 옛날 멸망을 예고했던 예언자 때문에 그 모든 것이 엉망이 되어버렸다. 정확한 기원은 알 수 없지만 어렴풋이 느끼고 있을 뿐. 한 번 어긋난 흐름은 만 년이 지나는 지금 파국에 치닫고 있었다.

'시간이 없겠군.'

이놈들이 한꺼번에 변이하면 큰일이다. 그러나 더욱더 큰 문제는 바로 이종족. 엘프와 드워프의 핏속에는 완벽한 멸절자의 인자가 숨어 있다. 단 몇십이라는 개체로 제1기를 끝내 버렸던 멸절자다.

그런 멸절자가 수천, 수만이 생겨난다면…….

'진정한 파멸이군.'

볼 것도 없다. 도대체 그런 위험한 존재를 누가 만들어냈는지 알 수가 없었다.

성진이 한숨 쉬는 사이 경련을 일으키던 괴물, 아니, 오웬이 성진에게 뜻을 전했다.

―그, 그대가 성진인가?

―그렇다.

―그대는… 정녕 강하군. 내가 왜 그대의 뜻에 반했는지 궁금하지 않는가…….

성진은 고개를 저었다. 오웬이 볼 리가 없는데도.

―아니. 그대는 그대의 뜻을 실천하려 했을 뿐. 단지 그 판단의 기준이 나와는 달랐을 뿐. 그대가 원하여 행하려던 일은 어떤 형태든 그대의 정의. 다만 나와의 정의가 달랐기 때문이오. '왜'가 아닌 '당연'한 것. 궁금할 턱이 없지 않소.

—그, 그렇다면 다행……

성진은 쓴웃음을 지었다. 몬스터의 무리를 현혹하여 성진과 싸움을 붙인 다음 그를 무릎 꿇릴 생각이었나 보다. 한데 이 꼴이 되어버렸으니. 이래서 세상사는 아이러니하다.

—나 말고 다른 동료들은 어찌 되었는지……

성진의 눈에서 약간의 놀람이 스쳤다. 그 말고 다른 이들이 있다고 했다. 그럼 또 다른 이들이?

—누구요, 그들이?

—나를 비롯해 셋이다. 나와 같은 호비트 족의 마스터인 뎅클스와 하나는 라프디아 엘프 족의 마스터 게이라. 그들은… 어찌 되었는가.

—알 수 없소. 그대를 빼고는 전부 죽었으니.

흔적도 없이 불타 버렸다. 그나마 검게 타버린 녀석은 나은 편이다. 흔적도 남기지 못하고 증발해 버린 녀석이나 용암이 그 몸뚱이를 쓸어 가 버린 녀석도 있다.

—크으으윽, 그렇다면 큰일이군. 그대를 막으려다 오히려 세상에 패악을 끼치게 되었으니. 아마도 그 두 마스터를 흡수한 괴물들이 다른 쪽으로 간 모양이군……. 내가 그들 중 가장 약했는데…….

일이 더 더욱 어렵게 되어간다. 가장 약한 오웬이 이 모양이라면 다른 둘을 흡수한 몬스터들은 어쩌면 완전한 멸절자로 각성했는지 모른다.

—미안하이, 성진. 그대에게나, 이제 죽어갈 이들에게 미안하이. 내 뜻을 오롯이 실천하려 했건만 이 몸의 능력이 화근이 되어버렸으니. 그냥 그대로 세상의 흐름 속에 묻혀 있을 것을. 부디 그들을 죽여주게.

—…알겠소.

마스터를 힘으로 제압할 수 있을 만큼 그 몬스터들이 강하다고 생각되지는 않다. 그렇다면 멸절자의 인자가 깨어난 몬스터들의 능력 중 하나가 그들을 무릎 꿇린 것이다. 성진은 그 이유가 아무래도 그들의 피 때문이라고 생각했다. 바로 이종족의 피. 멸절자의 인자가 흐르는 피 때문에.

깨달음을 얻어 유한(有限)의 사슬에서 벗어난 마스터에게까지 영향을 발휘할 수 있다는 게 놀랍기만 하다. 하지만 한편으로는 이해가 간다.

유전자란 가장 원초적인 것. 종족의 특성이다. 제아무리 마스터라지만 그 근원은 버릴 수 없다.

—이제는… 쉬고 싶군…….

대화 도중 이미 하나의 심장이 정지한 터였다. 두 개의 심장으로도 견디지 못했는데 남은 하나가 버틸 리 없다. 심장은 사지로 피를 보내려 미친 듯이 박동하더니 제 스스로 붕괴되었다.

생기가 사라졌다. 완전한 죽음. 큰 뜻을 품은 한 명의 마스터가 덧없이 사라지는 순간이었다. 수백 년 동안 극의를 깨닫고 세상을 조율해 왔으며 커다란 흐름 속에 스며들어 세상을 지켜보던 이가 마지막 순간 비참하게 죽어버린 것이다.

마스터에게 죽음은 큰 의미다. 그가 이루었던 것, 그 모든 것이 무너짐을 뜻한다. 때문에 성진은 슬펐다. 존경받아 마땅할 마스터가 단지 혈통으로 인해 괴물이 되었다 죽어가야 한다니.

"잘 가시오."

성진의 말이 끝남과 동시에 괴물로 변해 버린 마스터의 몸이 활활 타오르기 시작하였다. 이제껏 육신을 유지해 주던 재생력이 그 힘을 다하자 수천 도의 고온으로 휘몰아치는 대기가 그 몸을 태워 버린 것이다.

불은 정화. 깨끗이 변해 사라지기를 성진은 진심으로 기원했다.

성진은 몸을 돌렸다. 엄청난 열을 가두어놓은 역장도 발갛게 달아올랐다. 그가 만들어놓은 결계. 용암이 흐르는 이 대지가 식는 그날까지 계속될 것이다. 한 마스터의 초라하지만 경의적인 무덤을 기념하는 이 역장은 그 후로 사라질 것이다. 용암으로 검게 변해 버린 대지 속으로.

머리 속이 복잡해졌다. 사라진 두 마스터는 어디로 갔을까. 그리고 그의 앞길을 어떻게 방해할 것인가. 필연적으로 만날 것 같은 예감이 들었다. 그리고 그 예감은 현실이 될 것이다.

그는 평화로운 것이 좋았다. 그냥 조용히 살았으면 하는 것을.

처음으로 회의의 감정이 들었다. 그냥 그대로 엘프의 숲에서 지냈을 것을.

성진은 남쪽 하늘을 보았다. 그녀의 고향. 그리고 그가 깨어난 곳. 가고 싶었다. 그녀와 함께. 하나 지금은 갈 수 없었다. 그녀가 없었다. 그리고 해야 할 일이 있었다.

평안하고 싶지만 평안할 수 없는 마스터는 이윽고 몸을 돌렸다.

"돌아가자."

입 안이 썼다. 진저리 쳐질 정도로.

\*　　　\*　　　\*

샤이라는 침묵했다. 그리고 다른 이들은 경악했다. 아니, 어쩌면 당연한 결과였을지 모른다. 하나 상상을 초월할 정도의 방법인 탓에 그 충격을 가릴 길이 없었다.

"끄응······."

하이단만이 신음성을 겨우 삼켰을 뿐. 그만큼 충격적이었다. 성진이 박투에 뛰어나다는 사실은 익히 알고 있었기에 성진이 보인 놀라운 몸놀림은 이해할 수 있었다. 오직 성진의 손등에 새겨진 위저드 아이의 시선으로만 보이기에 성진의 손이 가리키는 몬스터들이 어떻게 박살나는지 똑똑히 볼 수 있었다.

그러나 그 섬광. 그리고 화면에 나타난 처참한 광경. 어떻게 그런 지옥이 강림할 수 있는지가 놀라울 정도였다. 녹아 흐르는 대지라니. 그것도 결계가 펼쳐진 전 영역이······.

마법도 아니다. 오러도 아니다. 마법과 같이 얼음과 번개, 화염이나 기타 수단으로 공격하는 것은 이해할 수 있다. 여타 상식을 초월하는 마법도 이해할 수 있다.

하지만 그런 현상은 생전에 처음 본다. 그도 그럴 것이 초고온에서 일어날 수 있는 현상은 상식을 초월한다.

수천 도로 달구어진 대기 속의 전하들이 요동치며 번개가 생성되는 것이나 플라즈마가 강한 압력을 받아 이동—플라즈마 제트—하여 모든 것을 휩쓴다는 것이 어찌 이들의 상식에 존재할 것인가. 마력을 아무리 집중해도 그런 초고온은 절대 만들 수가 없다.

아니, 그런 초고온까지 열기를 집중시킬 수 있는 수단을 알 수 없었다. 하이단들이 받은 충격은 그 초토화된 장면이라면, 샤이라가 받은 충격은 그러한 현상이 어떻게 일어날 수 있는지 그녀로서는 도무지 알 수 없는 불가해의 것이라는 사실이다.

마도를 사랑하고 정진하며 그 극의에 도전하여 마스터가 된 그녀에게는 충격적이었다. 모든 것을 이루는 마도. 전능하여 자연마저 왜곡시킬 수 있는 마도가 할 수 없는 것이라는 것은 그녀는 상상조차 못했다. 그만큼 성진은, 그리고 그가 가진 모든 것은 충격적이었다.

모르는 것은 물어야 한다. 샤이라는 이번에야말로 절대 놓치지 않겠다고 생각했다. 그만큼 성진은 중요했다. 인간으로서나 지식으로서나.

여담이지만 그녀의 그러한 결심으로 금지 마법 중 하나인 미티어 스트라이크에 버금가는, 아니, 그 이상인 마법을 창조하였다.

그녀는 원자라는 존재를 확실히 인지하고 분열을 통해 엄청난 파괴력을 자아내는 뉴클리어 블라스터(Nuclear Blaster)라는 찬사와 공포를 동시에 받으며 최강, 최고, 최악의 칭호를 모조리 껴안은 마법을 만들어냈다.

한참 나중의 일이지만 말이다.

샤이라의 마법이 거두어지고 모두들 좀 전에 보았던 그 장면을 곱씹을 무렵 어둠 저편에서 어떤 기척이 들렸다. 기척을 알아차린 칼은 그쪽을 돌아보며 작게 속삭였다.

"누가 온다."

그의 경고에 하이단과 두 아이가 슬그머니 일어섰다. 하지만 샤이라는 미동도 하지 않았다. 칼은 그녀가 생각에 잠겨 그러한 것이라고 생각했지만 사실 그녀는 다가오는 사람이 누군지 알고 있었기에 가만히 있었던 것이다.

'말해 줄까?'

샤이라는 짧게 고민하였고 빠르게 결정했다. 그냥 있자. 어차피 몇 초 후면 밝혀질 일을 구태여 입 밖에 내어 말해 줄 필요가 있을까. 차라리 떠올렸던 생각을 계속 이어가는 게 효과적이었다.

그녀의 생각을 알 리 없는 칼은 숙련된 전사답게 눈빛이 매섭게 변하더니 검을 움켜쥐고 단박에 뽑을 준비를 하였다. 하지만 어둠 속에 나타난 실루엣을 보더니 칼의 입가에 미소가 맺혔다.

"아아, 주인공께서 납셨군."

갈 때와는 다르게 숲을 빠르게 가로지른 성진은 천천히 걸어 그들 앞에 나타났다. 수풀을 뚫고 나타난 성진을 본 칼은 휘파람을 불었다.

"휘우! 화끈하게도 하셨더군요?"

그의 휘파람 소리에 성진은 살짝 웃었다. 활발하게 인사를 건넨다고는 하지만 그의 목소리는 가늘게 떨고 있었다. 그만큼 충격적이었다.

"보셨군요. 많이 놀라셨나 보죠?"

"에? 그다지……."

성진의 물음에 깜짝 놀란 칼은 우물쭈물대더니 고개를 돌리며 왼쪽 검지로 볼을 긁었다. 직접적으로 물어보니 할 말이 없었다.

"가죠?"

성진의 짧은 한마디에 일행은 다시 걷기 시작했다.


밤이 되었다. 숲의 밤. 어둡고 고요하지만 한편으로는 시끄럽다. 간혹 울려 퍼지는 늑대의 고성과 부엉이의 울음. 그리고 풀벌레 소리.

"아아… 지루했어."

천장에 매달린 램프는 따뜻하며 은은한 빛을 발하고 있었다. 그 램프를 한 번 툭 건드린 타키안은 기지개를 켰다. 그리고는 적절한 온기가 감도는 텐트 속에서 팔베개하고 드러누우며 중얼거렸다.

폭신폭신한 매트 위에 엎드려 책을 읽고 있던 길리언은 고개를 끄덕였다.

"그랬지. 그렇게 아무 말도 없이 걷기는 정말 오랜만이었지?"

"아마도 처음일걸?"

"흐음……."

길리언은 콧소리를 내며 책을 덮었다. 그리고는 상체에 힘을 줘서 돌아누웠다. 등으로 느껴지는 매트의 편안함이 온몸을 감쌌다. 길리언도 마찬가지로 팔베개를 하며 천장을 응시하였다.

"이 야영 장소를 발견 못했으면 난 질식해 버렸을걸?"

갑자기 벌떡 일어난 타키안이 우스꽝스러운 표정을 지으며 스스로의 목을 졸랐다. 피식 웃어버린 길리언은 그 말이 맞다고 생각했다.

숲 속에 우연찮게 펼쳐진 잔디밭은 야영하기에 안성맞춤이었다. 나무가 잔뜩 우거진 이 숲 안에 이런 장소가 있다는 게 신기할 정도로. 동화책에 나오는 페어리들의 축제 장소라 여겨질 정도였다.

'그럼 우린 침입자네?'

이야기대로라면 페어리들은 장난꾸러기다. 그렇다면 침입자들을 그들 나름대로 응징할 것이다. 나비 날개를 단 작은 요정들이 손가락보다 작은 창으로 찌르고 귀를 잡아당기고 머리를 헝클어뜨린다?

괜히 웃음이 나왔다. 엉뚱한 공상에 온통 신경이 팔려 있을 무렵 귓가로 고요한 호흡 소리가 들려왔다. 길리언이 고개를 돌리자 언제 잠들었는지 타키안은 편안한 표정으로 잠들어 있었다.

'아, 이 어이없는 친구가 있나?

그 짧은 시간에 잠들다니? 길리언은 친구가 깰까 봐 차마 말하지 못하고 말을 입 안으로 굴렸다.

'그래, 잘 자라. 나는 일기나 쓰련다.'

배낭에서 일기를 꺼낸 길리언은 볼펜 끝을 입에 물고 입술을 움직여 돌리기 시작했다. 막상 일기를 쓰려 하자 쓸 말이 생각나지 않았다.

낮에 보았던 광경. 그것이 하루 종일 모두가 침묵을 지킨 원인이었고 지금 길리언의 머리 속을 어지럽히는 장본인이기도 하였다.

길리언은 성진이 만든 지옥을 생각한 것이 아니다. 화면을 꽉 채운 불. 불 때문이었다. 불은 기이하게도 선처럼 타오르고 있었다. 마치…

'길처럼.'

길이다. 불은 길처럼 타오르고 있었다. 왜일까. 왜 더 번지지 않았을까?

조용히 모닥불을 응시하며 그 온기를 음미하던 성진이 그러한 길리언의 기색을 읽었다. 그의 혼란스러운 심정이 그의 마음을 울린 것이다. 아무래도 길리언과 성진은 뭔가 특별한 관계로 얽혀 있는 것 같았다. 아직 아무런 힘도 갖추지 못한 아이가 마스터인 성진의 마음을 두드린다는 것은 매우 놀라운 사실이다.

'그것이 인연이라면…….'

그것이 인연이라면 언젠가는 밝혀질 것이다. 그조차 알 수 없는 것이니 얼마나 깊고 은밀할 것인가. 그러나 밝은 해도 언젠가는 지고 초승달도 언젠가는 차 오르는 법이다. 천 년을 버틴다는 돌도 만 년의 풍파를 견디지 못하는 법. 비밀도 언젠가는 밝혀질 것이 진리.

성진은 혼란스러워하는 제자를 달래주기 위해 그를 불렀다.

―길리언, 잠시 나와보렴.

텐트 안에서 몸을 뒤척이며 골똘히 생각하고 있던 길리언은 머리를 울리는 성진의 말에 슬그머니 일어나 방충망을 걷고는 텐트의 지퍼를 내렸다.

지이익―

지퍼가 내려가며 그 틈으로 차가운 밤공기가 흘러 들어왔다. 재빨리 몸을 뺀 길리언은 지퍼를 도로 올리고는 열린 부분이 없는지 꼼꼼히 살폈다. 빈틈이 없음을 확인한 길리언은 그제야 허리를 펴고는 성진이 있는 모닥불 곁으로 다가왔다. 성진은 자그마한 바위 위에 앉아 있었다. 길리언은 성진의 곁으로 다가가 잔디밭 위에 앉았다.

주위를 보니 칼과 하이단, 샤이라는 보이지 않았다.

"어? 세 분은 어디 가셨죠?"

"칼과 하이단은 대련하기 위해 잠시 갔단다. 그녀는 그들을 도우러 갔고."

도우러? 천만의 말씀이다. 분명 둘이 떠난 다음에 몰래 뒤쫓아갔을 것이다. 그리고는 괴롭히겠지. 아주 처절하게. 길리언은 한창 샤이라의 마법 장난에 고생하고 있을 두 사나이에게 심심한 조의를 표했다.

길리언은 말없이 모닥불을 바라보았다. 주황색 불꽃이 너풀너풀 피어나다 어둠 속으로 사라진다. 그리고 내뱉는 빨간 불똥. 오전에 보았던 푸른 불꽃이 만들어놓은 지옥과 확연히 다르다.

"많이 놀랐느냐?"

성진의 손이 길리언의 머리를 쓰다듬었다. 따뜻했다. 길리언은 그 온기를 느끼며 머리를 끄덕였다.

"네가 본 것은 무엇이냐. 내가 파괴한 것 말고 특이한 것을 말해 보거라."

"불꽃이 숲을 불태웠어요. 불은 가리지 않고 태워요. 하지만 그때 불은 특이하게도 한 곳만을 태우고 있었어요. 그건 왜죠?"

"왜일까?"

"예?"

궁금해서 물었건만 성진이 도로 반문하자 길리언은 저도 모르게 되묻고 말았다. 왜인지 알 수 없다. 길리언이 난감한 표정을 짓자 성진은 작게 웃었다.

"모르는 것이 당연하다. 그것은 숲의 의지. 숲은 내가 피운 불을 인도해 괴물들이 지나온 길을 불태운 것이다. 불은 모든 것을 정화하는 재생을 위한 파괴를 상징하지. 몬스터들이 만들어놓은 길은 숲이 허락하지 않은 길이었다. 허락하지 않는 길은 태워야지."

"왜 스승님이 그래야 했죠?"

그렇다. 왜 하필 성진이 그 괴물들을 죽여야 했을까? 그것이 또 하나의 궁금한 것이었다.

"그들은 불순한 목적으로 내 길을 방해하는 무리였다. 그렇다면 어찌해야 할까? 되돌아갈 수 없다. 돌아서 갈 수도 없다. 그들은 끈덕지게 나를 찾아올 것이니. 그럴 때는 과감히 부숴야 한다. 깨부수고 나아가야 하는 것이 나의 길이었다. 내 길은 누구도 걸어줄 수 없는 것이다. 내가 걸어야 할 것. 그것이 자신의 길이다. 남이 도와준다면 그 순간부터 자신의 길이 아닌 그 사람의 길이 되어버리는 것이지."

길리언은 고개를 돌려 성진을 올려다보았다. 무슨 말일까? 알 수 없다. 길리언은 그저 묵묵히 성진을 보았다.

"길은 말이다. 누가 정해놓은 대로 가는 것이 길은 아니다. 또한 누군가와 같이 걷고 있다 하더라도 그 누군가가 나와 같은 길을 걷는다고는 생각지 마라. 내 길과 남의 길은 다르다. 분명. 같이 걷고 있다 해도 그건 분명 나와는 다른 길이다. 길이란 본디 존재하지 않는 법. 걸으면서 만들어가는 것이 길이다."

성진은 약해지려는 모닥불에 나뭇가지를 부러뜨려 던져 넣었다. 불길이 나뭇가지로 옮겨 붙더니 금세 타올랐다.

"사람은 제각각이다. 제각각인 사람이 걷는 것 또한 제각각. 때문에 길 또한 제각각이다. 너의 길은 나와 다르다. 지금 너는 왜 걷고 있는지 생각해 봐라. 타키안이 어찌하여 지금 우리와 걷고 있는지 생각해 봐라. 칼과 하이단은? 샤이라는 왜 걷고 있을까?"

"……."

전혀 생각지도 못했다. 왜 같이 걸을까? 그는 스승을 따라 걷고 있다. 세르피아를 구출해야 하는 것은 그의 몫이 아닌 스승의 몫. 따지고 보면 그는 무용지물이었다. 그런데 어찌하여 같이 걷는 것인가.

배움. 스승에 대한 맹목적인 믿음. 그리고 그 후에는?

"나는……."

길리언은 입을 벌려 말을 꺼내려 하였지만 곧 닫아버렸다. 왜 걷는 것인가? 그것은 그의 인생을 이끌어줄 스승의 힘이 필요해서다. 엄밀히 말하면 그의 목적 때문이었다. 그렇다면 다른 이들도 마찬가지다. 모두들 제각각을 위해서 성진의 길을 함께 걷는 것이다.

순간 길리언은 역겨움을 느꼈다. 성진은 그런 길리언의 손을 잡았다.

"역겨운 것이 아니다. 당연한 것이다. 그것이 삶. 그리고 인생이다. 제아무리 헌신적인 사람이라도 그 같은 것은 변함없다. 무조건적인 헌신 속에서도 그 목적이 있기에 그렇게 행한 것이다. 그것이 인간이 살아가는 이유고 인간으로서 살아갈 수 있는 조건이다. 아니, 생명으로서 삶을 유지할 수 있는 조건이지."

성진은 모닥불 속에 손을 집어넣었다. 길리언은 순간 놀라 몸을 움찔거렸지만 성진은 바로 모닥불에서 손을 뺐다. 그런 성진의 손 위로 주황빛 불꽃이 너풀거리고 있었다.

"인간은 홀로 살 수 없다. 그래서 의지하지. 앞으로 네 길 속에 수많은 사람들이 뛰어들 것이다. 그러면 네가 걷는 길은 갈수록 삐뚤어지고 어긋나게 되지. 종내에는 아무것도 알 수 없게 되어버린다."

성진이 손을 튕기자 불꽃이 한 마리 새가 되어 허공으로 사라졌다. 멍하니 성진의 손끝에서 사라진 새를 보던 길리언은 다시 성진을 보았다.

"길리언, 그럴 땐 바람이 되거라. 모든 것을 아우르는 바람. 나는 바람이 아니다. 나는 폭풍. 내 길 속에 뛰어들려는 사람 또한 내 속에 휩쓸려 사라질 수 있는 그런 폭풍이다. 그 홀로 뽐내며 길을 개척해 가는 투사다. 그러므로 내 길 속에 뛰어든 장애물을 부순 것이다. 하지만 너는 힘이 없다. 네가 갖춰야 할 힘은 무형의 것. 궁극에 다다르기 전에는 누구도 알 수 없는 힘이다. 때문에 힘들고 괴로울 것이다. 때문에 모두를 수용할 수 있는 그런 사람이 되어야 한다. 네가 걸어야 할 길에 누군가가 뛰어들거든 그 사람의 길을 네 길로 끌어들여라. 그것이 네가 걸어야 할 길. 바람이 걷는 길이다."

뭔가 목이 메어왔다. 숨이 탁탁 막혔다. 길리언의 얼굴이 발갛게 상기되었다.

"나는, 나는……."

두근두근. 심장이 터질 듯이 뛰었다. 정수리가 짜릿짜릿해지고 온몸에 열기가 솟구쳤다. 전혀 생각지도 못한 말을 들었다. 어찌하여 이야기가 이렇게 연결된 것인가. 머리로는 이해가 되지 않았다. 하지만 몸은 옳다고 소리치고 있었다. 모순이었다.

"말하지 말거라. 그리고 그 느낌을 잊지 말거라. 지금은 알 수 없다. 머리로는 결코 알 수 없다. 하지만 네 몸은 느꼈다. 내가 해준 말로 일깨운 네 마음이 바로 네가 가야 할 길을 찾는 표지다. 그 표지를 붙잡아라. 영원히. 언젠가 내가 떠난다면 그 표지판을 나를 삼아 걸어라. 그리고 찾아라."

길리언은 이루 형용할 수 없는 감정에 눈물을 떨어뜨리고 말았다. 굵은 눈물을 뚝뚝 흘렸다. 길리언은 끊임없이 자신에게 반문했다. 왜 우는 것인가? 슬퍼서?

'아니야!'

마음속으로 소리쳤다. 절대 슬퍼서가 아니다. 그렇다면 뭣 때문일까. 성진은 그런 길리언의 등을 토닥였다.

"자거라. 그리고 꿈을 꾸어라. 그럼 그 감정이 가라앉아 사라질 것이다. 그리고 먼 훗날 네가 기억해 냈을 때 깨닫게 될 것이야."

아무래도 그래야 할 것 같았다. 그의 잣대로도 잴 수 없는 감정을 감당하기에는 너무도 벅찼다. 길리언은 비척비척 걸어서 텐트 안으로 들어갔다.

그 뒷모습을 바라본 성진은 깍지를 끼어 턱에 괴었다.

'내가 너무 급한 것인가?'

인생을 꾸려 나갈 화두를 던져 주었다. 아무리 영특한 아이라지만 경험이 너무나 부족했다. 그런 화두를 소화하기에는 아직은 벅찼다. 그러나…

'시간이 없어.'

오늘 싸움으로 확실히 알았다. 시간이 없다. 시간이 부족했다. 뭐가 어떻게 잘못되었는지 모르겠지만 말세로 확실히, 그것도 매우 빠르게 치닫고 있었다. 그리고 그 끝은 아무도 몰랐다. 끝이 새로운 시작이 될지, 아니면 끝이 끝으로 남아버릴지.

그 끝을 생각한다면 지금 길리언을 가르치는 것도 너무나 더딘 것이다. 늦은 진도를 만회할 단 한 가지. 그의 모습을 보여주는 것이다. 그의 행동, 그리고 그 행동을 해야 할 당시의 생각. 직접 보고 듣는 경험의 전수는 큰 도움이 될 것이다.

"보라, 제자여. 내가 그 길을 걷겠다. 비록 미칠 듯이 거친 바람이지만 걷겠다. 내가 걷는 길. 그리고 또 다른 형태로 네가 걸어야 할 길. 그것이 바람이 걷는 길이다."

그런 성진의 마음을 알아서일까. 산산한 바람이 불었다. 숲의 중심부에서 불어온 바람은 그에게 속삭였다. 바람의 전언(傳言), 숲의 속삭임.

성진은 잔잔한 미소를 지으며 하늘을 보았다. 달이 숲에 걸려 있었다. 어느새 숲은 달빛이 되어 있었다.

제6장 잔혹(殘酷)

『인간은 본능적으로 동족을 경계한다. 경계심은 때로는 살심으로 변한다. 이 살심이 극단적으로 변한 형태가 살인이다. 하지만 그 살인 중에서도 도저히 납득하기 힘들 정도로 상대를 훼손하는 것들이 있다. 단순한 죽음이 아닌 형태를 알아볼 수 없을 정도의 죽음.

사람들은 그것을 '잔혹'하다고 표현한다. 이 잔혹—cruelty—이라는 단어를 가장 잘 볼 수 있는 것이 바로 인간이다. 필요 이상으로 끔찍한 짓을 자행하는 것. 보는 이로 하여금 공포에 빠져들게 하는 이 감정은 어디서 비롯된 것인가.

필자는 이것이 공포에서 비롯된다고 보고 있다. 공포가 가장 극적으로 표현되는 형태가 바로 잔혹이라는 것이 필자의 주장이다.

이 근거로 볼 수 있는 사례는 제2기 말기 있었던 대회전 중 한 도시에서 일어났던 극단적인 사건이다. 그 사건은…〈중략〉…….』

'전쟁 공포증에 대한 고찰'
심리학 박사 루딕 피터만 저

# 제16장 잔혹(殘酷)

잔혹(殘酷)이란 나약한 자아의 절규이다.

〈심리학 박사 루디 피터만의 말〉

창세력 제2기. 8013년 3월 32일. 그랜드플랜 대평원 동북쪽 초입.

지긋지긋한 숲의 연속이 드디어 끝을 맺었다. 모디프스의 레어를 떠난 지 어언 세 달. 중간에 만난 암석지대를 뺀다면 그들이 지나온 곳은 원시림이었다.

숲이라는 존재 자체가 인간의 심성에 매우 긍정적인 영향을 주지만 매일같이 보자니 질리는 것은 어쩔 수 없다. 그런 의미에서 드넓은 초지는 정말 마음을 상쾌하게 만들었다.

세상이 푸른색과 초록색, 그리고 하얀색으로 이루어져 있었다. 하늘에는 너무나도 청명해 시릴 듯이 높았고 새하얀 양떼구름이 그런 하늘을 뛰놀고 있었다.

땅은 또 어떠한가. 너무나도 넓어 어지러울 정도였다. 더군다나 우기(雨期)가 막 끝난 시기라 수분을 한껏 머금은 초목들이 그 빛을 더하고 있었다.

"아… 쓰러져 버릴 것 같아……."

타키안이 저도 모르게 중얼거렸다. 그 말을 들은 칼이 타키안의 어깨를 툭 치고는 장난기 어린 웃음을 지었다.

"쓰러져? 이렇게? 아……!"

칼은 어느 삼류 연극에 나오는 비련의 여주인공같이 이마에 손을 올리고는 몸을 기울였다. 그 희극적인 모습에 타키안은 얼굴이 벌겋게 물들었고 하이단은 배꼽을 잡고 웃더니 한 발을 내밀었다.

"크하하하! 걸작이야! 기왕 쓰러지려면 화끈하게 쓰러져야지?"

말을 마친 하이단은 쓰러지려는 포즈를 취하던 칼의 다리를 걸어버렸다. 부드러운 초지라고 하지만 그래도 맨땅이다. 땅에는 돌들도 굴러다닌다. 초원이라 할지라도 마찬가지다.

"크억!"

제대로 쓰러진 칼이 비명을 지르더니 펄쩍 뛰었다. 뒤통수를 감싸 쥐고는 아픔을 필사적으로 참는 모습을 보아하니 쓰러질 때 낙법도 제대로 하지 못해 박았나 보다. 오만 가지 인상을 찌푸리며 뒤통수를 거머쥔 칼이 얼굴을 붉혔다. 타키안과는 또 다른 의미로!

"크악! 아파 죽겠잖아요! 발을 걸면 어쩌라고요! 도대체가 말이야… 엥?"

뒤통수를 감싸 쥔 손에서 뭔가 뜨뜻한 게 느껴진다. 칼은 오른손을 뒤통수에서 떼어 눈앞에 가져갔다.

"…피?"

뒤통수가 깨졌다!

뭐 그 후로 광분하여 날뛰는 칼과 쫓기는 하이단의 활극이 끝나는 새에 일행은 어느덧 꽤 걸었다.

오랜만에 뛴 탓에 샤이라의 입술이 뾰족이 튀어나왔다. 그녀는 게으르다. 특히 몸으로 움직이는 것에 관해서는. 그런 그녀가 오랜만에 질주했으니 기분이 좋겠는가. 그 정도 뜀박질로 땀이라고는 한 방울도 흘리지 않는 마스터의 몸이라지만 싫은 것은 싫은 거다.

얼굴을 벌겋게 물들인 채 헉헉대며 땀을 흘리는 두 아이가 원망 섞인 눈으로 둘을 쳐다보았으나 칼은 당당하였고 하이단은 슬그머니 시선을 피했다.

"왜 쫓아와!"

"……."

칼이 당당하게 말하자 순간 두 아이는 얼어붙었다. 솔직히 말해 따라갈 필요는 없었다. 따지고 보면 오랜만에 달린다는 것에 그들도 희열을 느꼈다. 문제는 그게 조금 과해졌을 뿐. 그래도 저리 얄밉게 말할 수 있다니. 과연 그 말에 약 오른 사람은 그 둘뿐이 아니었다.

일행의 숨은 채찍이자 칼의 천적인 샤이라의 눈빛이 활활 타올랐다.

"지금 그걸 말이라고 해요?"

"아니, 그게 저……."

"시끄러워요!"

단번에 칼이 '깨갱' 하며 꼬리를 내렸다. 역시 강한 자가 모든 것을 설명했다.

"웃지 말아요, 하이단."

"크으음……!"

슬며시 입꼬리를 올리려는 하이단에게 샤이라가 엄포를 놓자 하이단은 애써 표정 관리에 들어갔다. 솔직히 그도 그녀의 마법을 겪고 싶지 않았다. 절대로!

엄포 한마디에 상황이 정리되어 버리니 그때쯤 성진은 혀를 내둘렀다. 도대체 그동안 얼마나 그들을 괴롭혔기에 저럴까? 그렇다고 물어보지는 않았다. 그런 문제는 조용히 덮어두는 게, 또 외면하는 게 편하게 사는 지름길이다.

"아. 이제 네다섯 시간만 걸어가면 자그마한 도시가 나올 거예요. 한 영지의 성이 위치한 곳인데 요 근방에서 생활하는 목동들의 휴식처나 다름없어 꽤나 크죠."

목동들은 언제나 방랑한다. 신선한 풀을 찾아 양을 몰고, 혹은 소를 몰고 다닌다. 그런 목동이 자주 들르는 도시라면 뭐가 유명할까?

"아! 그 치즈의 도시 라셈블?"

칼이 탄성과 함께 외치자 샤이라는 빙긋 웃었다.

"정답!"

"오!"

칼은 주먹을 불끈 쥐었다. 그가 제일 좋아하는 것이 두 가지 있었으니 하나는 술이요, 다른 하나는 바로 치즈였다.

"치즈다, 치즈. 흠흠 맛있는 치즈, 향긋한 치즈. 그냥 먹어도 맛있고 녹여도 맛있고……."

기분이 업 되어버린 칼은 되지도 않는 가락과 함께 치즈로 노래를 부르기 시작했다.

"그, 그렇게 좋아요?"

행복한 표정으로 길을 걷는 칼에게 타키안은 참지 못해 물었다. 칼의 얼굴에는 행복이 가득 깃들었다.

"당연하지! 치즈를 먹어보지 못한 지 어언 3개월이다. 그 부드러운 맛과 풍부한 향기가 입 안을 타고 온몸을 질주하는 기분을 느끼지 못했단 말이야. 거기다 라셈블은 치즈의 도시. 목동들이 가지고 온 온갖 종류의 젖들이 있는 곳이지. 양젖, 산양 젖, 염소 젖, 소 젖, 오죽하면 사람의 젖으로까지 치즈를 만든다고 하냐. 블루치즈, 라 에고르 치즈, 앙파르, 그리고……."

"……."

일단 말이 나오자 칼은 쉬지 않고 떠벌렸다. 마치 천하의 모든 치즈 종류를 말해야 한다는 듯 열거하기 시작하였으며 다시 그 치즈의 맛과 만드는 과정을 설명하기 시작하였다. 도무지 칼밥을 먹고 산다는 이가 쌓을 지식이 아니었다.

'얼마나 좋았으면!'

자기가 좋아하는 것에 온갖 애정을 기울이는 것이 인간이다. 칼이야 약간 빗나갔지만 어쩌면 당연한 것이다.

칼에게 잡혀 쉬지 않고 고문당해 버린 타키안은 결국 치즈송을 불러대는 칼에게 손을 들고 말았다.

"크윽, 항복."

"아아. 수고했어, 친구."

길리언은 그런 타키안의 어깨를 두드리며 위로하였다. 그 모습에 결국 성진은 작은 웃음을 터뜨리고 말았다.

역시 쌓은 것이 많은 거다. 인간의 향기를 맡지 못하고 온갖 어려움을 겪으며 도보로 여행한 지 삼 개월이다. 어쩌면 이들이 이렇게 행동하는 것도 앞으로 맛볼 행복을 최대한 누리기 위한 것이 아닐까.

그 후로도 칼의 치즈송은 한동안 계속되었다. 심히 열받은 샤이라 양이 인버스 그레비티 마법으로 칼을 지상에서 수백 피트 상공으로 날려 버리지 않았다면―참고로 칼에게는 고소 공포증이 있다―계속되어 버렸을지도 모른다.

새파랗게 질려 버린 칼이 부들부들 떨면서 걷는 모습이 애처롭기까지 하지만 익숙지 않은 소음 공해는 사양이다.

결국 일행의 분위기 메이커라고 할 수 있는 칼과 하이단은 완전히 침몰해 버리고 길리언과 타키안은 성진이 선물해 준 MP3 플레이어의 놀라운 마력에 취해 길을 걸었다.

"시끄럽다!"

잘 듣던 아이들이 순간 이어폰을 귀에서 빼버리더니 비명을 질렀다. 락(Rock)은 아무래도 이 시대 사람들에게 맞지 않는 것일까? 아무래도 처음 듣다 보니 그런 듯하였다. 그런 아이들에게 MP3 플레이어를 받아 든 성진은 발라드와 클래식이 들어 있는 항목만을 재생해서 돌려주었다.

"앗, 나도요!"

허공에 기이한 도형을 그리며 중얼거리면서 길을 걷던 샤이라가 성진의 팔을 붙잡았다. 신기한 이계의 문물은 마스터의 호기심마저 사로

잡은 것이다. 성진은 타키안에게 양해를 구하고 두 개 중 하나를 샤이라에게 선물하였다.

"와아! 이거 뜯어봐도 돼요?"

"……."

성진은 저편을 바라보았다. 뭔가 이상했다. 샤이라 말로는 이 근처에 사람들의 마을이 있다고 하였다. 인간은 모든 생명체 중 가장 자원을 많이 소모하는 종족이다. 때문에 인간이 거주하는 곳 근방은 언제나 에너지가 활발하게 유동한다.

한데 조용했다. 느껴지는 유동 따위는 없었다. 인간이 뿜어내는 특유의 기운은 광포한 기운, 군기(軍氣)와 죽음의 기운인 사기만이 느껴질 뿐 사람이 살아가며 뿜어내는 생기는 느껴지지 않았다.

아무래도 그 도시는 벌써 불타 버린 것 같았다. 그도 그럴 것이 이곳은 크라인 왕국의 북쪽 변경 도시. 확장된 전선 바로 후방이다. 그런 도시가 불타 버렸다는 것은 아무래도 카밀 왕국군의 공격 때문일지도 모른다.

'칼이 슬퍼할지도 모르겠군.'

그러나 지금은 전시이다. 전쟁에 있어서 최우선적으로 해야 할 과제는 적의 제압. 어떻게 대량으로 만들어, 또는 어떻게 해야 최고의 성능을 발휘하여 적을 죽일 것인가 연구된다. 전쟁은 엄청난 물자로 적을 죽이고 불태우는 짓이다. 인류가 낳은 최악의 소모 행위인 것이다.

일례로 2차대전 당시 공수부대에서 사용되는 낙하산은 최고급 실크로 만들어졌다. 오죽하면 결혼을 앞둔 어느 미군 공수부대원은 보조

낙하산을 버리지 않고 등에 메고 전장에 돌아다닐 정도였다.

그와 함께 중요한 것이 후방의 지원이다. 전선에 가장 가까운 병참의 거점은 보급선을 단축시킨다. 단축된 보급선은 보급품의 손실없이 원할하게 전달을 의미한다.

때문에 어느 정도 병법에 일가견이 있는 자라면 후방에 자리잡은 도시를 가만히 놔둘 리가 없다. 지정학적 위치를 고려해 볼 때 무리를 해서라도 박살 내야 할 병참 기지였다.

한데 이렇게 자욱한 사기(死氣)는 왜일까?

'얼마 후면 알 수 있겠지.'

성진은 구태여 감각을 펼쳐 도시를 살펴보지 않았다. 진저리 쳐질 정도로 뿜어지는 사기로 미루어 대략 짐작할 수 있었다. 그 앞에 펼쳐질 광경을.

"어라? 연기가 보이는데요?"

마스터를 제외한 일행 중 가장 시력이 좋은 칼이 지평선 너머를 가리키며 소리쳤다. 과연 저 멀리서 희미하지만 짙은 검은 띠가 피어오르고 있었다. 꽤나 멀리 떨어져 있는데도 불구하고 연기가 보일 정도니 큰 화재가 있는 모양이었다.

"이상하군요. 이 시기에 평원에 화재가 일어날 리는 없는데."

샤이라가 이상하다는 듯 말했다. 우기(雨期)가 막 끝난 직후라 땅에는 수분이 풍부하다. 거기에 본격적인 건기가 시작하기 전까지 자주 비가 내린다.

이 평원을 터전 삼아 살아가는 목동들 또한 불조심에 만전을 기한다. 작은 불씨 하나가 그네들 터전 전부를 불살라 버릴 수 있기 때문이다. 실지로 몇십 년을 주기로 찾아오는 대화재는 평원을 쑥밭으로 만들어놓는다. 불이 지나가고 남은 재들이 나중에 자라날 새로운 생명에게 양분을 준다고 하지만 당장 그곳을 살아가는 동물들은 목숨이 위태롭다. 불은 그만큼 위험했다.

"거기다… 저기는 라셈블이 자리잡은 방향인데……."

칼은 정체를 알 수 없는 불길함에 말끝을 흐리고 말았다. 이제 갓 도시로 불릴 정도로 많은 사람이 그곳에 살아가기 시작한 것은 얼마 되지 않았다. 평원을 살아가는 몬스터들이 북쪽 산맥으로 쫓겨난 요 근래부터였다. 그리고 칼에게 있어서도 매우 특별한 장소였다.

"좋지 않군요. 이 부근은 전선(戰線)입니다."

그렇지 않아도 몇 차례 순찰을 도는 무리와 맞닥뜨릴 뻔했다. 그때마다 샤이라의 적절한 환상 마법이 아니었다면 당장 군대의 일부가 이들을 스파이로 몰아 쫓아올 수도 있었다. 쫓아온다고 해서 무서울 것도 없지만 피곤한 일이었다. 벌 떼를 쫓는다는 건.

"생기가 느껴지지 않는군요. 저 부근은 오직 군대의 기운과 죽음의 기운만이 존재합니다."

성진은 담담히 말했다. 하지만 내용은 담담할 것이 아니었다. 군대와 죽음이라니. 어찌 풀어보면 원인과 결과였다. 죽음은 무언가가 죽어야 나타날 수 있는 것이다. 그렇다면 중간에 해당하는 것은?

"맙소사……."

잠자코 듣고 있었던 하이단의 얼굴이 심각해졌다. 칼의 낯빛 또한 창백하게 변했다. 무언가 입 밖으로 나오려고 했지만 만일 그 말을 직접 했다가는 그대로 실현될까 봐, 아니, 실현되었을까 봐 두려웠다.

칼은 애써 마음을 다잡으며 일행을 재촉하였다.

"어서 가죠!"

일행은 천천히 걸음을 옮기기 시작했다. 당장이라도 달려가고 싶지만 지평선 너머로 보이는 연기가 있는 곳까지 가자면 족히 수십 마일(Mile)이다. 현대의 마라토너가 완주하는 거리보다 더 먼 거리일 수도 있다. 그런 거리를 온갖 짐을 짊어진 상태로 달려가는 건 권장할 만한 짓이 아니었다. 칼도 그 점을 너무나도 잘 알기에 애써 폭발할 것만 같은 마음을 억누르고 걸음을 옮겼다.

길은 너무나도 멀었다. 단순히 걸어가는 것이거늘 너무나도 멀었다. 몇 시간이 지나고 해가 저물어 땅거미가 어둑어둑해졌을 무렵 일행은 비로소 인간의 흔적을, 아니, 인간이 있었던 흔적을 발견하였다.

"……."

"뭐, 뭐지?"

타키안은 목소리를 떨었다. 대지는 한번 심하게 불타오른 듯 사방이 그을음으로 가득 찼고 군데군데 시커먼 무엇인가가 널려 있었다. 새카 맣게 탄 그것. 어느샌가 정체 모를 그것의 곁에 다가간 성진이 그것을 살펴보며 말했다.

"인간이군."

인간? 저게 인간이라고? 마음속에서 의혹과 동시에 맞을지도 모른다는 생각이 들었다. 바람이 스쳐 지나가자 고기 탄 냄새가 코끝을 자극했다. 신물이 올라왔다.

"우욱!"

타키안과 길리언은 애써 울렁거리는 속을 달래며 버텼다. 참아야 한다. 왜인지는 몰라도 참아야 할 것 같았다. 이것이 마지막이 아닐 것 같았다. 더 참혹한 것들이 눈앞에 펼쳐질 것만 같았다.

"맙소사. 어찌 된 거야!"

칼은 창백한 얼굴로 사방을 둘러보았다. 이곳은 도시의 초입에 해당한다. 이곳은 목동들이 도시 안으로 들어가기 위해 그네들의 재산인 가축들을 잠시 맡아두는 장소였다. 언제나 사람들과 양들이 넘치는 장소였다. 도시에 들어가기 전 지친 자들의 휴식처가 되는 장소이기도 하였다.

이렇게 불타 버려 아무것도 남아 있지 않을 장소가 아니었다.

"코튼 영감님……."

없다. 아무것도 없다. 이곳의 터줏대감이라 할 수 있는 어느 노인도 보이지 않았다. 초원에서 태어나 초원을 사랑했으며 초원의 자식을 낳은 그 영감은 이제 흔적조차 보이지 않았다. 언제나 웃으며 농담하고 목동들의 머리통을 때리던 노인은 사라지고 말았다.

"…이게 어찌 된 영문이야."

칼은 흙을 쥐었다. 새카맣게 탄 검은 흙이다. 아직도 온기가 남은 것을 보니 얼마 지나지 않았나 보다. 칼은 애써 떨리는 무릎을 편 후 걸음을 옮겼다. 아직 보아야 할 것이 많았다. 이곳에서 주저앉을 수는 없었다.

칼은 이를 악물었다. 머리가 차가워졌다. 분노가 꿈틀댔다. 마음이 치닫자 몸이 따랐다.

마음이 몸을 지배하기 시작하는 단계. 그것이 오러 유저다. 칼은 가슴속에서 솟아오르는 뜨거운 분노를 차가운 복수심으로 억눌렀다. 기세가 살기(殺氣)로 변해 몸을 자극하자 수로 위를 흐르던 작은 물줄기였던 오러가 힘을 더해 요동쳤다.

몸은 분노의 노래를 불렀다. 가장 강렬하고도 빠른 노래, 비바체(Vivace). 육체가 토해내는 불꽃같은 오러가 고동치며 커져 나갔다. 칼의 몸에서 서릿발 같은 기세가 흐르기 시작하자 하이단은 놀란 눈으로 쳐다보았고 두 아이는 저도 모르게 칼의 곁에서 떨어졌다.

"칼, 자네……."

샤이라는 살며시 하이단의 어깨를 손으로 짚었다. 하이단이 돌아보자 샤이라는 고개를 저었다. 무슨 뜻일까. 하이단은 칼이 언젠가 술에 취했을 때 기사의 검을 버렸던 이야기를 들은 적이 있었다.


난 말이우. 기사라는 그 자체에 실망을 느낀 적이 있다우. 그리고 칼을 꺾었지. 하지만 다시 검을 든 계기가 있었지. 크으윽. 그때 얼마나 기뻤던지. 사람을 죽이는 검으로 사람을 살릴 수 있다는 게 얼마나 기뻤는지…….


환상처럼 그때의 이야기가 머리 속에 스쳐 갔다.

'그랬던가.'

칼이나 그나 죽음을 수없이 지켜본, 또 그만큼 만들어온 전사다. 전사의 숙명은 피로 만든 길을 걷는 것이다. 때문에 그만큼 죽음에 익숙해지기 마련이다. 그러나 죽음에 젖어 무력화되면 사람은 점차 미쳐 가게 된다.

죽음에 젖어 죽음을 만드는 것. 광기에 빠져 살인마가 되는 것이다. 그렇게 되지 않기 위해 전사들은 특별한 추억을 마음의 방패로 삼아 묶는다. 그것을 지키기 위해, 그것을 보기 위해.

그 방패가 무너지는 기분은 어떨 것인가. 과거 '그녀'로 그 방패가 한 번 무너진 경험을 가진 하이단으로서는 칼의 기분이 십분 이해가 갔다.

일행은 자연 칼 뒤로 늘어서기 시작했다. 선두는 칼. 그리고 가장 후미는 성진. 언제나 일행의 레이더가 되는 성진이 뒤로 빠지는 것이 샤이라는 마음에 걸리기는 했지만 성진의 탐지 범위는 고작 몇십 미터가 아닌 몇십 킬로미터를 상회하였다. 기껏 몇 미터 뒤로 무른다고 해서 그의 지각 능력이 떨어질 리가 없었다.

칼 또한 오로로 인해 활성화된 오감(五感)으로 평상시에 느낄 수 없는 것까지 느낄 수 있었다. 마치 몸 안에서 작은 실이 뻗어나가 사방을 어루만지는 기분. 평소라면 그대로 즐길 만한 것이었지만 분노로 인해 가슴이 터져 버릴 것 같은 상황에서는 그다지 기분이 좋지만은 않았다. 단지 그로 인해 더 빨리 적을 느낄 수 있다는 것이 좋았을 뿐.

라셈블은 초원에 세워진 도시, 아니, 마을이었다. 작은 마을이 몇 년 전 있었던 대대적인 몬스터 토벌 이후로 급격히 발전하여 도시 성격을 띤 것이다. 정확히 표현하자면 촌락에서 도시형으로 발전하고 있는 과도기적 형태를 띠고 있었다.

때문에 큰길 주변으로 상가가 밀집하였고 주택은 변두리로 밀려나기 시작하는 형태였다. 하지만 큰길 주변으로는 아무것도 없었다. 모조리 불에 탄 잿더미일 뿐. 인적이라고는 보이지 않았다.

심각한 파괴의 흔적에 비해 사람들이 보이지 않았다. 군데군데 간혹 보이는 핏자국으로 미루어 살상이 벌어졌다는 것은 알겠으나 그 증거

물인 시체는 어디에도 보이지 않았다. 그렇다면 시체들은 어디로 갔을까.

"냄새가……."

타키안이 눈살을 찌푸리며 코를 감싸 쥐었다. 언제부터인가 참을 수 없는 악취가 코를 찔렀다. 숨을 쉬기 거북할 정도로. 두 아이에게는 단순한 악취였을지 모르나 다른 이들에게는 달랐다. 이것은 시취(屍臭). 시체가 썩어가면서 발생하는 냄새이다.

시취는 강렬하다. 몇십 미터 떨어져 있어도 그 고약한 냄새가 사방을 진동시킨다.

마을 중심부에서 불길로 보이는 불빛이 보였다. 일행의 발걸음은 자연히 그곳을 향해 걸었다. 일행이 품었던 의문은 마을 중심부에 위치한 광장에 도달하자 풀려 버렸다.

"우윽!"

"웨에에엑!"

눈앞에 펼쳐진 광경을 얼핏 확인하는 것만으로 두 아이는 대번에 새파랗게 질리더니 결국 토하고 말았다.

"지옥……!"

하이단은 결코 지옥을 본 적이 없었다. 하이단은 죽고 나서 천당과 지옥이 있다라는 그런 소리 따위는 믿지도 않았다. 휘라인 교단의 교리는 현실에 충실하라고 가르친다. 천당과 지옥 같은 이분법적인 선악 논리는 없을뿐더러 그런 것을 만들어내지 못하게끔 '선과 악은 결코 전부가 아니다. 상대적인 것이니 그러한 대로 이루어라' 라는 애매모호한 구절만 있을 뿐이다.

하지만 지금 눈앞에 보이는 광경은 정녕 지옥이었다. 온갖 끔찍한 것들과 넘실대는 불로 이루어진 것이 지옥이라면 지금 이 순간 여기에 자리잡은 이곳이라 생각될 정도였다.

"이렇게 잔혹할 수가!"

기나긴 세월 동안 수많은 것들을 봐온 샤이라로서도 할 말을 잃게 한 광경이었다. 어찌 인간이 인간에게 이런 짓을 할 수 있단 말인가!

이런 광경이니 후각을 마비시키다 못해 정신을 혼미하게 만드는 악취가 퍼진 것도 충분하다 못해 지나칠 정도로 납득할 수 있었다.

꽤나 널찍한 광장은 피비린내와 악취로 가득했다. 인간은 죽으면 그 즉시 모든 근육이 풀려 버린다. 당연히 대소변을 조절하는 근육도 풀려 버린다. 그렇게 되면 시간이 지남에 따라 몸 밖으로 흘러나오게 된다. 소변과 대변은 물론 기타 모든 체액이 밖으로 빠져나오게 된다. 그 과정에서 생기는 악취는 상상을 초월한다.

그러한 시체가 산을 이루며 쌓여 있었다. 머리가 잘려지고 가죽이 벗겨진 시체는 피가 말라 가서 있었고 짚단처럼 아무렇게나 쌓여 있었다. 시체의 산 옆에는 거대한 향로가 놓여 있었고 그 위로 사람들의 옷가지로 보이는 심지가 불길을 뿜어내고 있었다.

광장 주위로 온전히 서 있는 건물은 무언가 하얗게 걸려 있었는데 마치 커튼 같았다. 하지만 그것은 커튼이 아니었다. 기묘한 형상, 무언가를 펼쳐 놓은 듯한 모양이었다. 그런 것이 이루 헤아릴 수 없을 정도로 많이 걸려 있었다.

"인피(人皮)?"

설마 하는 마음에 하이단은 저도 모르게 내뱉고는 성진을 돌아보았다. 성진은 천천히 고개를 끄덕였다.

"맙소사!!"

사람들의 가죽이었다. 불길 밑으로 보이는 것은 노란색의 작은 알갱이를 뭉쳐 놓은 듯한 덩어리였고 일부는 녹아 심지에 스며들고 있었다.

"지방. 피하 지방."

성진은 낮은 목소리로 중얼거렸다. 그의 중얼거림은 매우 낮았으나 극도의 경악에 빠져 있었던 일행에게는 벼락처럼 들렸다.

널려 있는 가죽. 타오르는 지방. 순간 최악의 것이 상상되었다. 벗겨진 가죽에서 긁어지는 지방덩어리. 피부 위로 소름이 돋았다. 보이는 것은 그것뿐만이 아니었다. 몸에서 잘려진 머리는 창대에 꽂혀 광장 중심부를 향해 방사 형태로 바라보게 세워져 있었고 그 중심부에는……

"아아……"

하이단은 학질에 걸린 듯 몸을 부들부들 떨며 얼굴을 일그러뜨렸다.

여자. 어린아이부터 어른 할 것 없이 죄다 창대가 음부부터 입까지 관통해 있었다. 마치 꼬치처럼 사람을 꿰어 중심부에 심어져 있었다. 수를 헤아릴 수 없는 많은 주검이 꿰어져 있었다. 생전에 당했는지 몸은 기괴하게 꺾여 있었다. 가까이 가서 확인해 보고 싶은 마음조차 가셨다. 머리로 장식된 길을 따라 걷는 것은 정녕 공포였다. 수많은 자들의 공포가 배어 있는 얼굴과 고통으로 타 들어간 시선을 인간이 감내하며 지나치기에는 너무나도 가혹했다. 참혹했기에 밤이라는 게 다행스러울 정도로.

성진은 광장에 짙게 퍼져 있는 사념을 느끼고 보았다.

으아아아악!

악마악마!

살려줘!

어머니… 크륵… 켈룩……!


일만을 넘어서는 사람들이 생의 마지막 순간 비명처럼 내뿜은 염(念)은 마스터의 정신을 압도하였다. 그만큼 강하고 지독했다. 그러나 성진은 눈 하나 깜짝하지 않았다. 그는 올곧이 그 모든 것을 지켜보았다.


저 멀리 지평선 너머로 먼지구름이 일더니 군대의 깃발이 보였다. 기병들은 잔혹했다. 마치 파도처럼 마을로 들이닥치더니 사람들을 끌어내고 건물을 불태우기 시작하였다. 남자들은 죽이고 여자들은 한데 묶었다. 반항할 사이도 없는 순식간의 일이었다.

그리고 지옥이 시작되었다. 무슨 까닭인지는 몰라도 광기에 물들어 붉게 충혈된 눈을 한 사람 중 일부가 살찐 한 남자의 멱을 따더니 피를 받아 먹기 시작하였다. 병사들은 하얗게 이를 드러내며 뜨거운 숨결을 토해냈다.

"파티다! 파티!"

"나도! 나도! 이번엔! 나부터!"

칼을 뽑아 든 병사 한 명이 단번에 포박된 한 남자의 목을 베어버렸다. 그러자 병사들은 일제히 칼을 뽑아 들더니 남자들의 목을 닥치는 대로 배어내기 시작하였다. 수많은 자들의 절규와 비명이 들리고 남자들의 목이 잘리고 가죽이 벗겨졌다. 벗겨진 피부 밑으로 뭉쳐진 지방을 긁어내 불을 붙이고 그 불 밑에서 여인들을 윤간(輪姦)하고 있었다.

모은 피를 욕조에 넣더니 젊은 여자를 빠뜨렸다. 여자가 패닉에 빠져 비명을 지르자 병사들은 킬킬거렸다.

"이년아! 피로 목욕하는 게 몸에 좋다며! 하하하!"

나이 많은 노파들은 옷을 벗겨 음부에 창대를 꽂아 세웠다. 체중에 의해 날카로운 창끝이 음부를 지나 자궁을 뚫고 내장을 헤집어놓을 때까지 비명을 지르다 죽어갔다.

병사들은 제각각 술병을 손에 들고 비명을 지르는 이들 앞에서 조롱하고 오줌을 갈기며 웃었다. 이따금 저주의 말을 내뱉는 노파의 피부를 갈가리 찢더니 치즈와 버터를 바르고는 불을 질렀다.

여자들은 한 사람당 수십에게 윤간당하고 다시 노인들과 같은 형을 당했다. 피와 정액이 흐르는 사타구니 사이로 땅에 세워진 창대가 끼워질 때까지 여인들의 동공은 풀려 있었다. 간혹 창대가 부러져 나가자 여성의 목에서 엉덩이 길이에 해당하는 만큼 창대를 부러뜨려 땅에 꽂아놓고는 그 위로 여자들을 올려놓았다.

임산부에게는 더욱 잔혹했다. 마을에 있었던 수십의 임산부들을 철저히 윤간하더니 아이가 살아 있을까 죽었을까를 내기하고는 배를 갈랐다.


성진은 아울러 병사들이 뿜어내는 사념을 읽었다. 온갖 생각이 공포와 어우러져 회오리치고 있었다. 그 스스로 자행하는 짓이 공포가 되어 짓눌렀고 공포를 이겨내기 위해 그 광기에 젖어들었다.

한번 전장에 선 이 병사들은 끔찍한 것을 경험한 터였다. 그리고 이 후방으로 돌려진 병사들에게 내려진 명령은 토벌령이었다.

단 한 번의 전투에 동원되었지만 끔찍하였다. 이들 부대는 경장보병이었다. 그런 경장보병을 중기병의 돌격을 저지한답시고 밀어 넣었다. 어차피 병력은 많았다. 이들은 소모품. 제대로 된 창조차 지급받지 못한 그런 군대였다.

그런 그들에게 전장은 지옥이었다.

진동하는 대지.

몰아치는 기병대.

흩날리는 팔다리.

부서진 육체.

전우의 얼굴이 산산이 부서져 뇌수가 얼굴에 뿌려졌을 때의 느낌. 따뜻한 고깃덩어리가 금세 차가워져 얼굴에 엉겨 붙었을 때의 느낌. 손에서 느껴지는 그 표현할 수 없는 감촉.

마음속에서 뭔가가 부서져 내리고 눈을 뜨자 살아 있었다. 숨을 쉴 수 있다는 것이 너무도 고마웠다. 눈을 감자 다시 부서진 전우의 얼굴이 떠올랐다.

그런 병사들에게 민간인 토벌령이 떨어졌다. 전선이 전진하여 카밀 왕국 연합 영토 쪽으로 들어가자 적국의 국민들이 전선 안으로 들어왔다. 언제든 아군의 뒤통수를 칠 수 있다는 판단 하에 내려진 토벌령.

민간인들은 약했다. 여자들은 더욱 약했다. 늙은 사내들과 연약한 여자들만이 전부. 손을 뿌리면 어떤 형태로든 사람들이 죽어갔다.

희열감이 온몸을 강타했다.

나는 약자가 아니야!

죽어가는 입장에서 죽이는 입장으로 바뀌는 것이 얼마나 큰 것인지를 깨달았다. 그리고 잊었다. 당연히 자신은 죽이고 상대는 죽는다라는 것으로 인지하였다. 인지는 마음을 지배해 의식을 바꿔놓았다.

너희는 가축. 그리고 나는 도살자.

가장 간단한 이원화 논리이면서 가장 잔혹한 율법. 사내라는, 군대라는 방패막이 없는 이들에게 토벌대는 가혹하였다. 잔인했다.

같은 인간이 아니었다. 어차피 적국의 사람이다. 우리를 이렇게 고생시키고 전쟁까지 치르게 만드는 장본인들이었다.

여자? 존엄? 다 개소리다. 아카데미를 졸업했다는 장교조차 가장 예쁜 여자들을 우선적으로 탐했다. 당연하다. 너희는 정액받이. 그리고 죽어서 기쁘게 만들 가축들.

그리고 그 속에서 무력했던 자신, 그 기병들의 돌격 속에서 공포에 떨어 미쳐 가야만 했던 자신들을 애써 잊으려 했다. 잊기 위해 더욱 잔인해졌으며 빗나간 복수심이 더욱더 그들을 미치게 만들었다.

네년들을 죽여 씨를 말리겠다!

이미 토벌 명령 따위는 잊혀졌다. 보이는 족족 다 죽였다. 그들 속에 죽어간 사람들 중에는 크라인 왕국민과 그 연합 국가의 국민들도 있었다. 하지만 아무도 신경 쓰지 않았다. 어차피 전쟁, 군대만이 그나마 중요한 그런 전쟁이었다. 민간인 따위야 신경 쓰지도 않은 잔챙이, 보급품이었다.

죽이고 또 죽여서 모든 것들을 없애 버리겠다는 생각밖에는 없었다. 눈앞이 피이고 어느새인가 나도 피다. 죽이고 먹고, 먹고 다시 죽인다.


성진은 그들의 심리를 이해하였다. 당연한 결과였다.

전쟁 공포증(戰爭恐怖症).

전장의 참혹함과 그 속에서 인간이 받아들이는 스트레스는 상상을 초월한다. 2차 세계 대전 당시 미군이 처음 발견하여 연구되기 시작하였던 그것. 전쟁이라는 끔찍한 것이 사람을 망가뜨린다는 것을 모르는 이 시기로서는 같은 편조차 이들의 행위를 도저히 이해할 수 없을 것이다. 그저 마귀 들렸다라고밖에는 표현할 수 없을 정도로 눈에 보이는 결과는 그만큼 끔찍했다.

심리학적으로 이들은 중상이었다. 초기 단계를 벗어나 스스로의 공포를 이기기 위해 더욱 끔찍한 짓을 자행한다. 그리고 다시 그 짓으로 공포에 빠져 들어가는 악순환. 중독자였다.

'가련한 이들이여.'

죽어간 자나 죽인 자나 마찬가지다. 그들 모두가 피해자였다. 단지 병사들은 가해자라는 끔찍한 역할까지 맡아버렸다. 그리고 지독한 재앙을 맞이할 증오를 만들어 버렸다.

칼은 가슴이 터질 것만 같았다. 한때 그가 같이 웃고 울었던 사람들이 저렇게 참혹하게 죽어버렸다. 범인은 누구인지 뻔했다. 저렇듯 대규모로 철저히 죽일 집단이 이 대평원에 또 어디 있을까.

빠드득!

어금니가 부서졌는지 입 안에 피가 고였다. 귓가로 이명(耳鳴)이 들려왔다.

살려줘! 살려! 아파!
악마들! 내 딸! 아아악!

수많은 자의 절규와 비명 소리가 연신 칼의 귀에 메아리쳤다. 기실 그것은 이명이 아니었다. 짙게 깔린 사념이 분노에 찬 칼의 정신파와 동조하면서 뇌가 사념을 읽어 내린 것이다. 마치 전파를 수신한 라디오가 음파를 토해내는 것처럼 칼은 사념 속에서 비명을 들었다.

원수! 원수! 저기! 저기!

칼은 무의식적으로 소리가 들리는 곳으로 고개를 돌렸다. 이미 눈은 충혈될 대로 충혈되어 붉은 빛을 뿜고 있었다. 격동하는 오러는 그런 칼의 몸에 더욱 민감하고 강하게 힘을 불어넣고 있었다.

칼은 달리기 시작하였다. 소리는 외치고 있었다. 원수! 원수!

칼의 돌출 행동에 일행은 깜짝 놀랐다. 칼은 정말 빨랐다. 마치 바람을 타고 미끄러지듯 순식간에 수십 야드를 주파하였다.

그때 무슨 소리가 들렸다. 거친 숨소리 여러 개와 고통에 찬 신음 소리. 그 소리가 무슨 소리인지 미처 판단하기도 전에 그의 몸이 움직였다. 불타 버린 폐허의 잔해를 밟고 허공으로 솟구쳐 오른 칼은 본능적으로 검을 뽑았다.

그러자 의식하지 않았음에도 그의 몸에서 꿈틀거리던 오러가 검을 따라 주유하였다.

우우웅—

검은 울었다. 강력한 진동 에너지의 일종인 오러가 검에 주입되며 나타나는 현상이었다. 그리고 나타나는 은광(銀光)!

칼의 검이 허공을 갈랐다.

촤아악!

대기가 찢어지는 소음과 함께 하나의 머리가 떠올랐다. 잔뜩 흥분된 표정을 지은 머리는 잘렸음에도 발갛게 달아올라 있었다. 핏기가 전혀 가시지 않은 모습, 그야말로 쾌속이었다.

타닥.

가죽 장화로 땅을 밟는 소리가 울려 퍼졌다. 원형 가운데 내려선 칼은 여인의 몸 위에 올라탄 목 없는 시신을 발로 차 밀었다. 아직까지 뻣뻣하게 서 있는 양물이 여인의 음부에서 빠져나갔다. 여인의 시선은 하늘을 향해 있었고 동공은 풀려 있었다. 생기가 없었다. 지나친 윤간으로 인해 숨마저 끊겨 버린 듯하였다.

머리 속이 하얗게 타 들어가는 것 같았다. 작은 아이도 보였다. 이제 막 예닐곱 살로 보이는 조그마한 아이.

그 작은 아이도 강간당했다. 벌려진 다리 사이로 커다란 곤봉이 꽂혀 있었고 선혈과 하얀 액체로 범벅이 되었다. 부릅뜬 눈가가 찢어져 피가 흘러내렸다. 아니, 눈뿐이 아니다. 코, 입, 귀 할 것 없이 피로 범벅이 되어 있었다. 칼은 더 이상 볼 수 없었다. 미약한 신음 소리를 내는 한 아이를 도저히 돌아볼 수 없었다. 이미 분노가 그를 지배하고 있었다.

군인들이었다. 꽤나 많은 수인 듯 얼추 살펴보아도 그 수가 기십에 달했다. 원형으로 둘러싼 가운데에서 한창 작업 중이던 사람의 목이 순식간에 사라져 버리고 누군가가 떨어져 내리자 이들은 순간 멍해져 버렸다.

전혀 뜻밖의 상황이니 당연하였다. 칼은 이를 악물고 왼발에 강하게 몸을 싣고는 허리를 회전시키며 검을 횡으로 그었다. 그러자 그의 검에서 섬광이 일었다. 멍한 표정을 짓던 몇 명에게 시린 빛이 지나가자 그대로 반쪽 나버렸다.

"으허허헉!"

뜨거운 피가 공중으로 튀어 올라 곁에 선 이들을 적시자 그제야 상황을 파악한 몇몇이 기괴한 비명을 터뜨렸다. 사내들 중 절반은 바지를 벗은 반벌거숭이 상태였다. 보지 않아도 뻔한 상황이었다.

칼은 읊조렸다.

"개새끼들."

너무나 분노한 나머지 그 화가 검에 녹아들어 버렸다. 조금도 망설임이 없었다. 칼은 검을 떨쳤고 사람들은 죽었다. 일부 검을 빼 든 병사가 그의 검을 막아보려 했지만 검신이 잘려지며 머리통까지 쪼개졌다.

검광이 날아가면 사람들의 몸이 그대로 토막났다.

"크아아악!"

얼이 빠져 버린 병사들 중 정신 차린 하나가 그들을 베어버린 빛이 무엇인지를 알고는 부르짖었다.

"오러!"

"히이익!"

결코 맞설 수 없는 상대였다. 이야기로 듣던 오러 유저다. 그야말로 검의 달인! 그런 검의 달인이 뿜어내는 죽음의 재앙은 한낱 미쳐 버린 병사들 따위가 막아낼 성질이 아니었다.

퓨숏—

파육음 따위는 들리지 않았다. 그만큼 칼의 검은 빠르고 냉혹했다. 검광이 스쳐 간 자리는 그 무엇이든지 잘렸다. 강철까지 잘라 버렸을 정도니 인간의 몸이 버틸 리가 만무하였다.

"살려줘어어어!"

순식간에 십여 명이 죽어나가자 한 병사가 무릎을 꿇으며 외쳤다. 그런 병사의 머리에서 종으로 칼의 검이 지나갔다.

스경—

정수리부터 사타구니까지 일직선으로 혈선이 생기더니 그대로 반쪽이 났다. 피가 분수처럼 터져 오르고 끊어진 내장이 꿈틀거리며 몸 밖으로 튀어나왔다. 어찌 보면 둔기에 맞아 부서진 것보다 더욱더 끔찍하였다.

"우아아아아!"

그 모습을 본 병사들의 뇌리에서 애써 묻어놓았던 기억이 터져 나왔다. 기억은 해일이 되어 자아를 휩쓸었다. 그런 그들의 심정 따위야 칼에게 알 바가 아니었다. 칼의 눈에서 시퍼런 빛이 뿜어져 나왔다.

"신에게 감사한다. 내가 검을 익힌 것을……."

"으아아악! 살려줘!"

칼의 눈빛을 본 자 중 한 병사가 목청이 터지도록 비명을 지르더니 들고 있던 검으로 앞선 병사의 등을 내리찍었다.

퍽!

"크악!"

"이 새끼야!"

아무도 손을 쓰지 못했다. 입가로 침을 흘리는 그 병사는 미친 듯이 동료의 등을 찍어대더니 자신의 복부를 그어버렸다. 그렇지 않아도 돌아버릴 것 같은 상황에 그런 일이 발생하자 병사들이 연쇄적으로 미쳐가기 시작했다. 그런 그들을 향해 칼은 담담히 말을 이었다.

"그래서 네놈들을 죽일 수 있다는 것을!"

칼의 몸이 급격하게 움직였다. 팔의 근육이 팽팽하게 수축되며 강력한 검격을 낳았다. 오러는 광포하게 뿜어져 나가 모든 것을 베어버렸다.

오러는 마음과 육체의 조화에서 우러나오는 힘. 분노로 인한 발현은 그 심정만큼이나 광포하였다.

"크아아아악!"

서로에게 검을 꽂아대는 병사들의 머리를 반 토막 내었다. 칼은 가차 없었다. 미쳐 버려 자기들끼리 상잔(相殘)하는 병사에게까지 검을 그어댔다.

"죽어!"

어찌 보면 칼이나 병사나 비슷한 상태였다. 도대체 뭘 베고 있는지 칼 자신도 혼미해졌을 무렵 누군가의 일갈이 칼의 정신을 뒤흔들었다.

"칼!"

무엇인가를 베려던 칼의 검이 멈췄다. 성진의 일갈이 칼의 정신을 두드렸다. 뜨거웠던 머리 위로 찬물을 뒤집어쓴 듯한 느낌에 칼은 멍하니 그의 검을 바라보았다. 검에 맺혀 있던 오러는 이제 사라졌고 대신 시뻘건 선혈과 살점들이 검신과 가드(Guard)로도 모자라 그립(Grip)을 움켜잡은 손까지 덕지덕지 달라붙어 있었다.

화들짝 놀란 칼은 그제야 주위를 바라보았다. 수십 구의 죽어 자빠진 시체 위로 그가 서 있었고 그는… 한 구의 시체를 난도질하고 있었다.

"칼! 그만! 자네 왜 그런가!"

하이단이 놀라 외치자 칼은 그런 하이단에게 고개를 돌렸다. 칼의 얼굴을 본 하이단이 흠칫 놀랐다. 칼은 비교적 깨끗한 왼손으로 얼굴을 훔쳤다. 피가 손바닥 가득 묻어 나왔다.

"뭐, 뭡니까?"

칼이 얼떨결에 중얼거리자 하이단의 얼굴이 시뻘겋게 물들었다.

"내가 물을 말이야! 중상자를 앞에 두고 무슨 짓인가! 사람을 살려야지!"

중상자? 순간 칼의 머리 속에 방금 전의 기억이 스쳐 지나갔다. 고통에 찬 신음 소리. 병사들 사이로 꿈틀거리던 작은 인영.

"어, 어떻게 되었습니까?!"

칼은 비틀비틀 걸으며 하이단에게 다가갔다. 하이단은 칼의 눈길을 피했다. 무슨 뜻일까. 칼의 시선에 무언가가 잡혔다. 땅 위로 세 개의 천이 무언가를 덮고 있었다. 천이 덮고 있는 윤곽을 보아하니 하나는 여성이고 둘은 작은 아이다. 그 모습을 보고 칼은 다리에 힘이 빠져 버리는 것을 느꼈다. 땅바닥에 무릎을 꿇은 칼은 떨리는 손으로 작은 아이를 덮고 있던 천을 거뒀다.

"헉!"

저도 모르게 헛바람이 나왔다. 참혹했다. 아이의 기도가 참혹하게 뚫려 있었다. 무엇보다 심한 것은 복부였다. 복부의 가죽이 벗겨져 못으로 땅에 고정되어 있었고 배는 갈라져 창자가 훤히 드러났다. 그것도 제 모양을 갖추지 않고 선혈과 모래가 범벅되어 있는 것을 보아하니 땅에 흘러내린 것을 다시 주워 넣은 것 같았다.

분명히 신음 소리를 들었었다. 그렇다면……?

"사, 살아 있었습니까……?"

칼은 덜덜 떨었다. 답을 듣고 싶지 않았지만 들어야만 했다.

"방금 전에 숨이 끊겼습니다."

칼은 눈을 부릅뜨고 피가 엉겨 붙은 흙을 움켜쥐었다.

"어째서!"

이들은 마스터다. 살아 있다면 충분히 살릴 수 있었다. 한데 죽게 놔두었다. 왜인가! 그의 외침에 샤이라는 어처구니없다는 표정을 지었다.

"우리가 도착했을 때는 이미 죽었습니다."

당연하다. 그들이 막 도착했을 때 칼은 병사들을 모조리 도살하고 괴성을 지르며 시신들을 난도질하고 있었다. 아이는 막 마지막 숨을 내쉬었을 때였다. 내장을 모조리 땅바닥에 쏟아내고 기도에 구멍이 나 숨조차 제대로 쉴 수 없는 상태였다. 칼이 막 도착했을 때 구멍 난 기도만이라도 천으로 틀어막았더라면 어떻게든 살릴 수도 있었다.

마스터는 신이 아니다. 죽기 직전이라면 어떻게든 살릴 수 있으나 죽고 나서는 손쓸 방도가 없다. 영혼이 떠나 버린 육신을 움직이는 이적은 '카르노' 밖에 행할 수가 없었다.

"그렇다면……!"

칼은 덜덜 떠는 두 손을 눈앞에 들어 보였다. 손은 엉망이었다. 이름 모를 병사들의 살점과 선혈, 그리고 흙이 엉겨 붙어 엉망이었다. 살아 있었다. 자신이 도착했을 때. 첫 검을 뻗었을 때까지만 해도 살아 있었다. 힐끗 보았던 그 순간까지도 살아 있었다. 살아 있었다!

"으아아아아!"

칼의 눈에서 눈물이 쏟아져 내리기 시작했다. 알 수 없는 혐오감에 칼은 무릎으로 뒷걸음질쳤다. 필사적으로 물러나던 칼의 발끝으로 둔탁한 것이 부딪쳤다. 고개를 돌려 바라보자 반쪽이 난 머리통이 뇌수를 흘리며 남아 있던 한쪽 눈으로 그를 올려다보고 있었다.

"우아아!"

그제야 칼은 자기가 무슨 짓을 벌였는지 납득할 수 있었다.

"내가 너를 죽였구나! 내가 죽일 놈이야! 내가 미치지만 않았어도! 내가 미치지만 않았어도! 으허허허엉!"

칼은 절규하였다.

칼의 절규는 한동안 계속되었다. 냉정을 잃고 검에 몸을 맡겨 버린 자신과 한 어린 생명이 꺼져 가는 것을 외면했다는 죄책감이 그를 무참히 짓밟았다. 울고 또 울고 울음이 나오지 않으면 고함쳤다. 죽어버린 마을 위로, 죽어버린 사람 위로, 이제 마음이 죽으려 하는 한 사람의 절규는 계속되었다.

듣다 못한 하이단이 그런 칼에게 다가가려 했지만 칼은 듣지 않았다. 그저 울며 맨손으로 땅을 파헤칠 뿐.

"내 탓이야… 흑흑, 미안해. 내 탓이야……!"

아이의 죽음은 칼의 탓이 아니다. 아이 어머니의 죽음도 그의 탓이 아니다. 단지 그들이 운이 없었을 뿐. 운 좋게 숨어든 지하 창고에서 화재를 피해 목숨을 부지했지만 밖으로 나올 때 마지막으로 출발하는 병사들의 분대에 걸렸던 것이 죽음의 원인이었다.

하지만 칼은 그 모든 원인을 자신의 탓으로 몰아가고 있었다. 아이에 대한 죄책감이 눈덩이처럼 불어나 그를 후려치고 있는 것이다.

"흐으윽! 흑흑!"

상처 입은 짐승처럼 칼은 흐느꼈다. 오열을 토해내던 칼은 천천히 아이의 시신을 수습해 구덩이에 눕히고는 흙을 밀어 넣었다. 손톱이 빠지도록 땅을 파헤친 손은 당연히 무참하게 변했다. 소중하게 관리해야 할 검사의 손을 저렇게 만들 정도로 칼은 심하게 충격받았다.

그런 손으로 칼은 땅을 파기 시작하였다. 이미 세 개의 무덤을 손으로 만든 터였다. 더 이상 맨손으로 땅을 파기에는 인간의 손은 너무나도 연약하였다.

"그만 하게, 칼."

도저히 두고 볼 수 없었던 하이단이 땅을 파헤치던 칼의 양손을 부여잡았다. 몇 시간 동안 운 탓인지 그의 눈은 퉁퉁 부어 있었다. 그 눈으로 칼은 하이단을 바라보았다.

"자네는……."

해주고 싶은 말은 굴뚝같았으나 막상 칼의 눈을 보자 그 같은 말이 목에서 막혀 나오지 않았다. 사내의 눈물은 보기 힘들다. 특히나 칼같이 강인한 정신을 소유한 남자의 눈물은 극히 드물다. 그런 사내가 흘리는 눈물은 단순한 눈물이 아니다.

그 자체로도 천금보다 값진 것. 어느 단어로도 표현할 수 없는 의미가 담겨 있다. 지금 칼이 쏟아내는 눈물은 후회와 번민, 자책과 절망감이 뒤섞여 있었다. 추해 보이지가, 추할 수가 없었다.

"제길……!"

순간 코끝이 찡해왔다. 옛날 일이 생각났다. 분노에 휩싸여 앞뒤 가리지 않았던 그때. 제정신을 차리고 얼마나 후회했던지. 지금 칼이 느끼는 감정이 그러할 것이다. 하늘이 무너지는 충격. 자신에 대한 불신. 그 괴로움은 이루 말로 표현할 수가 없었다.

그런 하이단의 심정이 눈에 떠올랐는지 칼은 하이단의 눈을 멍하니 바라보았다. 그의 동료는, 또 한편으로는 그의 형님 격이라 할 수 있는 하이단이 이해하고 있었다. 그 혼자만 겪어야 했던 아픔이 아니었다. 지금 눈앞에 자신을 바라보고 있는 이도 과거에 겪었던 것이다.

"하이단, 나는, 나는……!"

"멍청한 자식!"

하이단은 결국 눈꼬리에 눈물이 맺혔다. 하이단은 뭐라 말하려는 칼의 머리를 강하게 끌어안았다. 칼은 하이단의 품에 안겨 크게 울었다.

샤이라는 그런 칼의 울음소리를 들으며 떠오르는 태양을 바라보았다. 지금 보이는 이 광경은 결코 인세에 남아 있어서는 안 되는 광경이었다. 태양이 떠오르며 햇빛이 폐허를 비치자 밤에는 보이지 않았던 것들이 보이기 시작하였다.

'빌어먹을!'

마찬가지로 결코 보고 싶지 않은 광경이었다. 밤이라는 장막이 걷히고 난 광경은 더욱 비참하였다. 두 아이에게는 더욱더 보여주고 싶지 않은 광경이기도 하였다. 다행히 두 아이는 충격받을 대로 받아 밤새도록 토해내더니 결국 성진의 손길에 의식을 잃고 잠들어 있었다.

폐허 위에 앉아 묵묵히 그 광경들을 보고 있던 성진은 벌떡 일어나더니 하이단 품에서 오열을 토해내는 칼의 목덜미에 가볍게 손가락을 찔러 넣었다. 그러자 칼이 의식을 잃은 듯 몸이 축 늘어져 버렸다.

"어엇!"

갑작스런 사태에 하이단이 놀라 성진을 올려다보았지만 성진은 이미 길리언을 한 팔로 끌어 안고는 일어서고 있었다. 타키안을 업은 샤이라가 대신해 하이단에게 말했다.

"이제 가죠."

그 말에 하이단은 쓰러진 칼의 몸을 들쳐 엎고는 걸음을 옮기기 시작하였다. 떠오르는 햇살을 뒤로하고 일행은 서쪽으로 걸음을 옮기기 시작하였다. 일행이 가야 할 곳은 해가 지는 쪽에 위치한 크라인 왕국의 수도 쉬스만. 그리고 그 앞에는 두텁고 커다란 장벽이 가로막고 있었다.

이제는 도시라고 할 수 없는, 수많은 이들의 집단 학살 현장을 꽤나 벗어난 시점에서 샤이라가 말했다.

"갈 길은 가야지요."

그녀의 말에 성진은 고개를 끄덕였다. 갈 길은 가야 했다. 복수를 한답시고 그 군대를 쫓아 모조리 죽일 수도 없는 노릇. 그들에게는 더욱더 커다란 사명이 놓여 있었다.

"하지만……!"

말을 끊은 샤이라의 눈에서 파란 빛이 쏟아져 나왔다. 샤이라는 손을 펼쳐 커다랗게 수인을 그리며 빠르게 캐스팅하기 시작하였다. 거의모든 마법을 생략해서 그녀가 캐스팅하는 것은 그만큼 시전하는 마법이 복잡하고도 강력하다는 또 다른 증거였다.

마력이 대기 중에 퍼진 에너지를 움직이기 시작하였다. 에너지는 마력이 짜놓은 새로운 법칙에 따라 뒤틀리고 엮어지더니 자연을 속이는 이적을 발현하기 시작하였다.

성진의 도움에 따라 초고온을 만들고 유지시킬 수 있는 방법을 터득해 가는 그녀가 처음으로 시전한 마법은 화염 마법. 그것도 미티어 스트라이크였다.

허공에서 불덩이가 맺혔다. 지상에서 수십 미터 상공에 맺힌 불덩이는 그 크기를 더해가더니 붉은빛에서 밝은 주황색으로 바뀌다 흰색을 넘어 새파란 빛을 뿌리기 시작하였다.

양손으로 그린 수인의 흐름을 오른손으로 집중시킨 샤이라는 왼손으로 또 다른 수인을 그리기 시작하였다. 이번에 짚어가는 수인은 역장(力場), 포스 필드(Force Field)였다. 순식간에 마법을 구현한 샤이라는 허공에 맺힌 불덩이를 떨어뜨렸다.

새파란 화염구 십여 개가 지상으로 떨어져 내림과 동시에 역장 마법을 발현시켰다.

콰과과과과!

화염구가 터지면서 엄청난 열이 대기 중에 방사되었고 대기는 즉각 달아올라 플라즈마 상태로 변하였다. 일만 도를 넘어서는 온도 점이 십여 개가 한꺼번에 구현되었다. 열 개의 점을 중심으로 강력한 흡입력이 생겨 공기를 빨아들이더니 이내 터뜨렸다.

쿠과과과과!

십여 개의 대폭발이 국소 범위에서 발현되자 거대한 화염 기둥이 하늘을 향해 치솟기 시작하였다. 하지만 폐허 주변으로는 샤이라가 발현한 포스 필드가 전체를 감싸고 있었다. 폭발력은 밖으로 퍼지지 않고 다시 안으로 되돌아가 철저히 모든 것을 불태우고 파괴했다.

일만 도에 달하는 화염은 강철마저도 증발시켰다. 그 속에서 제 형상을 유지할 수 있는 것은 아무것도 없었다. 모든 것이 사라져 버릴 뿐이다.

의식을 잃은 듯한 칼에게 하이단은 이 이야기를 꼭 해주고 싶었다. 때문에 그 장대한, 그러나 끔찍한 광경을 보며 하이단은 그 누구에게도 꺼내지 않았던 옛이야기를 털어놓기 시작하였다.

"칼, 나는 말일세. 예전에 사랑을 했다네. 내가 젊었을 적. 처음 가출했을 때가 갓 18세. 몇 년 동안 대륙을 떠돌아다니며 갖은 고생을 하다 나는 법력을 다룰 수 있게 되었지. 모든 것으로부터 자유로울 수 있는 바람의 힘을 말이야."

하이단의 눈빛이 아련한 빛을 띠었다. 그는 더 이상 폐허를 보고 있
지 않았다.

"세상의 모든 강자를 이겨보겠다고 설치는 도중에 유노를 만났어.
유노는 당시 수행을 하는 도중이었는데 나와 붙었지. 정말 피 터지게
싸웠어. 당시 유노도 제법 강했어. 이제는 죽어버린 녀석이지만 그때
는 정말 멋졌지."

그의 말속에는 애정과 아픔이 어우러져 있었다. 수십 년 지기를 잃
어버린 그의 아픔은 실로 컸다.

"결국 대결은 무승부가 되었다네. 둘 다 엉망이 되어 쓰러져 있는
차에 누군가가 다가왔지. 그녀였어. 참으로 아름답고 착한 그녀. 보호
자와 함께 여행 중이었지. 그녀를 만난 건 정말 행운이었다네. 행복했
지만 그만큼 아팠지. 그건 괜찮은데 그녀의 보호자였던 한 중년 마법
사를 만난 건 나나 유노나 정말 최악이었지."

하이단은 우스운 듯 킬킬거렸다. 지금이라도 다시 돌이켜 본다면,
아니, 당시 그 자리에 있었더라면 그 마법사를 때려눕히고 그녀만 업고
도망갔을 것이다. 그만큼 끔찍했었다.

"우리는 대륙을 주유했어. 수많은 사람을 만나고 그만큼 웃었어. 너
무나 행복했다네. 우리 둘은 그녀를 사랑했지. 나와 유노는 서로가 그
사실을 알고 있었지만 그녀가 누굴 선택할지는 그녀의 선택에 맡기기
로 했어. 하지만 그 선택의 순간까지 우리는 웃고 살자고 약속했지. 그
만큼 그때가 영원할 것이라 믿었지."

하이단의 눈에 눈물이 다시 맺히기 시작했다. 이야기는 추억을 불렀

고 추억은 감정을 불렀다. 누구에게도 들려주지 않고 쌓아둔 지 수십 년이 지난 이야기는 세월에 묵힌 감정을 끌어내었다.

"한데 아니었어. 우습게도, 기가 막히고도, 빌어먹게도 그녀는 죽을 병에 걸렸었어. 그녀는 마지막을 장식하기 위해 대륙을 여행한 거야. 함께 동행한 마법사는 그녀의 가문에서 제일가는 마법사. 그녀의 생명을 한계까지 연장시켜 주던 마법사였지. 그렇게 부단히도 우리를 괴롭혔던 이유가 나중에 알고 보니 자기 대신에 그녀의 생명을 연장시켜 줄 수 있는 믿을 수 있는 사람을 만들기 위해서였어. 은근히 그 마법사한테는 적이 많았었거든."

어떤 면에서 그 마법사는 스승이었다. 가르친다는 명목 아래 자행한 만행. 그만큼 지독한 기억이었지만 한편으로는 추억이었다. 그만큼 혹독했기에 치를 떨면서도 지금껏 기억하는 것이리라.

"운 나쁘게도 그 마법사가 비명횡사하자 그녀의 병이 발작해 버렸지. 새파랗게 질린 피부와 입으로 뿜어져 나오던 각혈. 우리는 어찌할 바를 몰랐어. 너무나 당황해서 오히려 그녀가 우리를 진정시켜 줄 정도였지. 그렇게 한 번의 발작이 가시자 그녀는 언제 아팠냐는 듯 멀쩡해졌어. 다시 우리는 여행하려 했지만 이미 우리의 감정은 걷잡을 수 없게 되어버렸어. 우습게도 마법사가 죽어버린 후에 말이야. 그전에는 그토록 태연했었는데. 마법사가 우리를 조율했던 거야. 그토록 거추장스러웠던 이가 말이야. 큭큭큭!"

하이단은 언제부터인가 축 늘어져 있던 칼의 몸에 서서히 힘이 들어가는 것을 느꼈다. 하지만 하이단은 이야기를 멈추지 않았다.

"우리는 마지막 여정을 유노의 고향으로 정했지. 한데 말이야. 고향

집에 도착해 보니 엉망이었어. 산적 떼들이 휩쓸고 지나간 마을은 엉망이 되어버렸지. 녀석의 부모님이 죽어 있었고 여동생은 산적들에게 끌려갔지. 우리는 분노했다네. 그래서 그녀를 마을에 내버려 두고 산적들에게 쳐들어갔어. 녀석의 여동생은 이미 죽어 있었어. 목적을 잃어버린 우리는 그놈들을 다 죽였어. 당시 우리도 꽤 강한 축이었지. 상처 없이 죽이기는 힘들지만 깊은 칼자국 몸에 두어 개 새기는 것을 각오한다면 그런 산적쯤이야. 모든 복수가 다 끝난 줄 알았지만 오산이었어. 그날 밤 산적의 두목이 야습한 거야. 지쳐 쓰러진 우리 둘을 실컷 패서는 묶어놓고 녀석들은 그녀를……."

하이단은 차마 말을 잇지 못했다. 순간 분노가 일었다. 그때의 광경, 그때의 기억. 피가 거꾸로 솟는 듯하였다. 그러나 이내 과거의 일이라는 것을 인지하자 화가 가라앉았다.

"그녀를 강간했어. 우리 둘을 살리기 위해 몸을 바쳤단 말이야. 내가 가장 싫어하는 일이… 내가 가장 사랑하는 사람에게 벌어지는 거야. 그 개자식이 그녀의 위에서 신음하고 있을 때도 우리는 혼미해진 정신으로 그 광경을 지켜봐야만 했지. 어찌나 슬프고 화가 나던지. 마음속에 뭐가 끊기는 듯했지. 정신을 차리고 보니 피바다였지. 그녀는 그 피바다 속에서 유노의 품에 안겨 울고 있었고 나는 그 자식의 몸뚱이를 짓밟고 있었어. 그때만큼 고통스러웠던 적은 없었어. 하지만 더욱더 큰 충격은 그녀가 자신의 입으로 유노를 사랑한다고 말했을 때야. 사랑한다고. 그래서 마지막은 그와 함께하고 싶다고."

하이단은 결국 눈물을 쏟고 말았다. 맺힌 눈물이 아닌 굵은 눈물. 쌓이고 쌓였던 옛 감정이 터져 나왔다.

"제기랄. 그때 기분이 어땠을 거 같아? 미칠 거 같았어. 사랑하는 그녀가 강간당했고, 다른 남자를 사랑해 함께 있고 싶다고 말했을 때 내 기분이 어땠을 거 같아. 그때만큼은 친구고 뭐고 다 필요없이 그 녀석을 때려죽이고 싶었어. 하지만 그녀의 눈을 보니 도저히 그럴 용기가 안 나더군. 그 말을 들은 그 순간 나는 그 자리를 박차고 나왔어. 그리고 유노를, 그녀를 다시는 보지 않았지."

만약 후에 유노를 만나 그의 이야기를 듣지 못했다면 그는 평생 그 기억을 한으로 간직했을 것이다. 그만큼 그때의 기억은 하이단의 인생을 지배하고 있었다.

"그런데 말이야. 살다 보니 이런 생각이 나더군. 혹시 그녀는 우리 둘을 모두 사랑한 것이 아닐까 하고 말이야. 유노는 당시 가족을 잃었지. 그 상황에서 사랑하는 이를 잃어버린다면 어찌 될까 하는 생각이 들더군. 만약 그때 그녀가 나를 선택했더라면 지금의 그랑디아 교단의 교황 '라 제크 2세'는 결코 없었을 거야. 나 같은 경우는 버림받은 상처가 증오가 되어 삶을 지탱했을 거지만 녀석은 아마 절망으로 변했을 거야. 아마도 녀석은 자살해 버렸겠지. 그녀는 참 현명하게도 두 사람을 다 살린 거야. 그리고 유노를 만나면서 그 생각이 사실이었다는 것을 알았어. 그때 그 심정이란… 얼마나 슬프고도 기쁘던지. 내가 버림받은 게 아니라는 그 감정은 이루 표현할 수 없었어."

칼은 그의 이야기를 모조리 듣고 있었다. 도시가 불타 버리는 것을 보지 않으려 애써 정신을 잃은 척했었지만 하이단의 이야기는 칼의 심장을 뜨겁게 자극하였다. 자신과는 또 다른 절망과 분노. 하지만 그 밑바탕은 일맥상통하였다. 모든 것을 잃어버린 자의 비애. 하이단이 느꼈던 당시의 감정은 지금의 칼과 동일하였다.

"당시 말이야. 나는 산적을 증오했지. 그녀와 같은 이들이 다시는 나오지 않게 만들겠다고 다짐하고는 그 모든 녀석들을 잡으러 다녔어. 처음에는 모조리 죽이고 다녔어. 하지만 들려오는 것은 악명(惡名). 어느 날 문득 피가 나를 미치게 만들고 있다는 것을 깨달았지. 나나 그 산적이나 다를 바 없다는 것을 알아버렸어. 산적 중에는 본래 악당인 녀석들도 있지만 생계가 곤란해 된 경우도 많았지. 자네는 지금 병사들을 증오하겠지? 모조리 죽이고 싶겠지? 하지만 말이야. 그래서는 안 돼."

"내려… 주세요."

하이단의 등에서 내려온 칼이 하이단을 보았다. 하이단은 억지로 웃고 있었다.

"피에 젖어 미쳐 버린 녀석들만 죽이게. 그놈들은 죽어도 싸. 하지만 그 외에는 죽이지 말게. 무고한 죽음은 죽음을 베푼 자에게 돌아오네. 내 인생의 교훈이니… 그리 값싸지는 않을 걸세."

"……."

하이단의 맺음말에 칼은 고개를 숙이고 말았다.

라셈블이라는 이름의 도시는 아픔만을 지닌 채 불타오르고 있었다. 그 불길 속에서 죽어간 이들. 그가 알던 모든 사람을 생각하자 미칠 것만 같았다. 하지만 하이단의 말을 듣자니 그의 말을 따라야 할 것 같았다. 어찌해야 할까. 이 분노를, 이 증오를 어찌 풀어야 할까!

"명심하게. 자네의 분노를 받아 마땅한 자에게만 분노를 풀게. 그 외에는 후회만 남을 뿐이야."

하이단이 천천히 해가 지는 쪽으로 걸음을 옮기기 시작하자 성진도 샤이라도 그의 뒤를 따르기 시작했다. 한동안 멍하니 서 있던 칼은 다시 한 번 불타오르는 도시를 돌아보았다. 절대로 잊지 않으려는 듯 칼은 그 광경을 찬찬히 뜯어 머리 속에 각인시켰다.

그가 보았던 것. 그가 느꼈던 것. 평생 잊지 않으리라.

칼은 다짐하고 또 다짐했다.


또 하루가 끝나간다. 평소 같았으면 그 끔찍했던 악몽을 덮기에는 밤의 힘은 너무도 미약하였으나 날을 꼬박 새고 다시 그 지옥 같은 곳을 떠나기 위해 하루 종일 걸어 몹시 피곤했던 일행에게는 충분하였다.

두 아이의 눈 밑에 짙은 반원이 생겼다. 낮 동안 물을 제외하고는 거의 먹지 않았다. 그 광경은 범인들의 식욕을 날려 버리기에 충분하였으니까. 하나 피로를 풀기 위해서는 충분한 영양 섭취와 휴식이 필요하다. 둘 중 하나만 부족해도 여독은 사라지지 않는다. 먹어야 했다, 걷기 위해서는. 더 나아가 살기 위해서는.

성진은 아이들에게 강제로 음식을 먹였다. 먹지 않으려 발버둥 치는 아이들의 몸을 제압하고 입을 벌려 식도로 강제로 밀어 넣었다. 음식을 먹인 후 아이들은 토해내려 했지만 토할 수가 없었다. 그렇지 않아도 신진대사가 활발한 나이다. 간만에 들어온 음식을 도로 뱉어낼 이유가 없었다. 머리는 원하지 않았으나 몸이 원하는 것이다.

아이들은 날이 저물기 무섭게 자버렸다. 그리고 그런 아이들을 위해 샤이라는 기분 좋은 꿈을 꿀 수 있는 마법을 베풀었다. 그렇게 아이들은 그나마 휴식을 취할 수 있었지만 어른들은 아니었다.

하이단은 아무 말도 하지 않고 그저 모닥불만 바라보다 잠을 취했다. 칼은 어두운 밤하늘만을 바라보았다. 어둠이 깊고 깊어져 더없이 깊어졌을 무렵 칼은 천천히 자리에서 일어나 샤이라에게 다가갔다.

샤이라는 침낭 속에 파묻혀 곤히 자고 있었다. 무슨 말을 해야 할까. 자고 있는 사람을 깨울 수는 없는 노릇이었다. 고민하던 칼의 귓가로 샤이라의 목소리가 들렸다.

"무슨 일이지요?"

샤이라는 자고 있지 않았다. 하긴 마스터에게 잠이란 별 의미가 없다. 그녀는 오늘의 여정에서 칼의 시선을 자주 느꼈으며 오늘 밤에 칼이 무엇인가를 부탁하러 온다는 것을 직감하고 있었다. 이제 그의 부탁을 들을 때가 온 것이다.

칼은 이를 악물었다. 하이단은 말했다. 사나이의 눈물은 그 가치가 무겁다고. 그 가치에 걸맞은 행동을 해야 했다. 그리고 그것이 그가 결심했던 것.

"도와주십시오."

더도 덜도 붙임이 없는 단 한 마디. 그리고 그 한마디를 샤이라는 이해하였다. 샤이라는 몸을 일으켰다. 그녀는 보기 좋은 미소를 그려냈다.

"그러죠."

샤이라의 승낙을 얻어내자 칼은 두말할 것도 없이 배낭을 챙기기 시작하였다. 샤이라도 그녀가 필요한 것을 챙겨 들었다.

─칼을 부탁합니다.

그때 성진의 뜻이 샤이라의 뇌리를 두드렸다. 자고 있는 것처럼 보였지만 실은 성진 또한 칼을 신경 쓰고 있었다. 그런 칼이 복수의 길을 떠나는데 말릴 이유가 없었다. 낮 동안 걸으며 게릴라 전술과 암살에 대해 강의한 것이 바로 성진이 아니었던가?

─다녀올게요.

샤이라는 성진에게 미소 짓고는 칼의 뒤를 따라 어둠 속으로 사라졌다. 그 둘이 사라져 버리자 그제야 하이단이 침낭에서 몸을 일으켰다. 하이단의 눈은 둘이 사라진 방향을 쫓았다.

"걱정되지는 않으십니까?"

성진은 그런 하이단에게 물었다. 하이단은 입가에 미소를 그렸다.

"당연히 걱정됩니다. 저 녀석은 아직 젊어요. 그리고 강하고요. 그런 녀석이 미친 길을 걸으려 합니다. 누구보다 멋진 사람이, 영웅이 될 수 있는 놈이 말이지요. 하지만 저는 믿습니다. 뜻을 세우는 것. 그리고 실천하는 것. 제가 흘린 눈물의 값어치를 해야 하는 것이 바로 사나이입니다. 그리고 칼은 사나이입니다."

하이단은 칼과 그리고 자신에게 하는 말이었다. 후회없는 삶. 비록 그 길을 피로 물들일지라도 후회없는 삶을 살기를. 인생을 굽어볼 나이에 다가온 하이단이 할 수 있는 마지막 말이기도 하였다. 성진은 고개를 끄덕였다.

"그렇군요. 칼은 사나이이지요."

성진과 하이단은 칼이 사라진 방향을 보며 그가 온전히 돌아올 수 있기를 바랐다.

샤이라와 칼은 일행이 묵고 있는 야영지에서 벗어나 한참을 걸었다. 상당 시간 걸었으나 여전히 지평선 너머에는 아련한 빛이 반짝이고 있었다. 모닥불 빛. 평원에는 은폐물이 없다. 그야말로 들풀만이 자라나는 곳. 그런 곳에서 피워지는 불빛은 꽤나 멀리까지 흘러나간다. 그런 빛은 적들에게는 좋은 표적이지만 아군에게는 하나의 이정표이자 안식의 증거이다.

그런 안식의 증거를 뒤로했다. 그가 걸으려는 길은 잔인한 길이며 분노의 길이었다. 그리고 그의 마음에 맺힌, 결심을 실천하는 길이었다. 저 안식의 증거는 그 길에서 그를 올곧이 세워줄 하나의 기둥이 되리라.

"그런데 어떻게 찾을 거예요?"

샤이라는 칼을 보며 물었다. 도움을 청했으니 도와야 했다. 그녀는 자기가 뭘 해야 할지를 알고 있었다. 바로 칼이 원하는 곳에 데려다주는 것. 칼이 원하는 것은 신속한 기동력이었다. 그녀가 생각하는 칼은 중요한 것은 자신의 힘으로 행동하는 남자였다.

"말해 주고 있습니다, 그들이."

그들? 누구? 순간 샤이라는 칼의 대답을 이해해 버리고 말았다. 죽은 이들의 영이 너무나 큰 한에 승천하지 못하고 칼에게 붙은 것이리라. 그의 복수가 끝날 때까지 아마도 그들은 떠나지 않을 것이다.

"저쪽이군요."

칼의 눈이 파란 빛을 뿜어내기 시작했다. 인간의 눈은 빛을 반사할 수 없다. 마스터들이 뿜어내는 안광은 그들의 내적인 정신력과 다를 수 있는 힘이 합쳐져 만들어내는 일종의 빛이다. 칼이 훌륭한 오러 유저라 할지라도 결코 눈에서 빛을 뿜을 수 없다. 그것은 귀신의 눈. 귀안(鬼眼)이었다.

저곳. 원수. 우리들의 피를. 우리들의 살을. 우리들의 살의를.

"풀어주마."

칼은 이를 갈았다. 그리고 그의 뒤로는 이루 헤아릴 수 없는 영들이 같이하고 있었다. 그들은 칼이 보는 곳을 향해 적의를 드러냈다.

순간 발생한 강력한 네거티브 에너지가 주위를 흐르기 시작했다. 기온이 뚝 떨어지며 찬 기운이 흐르기 시작하였다. 괴이한 현상. 샤이라는 당황하고 말았다. 듣도 보도 못한 현상이다. 승천하지 못한 영들이 발산하는 에너지는 그녀가 경험해 보지 못한 것이었다. 아니, 경험해 보았다.

'지하 도시!'

죽은 자들의 영혼이 뿜어내는 힘. 그 힘은 무너지려는 도시의 건축물을 지탱하기까지 했다. 그 경이적인 힘. 지금 이곳에 그 모습을 드러내고 있었다.

하지만 칼은 오러 유저다. 오러 유저의 몸으로 그 경이적인 힘을 받아들일 수는 없다. 무엇보다 칼, 그의 정신이 버텨내질 못할 것이다. 죽은 자들도 그것을 알기에 그의 몸에 침입하지 않는 것이다. 오직 원수를 쫓는 추적자의 눈만을 열어줬을 뿐.

"괜찮아요?"

그 힘은 인간이 버텨낼 수 없다. 그 정도로 막강한 힘이다. 하지만 칼도 다르고 원혼들도 달랐다. 복수라는 일념으로 칼에게 그 모든 것을 맡긴 것이다. 죽은 이들 중 일부는 칼을 알고 있었다. 그들에게 있어서 칼은 영웅. 생명의 은인이었다. 그런 은인을 한낱 복수심으로 망가뜨릴 수는 없는 노릇이었다.

그렇기에 칼을 알고 있는 이들은 그 스스로가 교량이 되어 칼을 모르는 다른 이들과 칼을 연결하는 매개체가 되고 있는 상황이었다.

하지만 그런 세세한 것까지 샤이라가 어찌 알까? 음차원의 힘은 수천 년간 지상에서 구현된 적이 없는 힘이었다. 모르는 현상을 모조리 파악할 수 있을 만큼 샤이라는, 아니, 마스터는 대단하지 않았다. 알고 있는 것에 대해서는 절대적인 능력을 발휘하지만 모르는 것에 대해서는 남보다 더 빨리, 더 확실히 대처하는 수준에 불과하였다.

"괜찮습니다."

시퍼런 불길이 맺힌 얼굴로 칼은 웃어 보였다. 칼 딴에는 괜찮다는 표현이겠지만 보는 이의 입장은 그것이 아니다. 솔직히 말해서 무서울 정도였다.

이 전대미문의 힘과 연결된 칼에게 샤이라는 흥미를 느꼈다. 아울러 걱정했다. 그래서 최대한 성심성의껏 돕기로 결심했다.

"가죠."

샤이라는 마력을 움직였다. 마력은 샤이라가 원하는 바에 따라 공간을 끌어당겨 연결하기 시작했다. 그것은 자연을 거스르는 역천(逆天), 그러나 한편으로는 이적이었다. 마력은 문이 되었고 길을 만들었다. 그리고 샤이라와 칼은 그 길을 걸었다.

"그런데 이거 게일이 정한 규칙에 어긋나지는 않을까요?"

그제야 생각났다는 듯 칼은 난처한 미소로 샤이라를 바라보았다. 샤이라는 웃었다.

"괜찮아요. 이건 엄밀히 따져서 어긋나지 않는 것이니까요."

게일이 정한 규칙에 어긋나지 않는다. 이것은 어디까지나 칼의 길이다. 더군다나 성진이 목표로 걷는 시스만과 다른 것이다.

"만약 따지면… 뭐, 따지면 어쩌겠어요? 어차피 적. 최소한의 규칙만 지켜주면 되는 거 아닙니까? 난 반칙하지 않았습니다. 그리고 이것을 요구한 것은 칼 당신이라고요."

"그, 그렇죠? 하하하하!"

공간을 접어 꽤나 먼 거리를 건너뛰어 버린 둘은 이윽고 다른 장소에 모습을 드러냈다. 멀리서 빛이 보였다. 야영지였다. 많은 인간이 모여 있는 듯 멀찌감치 떨어진 이곳까지 그 소음이 들리는 듯했다.

인간들이 내뿜는 생기가 느껴졌다. 생명들이 모여서 발산하는 힘. 존재감. 그 힘을 성진은 기(氣)라 불렀다. 오러와 비슷하지만 다른 힘. 좀 더 포괄적이며 깊은 개념이었다. 그리고 최근에 샤이라도 그 기라는 것을 이해해 가고 있는 중이었다.

"흠. 이건… 군기(軍氣)인가요? 하지만 한편으로는……."

샤이라는 말꼬리를 흐렸다. 군기란 군대를 이루는 인간들이 발산하는 기운이다. 공통된 목적에 따라 살인을 수행하는 교육을 받은 인간. 군기는 인간들이 내뿜는 여러 형태의 기운 중 가장 공격적이다. 얼핏 느끼기에는 불같은 힘이다. 단순히 그런 기운만 느껴졌으면 좋으련만 한편으로 느껴지는 것은 어둡고 음습한, 그리고 미쳐 버릴 것 같은 광기(狂氣)

였다.

"제대로 찾은 것 같군요."

샤이라의 말에 칼은 굳은 표정으로 고개를 끄덕였다. 칼의 얼굴에는 싸늘한 냉기가 흐르기 시작하였다.

"어떻게 할 건가요?"

오백으로 구성된 군대였다. 칼이 뛰어난 오러 유저라 할지라도 오백의 기마대를 동시에 상대할 수는 없었다.

"죽이겠습니다, 하루에 삼십 명씩."

"어떻게 말이죠?"

어차피 각개 격파는 예측하고 있었다. 하지만 샤이라는 칼이 왜 그렇게 말했는지 알고 싶었다.

"쫓아갈 겁니다, 저들이 다 죽을 때까지. 그리고 공포를 느끼게 해줄 겁니다. 매일 아침 일어날 때마다 죽어간 사람들을 봐야 할 것입니다. 말단 병사부터 차근차근 죽일 겁니다. 장교는 가장 나중에. 그들이 죽어버린다면 병사들의 통솔이 불가능해지겠지요. 그렇게 절망감을 안겨줄 겁니다. 살아 있는 것이 끔찍할 정도로."

"후회는?"

지금껏 병사들의 야영지에서 눈을 떼지 않았던 칼이 샤이라를 돌아보았다.

"그런 게 있을 턱이 없잖습니까?"

칼은 웃고 있었다.


그날부터 병사들에게 지옥이 시작되었다. 최초로 죽어간 사람은 바로 야간 경비를 선 병사들이었다. 그들의 머리는 하나같이 잘려 그들의 손 위에 들려 있었다. 그리고 중앙에서 잠을 자던 병사들이었다.

그 수는 정확히 삼십. 삼십이 죽어 있었다. 그리고 그 다음날도 삼십이 죽어 있었다. 마찬가지로 경비를 서던 병사들을 포함해 중앙에서 잠을 자고 있었던 병사였다.

경비를 서는 병사를 제외한 나머지 병사들은 한 막사에서 자는 사람들이 아니었다. 그들은 야영지 곳곳에서 그들의 분대와 잠을 청하던 병사였다. 멀쩡히 자고 일어나자 옆에 있던 동료가 목이 떨어져 있는 상황. 도저히 납득할 수 없는 상황이었다.

"어떻게 된 거야!"

담당 장교의 눈이 시뻘겋게 충혈되어 고함질러 봐도 뾰족한 수가 없었다. 자고 일어나면 어김없이 누군가가 죽어갔다. 공포가 스멀스멀 퍼져 나가기 시작하고 병사들이 동요하였다.

그런 상황이 며칠 동안 계속되었다. 불과 삼 일 만에 백여 명이 죽어버렸다. 병사들은 서서히 공포에 질리기 시작하였다. 죽음이다. 눈을 뜨고 일어나면 죽어갔다. 제아무리 경비를 서는 사람을 늘려도 하나같이 죽어 있었다. 삼 인 일 조든, 사 인 일 조든 죄다 목이 잘려 죽어 있었다.

"악마다!"

"히익!"

이윽고 탈영병이 생겨났다. 그리고 그들은 다음날 아침이 되면 어김없이 사지가 잘려 캠프 곳곳에 굴러다니고 있었다. 하루는 토벌대 전체가 미친 듯이 말을 타고 온종일 달려 백여 마일을 주파하였다. 그러나 그 다음날이면 삼십이 죽어 있었다. 결국 참다못한 한 장교가 오십여 명을 소집하더니 그들에게 명령하였다.

"동시에 제각기 방향으로 도망가라."

어차피 모두들 같이 있고 싶지도 않은 터였다. 장교에게 선별된 오십의 얼굴에 환희가 피어났고 선택받지 못한 나머지의 얼굴에 절망감이 어렸다. 하지만 그 다음날이 되자 상황은 바뀌었다.

"으아아악!"

최초로 그들을 발견한 병사가 비명을 질렀다. 제각각 도망쳤던 오십명의 머리가 작은 산을 이루어 굴러다니고 있었다. 그리고 알게 되었다.

도망칠 수 없다.

도망칠 수가 없었다. 그 어떤 인간이 제각각 방향으로 도망친 사람들을 쫓아가 목을 벨 수 있단 말인가. 도저히 납득할 수 없는, 이해할 수 없는 일에 병사들은 이성을 잃기 시작하였다. 드디어 공포감이 이성을 좀먹기 시작한 것이다. 그것은 칼이 의도했던 것이기도 하였다.

그들은 더 이상 홀로 도망칠 수 없었다. 오십이 흩어져도 모조리 죽었던 터였다. 더군다나 죽어간 자들의 얼굴에는 하나같이 극도의 공포가 서려 있었다. 죽어서도 얼굴에 남아 있는 공포. 그 공포는 무형의 기운이 되어 산 자들에게까지 전염되어 갔다.

그들은 뭉쳤다. 홀로 사신을 맞이할 수 없었다. 인간은 혼자 있기보다는 같이 있을 때 더 마음의 위안을 얻는 법이다. 공포를 감내하기 위해 그들은 한데 모일 수밖에 없었다.

칼은 그들을 차근차근 죽여 나갔다. 얼굴에 검댕을 칠해 위장하였고 마찬가지로 검을 그슬려 검광을 없앤 칼은 어둠 속으로 녹아들었다. 더군다나 원혼들의 힘은 크나컸다. 현상(現想)에 개입하는 그들의 힘은 상식을 넘어섰다. 때문에 칼은 더욱더 은밀하고… 잔혹했다.

남겨진 병사들은 점차 미쳐 갔다. 혼자 된다는 공포감을 이기고 하루에도 몇 명씩 탈영하였지만 번번이 사지가 잘린 채 야영지에 버려졌다. 더군다나 혈액은 어떻게 제거하였는지 잘려진 병사의 몸에는 핏기조차 없었다. 그리고 그 같은 사실이 더욱더 그들을 공포로 몰아넣는 요인이 되었다.

칼은 점차 야위어갔다. 몸은 마르고 생기를 잃어갔다. 하지만 두 눈에 깃든 불길은 점차 그 힘을 더해갔다. 계속된 살인은 그의 정신을 점차 지치게 만들어가고 있었다.

남을 죽인다는 것은 상당한 리스크가 있다. 죽임을 당하는 사람만이 아닌 죽이는 사람의 정신은 점차 파괴되어 간다. 살인마라 불리는 사람들의 정신 세계는 그래서 무섭다. 정상적이지 못한 것, 상식 밖의 것이기 때문이다. 그리고 그 상식 밖의 정신이 잔혹한 행동을 불러오게 된다.

하지만 칼은 정상적인 사람이었다. 그것도 정신 수양이 비교적 깊은 오러 유저. 그러한 사람이 계속된 살인으로 정신이 지쳐 가고 있으니 조만간 육체와 정신 사이에 괴리가 일어나 오러를 제어할 수 없는 상황에까지 도달할지도 몰랐다.

그 점을 잘 알고 있는 샤이라이기에 그런 칼의 변화를 누구보다 잘 알고 있었다.

"괜찮아요?"

칼은 희미한 미소를 지었다. 칼 자신도 그 같은 변화를 느끼고 있었다. 복수를 하면 할수록 그의 정신은 지쳐 갔다. 죽은 병사의 얼굴이 기억날 때마다 분노와 함께 알 수 없는 것이 마음속에서 꿈틀거렸다. 병사를 죽일 때마다 원혼들은 환호하였고 기뻐하였다. 그리고 그 같은 감정이 원혼들과 동조되어 있는 칼의 심성까지 영향을 미치는 것이다.

그럴 때마다 칼은 자신을 다잡았다. 나는 강하다. 그리고 복수는 완성시킨다. 죽어 마땅한 자들을 하늘을 대신해 벌을 내린다. 그 같은 신념이 칼을 지탱하고 있었다.

하지만 그 마음이 언제까지고 계속 그를 지켜준다는 보장은 없었다. 지금도 그의 마음속의 살인마가 커가고 있었다. 죄책감을 먹이 삼아 자라나는 살인마는 이제는 자못 강해져 있었다.

"저는 칼입니다."

샤이라에게 그 말을 한 칼은 다시 검을 잡고 어둠 속으로 사라졌다.


공포가 극에 달한 병사들은 급기야 수면을 거부하게 되었다. 그 누구도 잠을 청할 수 없었다. 야간 경비를 서는 병사들도 없었다. 심지어 어떤 병사들은 야간 경비에 지목되자마자 목에 칼을 박아 넣고 자살하였다.

거의 모든 병사들이 잠을 자지 않았지만 그래도 삼십이 죽어갔다. 환장할 노릇이었다. 잠시 한눈을 파는 사이에 등을 붙이고 있었던 동료의 목이 달아나 있었다. 뿜어지는 혈액. 굴러다니는 머리.

쇠약해질 대로 쇠약해진 정신과 수면 부족은 그들을 공황으로 몰아갔다. 그들이 학살한 사람들의 환각이 보이는 것도 이때쯤이었다. 육신과 정신이 나약해지면 그때부터 본격적으로 네거티브 에너지가 작용하기 시작한다. 환각은 환각이 아니었다. 실지로 죽은 자들의 영이 그들 앞에 나타나기 시작하였다.

하루에 오십씩 죽어가기 시작하였다. 제 스스로 죽거나 나타난 원혼들의 영상에 놀라 심장 마비를 일으키는 병사들도 생겨났다. 그들이 죽인 그 모습을 공포에 절어 광기를 벗어버린 상태에서 보게 되자 그토록 끔찍할 수 없는 것이다.

공포에 제압된 광기 덕분에 그나마 제정신을 차리게 된 병사들은 그들이 했던 짓을 기억하게 되었다. 시시각각으로 찾아드는 공포와 그들이 했던 짓. 최소한 인간이라면 온전히 받아들일 수 없었다. 개중에 진실로 살인마의 기질이 있었던 녀석들도 있었지만 그런 녀석은 칼의 손에 의해 더욱 잔혹하게 죽었다.

그리고 그들이 삼십이 남았을 무렵, 칼은 어둠과 함께 최초로 모습을 드러냈다.

"으아아아아아악!"

"악마! 악마!"

"살려주세요!"

저마다 비명을 지르는 가운데 칼은 묵묵히 검을 휘둘렀다. 살이 베어지고 뼈가 끊어지며 피가 튀는 가운데 칼은 검을 휘둘렀다. 도살이었다. 병사들은 반항조차 하지 않았다. 그저 대소변을 흘려대며 눈물과 함께 죽어갈 뿐이었다.

"참회해라."

촤악!

한 사람의 목이 날아갔다.

"참회해라."

강력한 오러가 어깨의 쇄골을 끊으며 흉골과 늑골을 대각선으로 베어내면서 상체를 두 조각 내버렸다.

"으어어어… 끄르륵……."

칼의 검에 스쳐 목이 반쯤 잘려 버린 병사가 몸부림치다가 죽어갔다.

"엄마… 컬록… 엄마아아… 끄륵……."

베어진 목으로 동맥혈이 심장 박동에 맞춰 빠져나갔다. 죽음의 문턱에 들어서자 병사는 가족을 기억해 냈다. 죽어가며 보이는 것은 어머니의 얼굴. 하지만 그 병사는 지은 죄가 있었다.


엄마는 무슨 엄마!

더러운 새끼!

잔인한 놈!

악마!


어머니의 얼굴이 일그러지며 죽어간 사람들의 모습으로 바뀌어갔다.

머리가 벌어진 채 뇌수를 흘리는 남자. 눈이 뽑히고 코가 베어졌으며 혀를 길게 빼문 여자. 죽음의 문턱에 들어서면서조차 병사는 그토록 보고 싶어하던 어머니의 모습을 보지 못했다.

병사는 구원받지 못했다.

"인간으로서 죽고 싶다면 인간임을 지켜야 했다."

마지막까지 살아남아 죽음을 맞이해야 했던 병사가 숨이 끊어지면서 했던 말이 칼의 마음을 뒤흔들었지만 진실로 가족을 생각하고 남을 생각하였다면 그런 광기에 휩쓸리지 말아야 할 것이었다. 제아무리 인간이 집단 의식에 감염되어 제 사리 분별을 잊기 쉽다고 하지만 최소한 인간의 도리는 지켜야 마땅하였다.

"끝인가……?"

끝이다. 칼은 피에 젖은 검을 놓았다. 강철로 만든, 인간이 만들어낸 최악의 살상 무기 중 하나인 검은 땅에 박혔다. 하얗게 선 날 위로 새빨간 핏방울이 또르르 굴러 대지로 스며들었다.

칼은 하늘을 보았다. 왠지 눈물이 났다. 이 손으로 오백의 목숨을 빼앗았다. 문득 생각이 들었다.

'과연 나는 그들을 단죄할 자격이 있는 것인가?'

어찌 인간이 인간을 단죄할 자격이 있을까. 그것은 오직 하늘만이 가지고 있는 것이다. 그러나 하늘마저 종말을 향해 달려가는 이때, 정의는 굳은 신념을 가진 자들에 의해 실천되는 것이다.

"나는 옳았다……."

칼은 그들의 복수를 해냈다는 정의감과 인간이 인간을 단죄했다는 혐오감에 잠시 멍하니 서 있었다. 칼이 만들어낸 피의 길은 장장 수백 마일에 달했다. 도망가는 이들을 끝끝내 쫓아 죽여야 했을 때 느꼈던 그 기분. 결코 잊지 못할 것이었다.

고맙습니다. 감사합니다.

정말 감사합니다.

고마워요, 칼.

칼 군, 고맙네. 고마워.


그러나 원혼들은 그런 칼을 향해 끊임없이 감사를 표했다. 하나둘씩 그들의 느낌이 사라져 갔다. 한을 풀었으니 비로소 저 위대한 흐름에 동화되러 가는 것이다. 그 흐름 속에 그들은 생전의 그 지독했던 기억을 벗어버린 것이다. 그러나 칼은 여전히 살아야 했다. 그들을 대신하여. 그렇게 정의를 실천한 대가는 지독하였다.

그렇다. 옳았지만 대가는 비쌌다. 정의를 실천하는 대가는 그토록 비싼 것이다. 하물며 피로 이룬 정의란 얼마나 비쌀 것인가!

칼은 눈물을 흘리고 말았다. 한 사람이 수백을 죽이다니. 대륙을 통틀어 봐도 거의 없을 것이다. 이토록 잔인하게 죽이는 것이 인간으로서 용서받을 수 있을 것인가. 할 수 있는 것인가. 칼은 그렇게 스스로를 위로할 수밖에 없었다.

하지만 그 누가 그런 그에게 돌을 던질까.

"칼, 당신은 옳았습니다."

어느새 다가온 샤이라가 그의 어깨를 끌어안았다. 선혈로 범벅이 되었다고 하지만 샤이라는 개의치 않았다. 마스터로서 그녀는 아무것도 해줄 수 없었다. 그럴 바에야 한 인간이 되어 지쳐 버린 그를 끌어안아 주는 것이 최선이리라.

샤이라의 따스한 체온이 느껴졌다. 칼은 그녀의 품 안에 파묻히고 싶었지만 아직 해야 할 일이 있었다. 칼은 허리를 굽혀 대지에 박힌 그의 검을 뽑아 들었다.

하얗게 날이 선 검. 가문의 유서 깊은 마법검이다. 실로 오랜 세월 동안 내려온 검. 서자인 그가 가문에서 받은 유일한 검이었다. 하지만…….

"수많은 인간을 죽인 내 검을, 내 자신을 용서할 수 없다."

그 자신에게 던지는 말. 칼은 검끝과 손잡이를 붙잡고 오러를 집중하기 시작하였다. 그의 강력한 힘에 마법검은 점차 휘어지기 시작하였다. 검끝을 붙잡은 칼의 손에서 피가 흐르기 시작하였다. 아무리 오러로 손을 감쌌다고는 하지만 마법검이다. 그토록 날카로운 물건인 것이다. 그러나 칼은 아랑곳하지 않고 계속 힘을 주었다.

챙강!

칼의 오러를 이기지 못한 나머지 검에 깃든 마법의 힘이 무너지면서 마침내 검이 부러졌다. 칼은 부러진 검을 던져 버렸다.

"평생 이 기억을 잊지 않겠습니다. 그리고 제 자신이 이렇게 잔인해질 수 있다는 사실을 잊지 않겠습니다."

잊지 말아야 할 기억이었다. 그러나 인간은 망각의 동물이다. 언젠가는 잊고 마는 것이 인간. 그렇기에 칼은 자신의 애검을 부러뜨리면서까지 기억하려 하였다.

칼은 눈물을 봇물처럼 쏟아내기 시작하였다. 그 와중에 칼은 애써 웃으려 노력하였다.

"나는 옳은 거죠? 그렇죠?"

가슴이 저려왔다. 샤이라는 그런 칼을 끌어안아 줄 수밖에 없었다.

"그래요. 당신은 옳아요. 그 누가 당신을 욕하겠습니까. 그 누가 당신처럼 죄악을 짊어지려 하겠습니까. 그 누가 당신처럼 악을 단죄하겠습니까. 당신은 옳아요."

"흐으윽! 아닙니다. 날 욕해주세요. 날 두둔하지 마세요. 나는……!"

아무리 굳은 결심을 할지라도 조금의 의심이 남아 있는 한 언젠가 흔들리기는 마련. 특히나 의심이 많은 동물이 인간이다. 칼이 이 정도까지 해냈다는 사실은 굉장한 것이었다.

"당신을 욕할 사람은 아무도 없습니다. 그 누구도 당신같이 해낼 수는 없습니다. 당신이 잘못한 것이 있다면 단 하나. 당신이 했던 행위를 잊어버릴지 모른다는 의심. 그 의심만이 당신이 잘못한 것입니다."

"나는… 나는……!!"

칼은 말을 잇지 못하고 그저 울 수밖에 없었다. 새벽이 지나고 멀리서 여명이 텄다. 폭풍과도 같은 여름의 시작이었다. 그리고 칼에게는 너무나도 잔혹했던 봄이 끝나는 순간이었다.

오전

## 그들의 이야기 (1막 — 만나다)

-- 이 이야기는 그들의 이야기다, 아무에게도 알려지지 않았던.

> 사나이는 말이야, 라이벌이 있어야 강해진다고!    —하이단 마르티어스
>
> 부탁이니 그 라이벌을 나로 삼지 말아달라고…….    —유노 R. 파인드

숲은 조용하다. 하지만 지금은 결코 조용할 수가 없었다.

콰앙!

자연의 조화로는 도저히 나타날 수 없는 폭음이 울려 퍼졌다. 이것은 그가 현재 펼칠 수 있는 가장 강력한 힘! 당연히 그 위력은 상식을 초월했다.

"개자식아!"

유노는 비명과 같은 고함과 함께 단검을 내리그었다. 검에 깃든 강력한 신성력이 그를 향해 쇄도하는 보이지 않는 위협과 맞부딪쳤다. 하이단의 손에서 일어난 돌풍이 두 쪽으로 갈라지며 유노의 양 어깨를 스치

고 지나갔다.

"큭!"

바람의 성질은 부드럽다. 하지만 그 무엇보다 강력해질 수 있는 것이 바로 바람이다. 하이단이 만들어낸 바람의 송곳니는 그의 양 어깨를 할퀴고 지나갔다. 피부가 갈라지며 피가 터져 나왔다.

하이단이라고 온전한 것은 아니다. 그의 다리는 유노가 갈긴 쾌럴이 깊숙이 박혀 있어 끊임없이 출혈과 고통을 일으키고 있는 터였다. 더군다나 그가 펼친 최후의 일격을 가르고 온 저 일격! 신성력이 빚어낸 날카로운 기운은 피부 정도는 단숨에 갈라 버릴 정도로 예리했다. 때문에 하이단은 필사적으로 몸을 비틀었다.

퍼억!

하이단의 노력이 무색하게 그의 왼쪽 가슴에 작렬했다. 순식간에 상체를 가로지르는 붉은 선이 생겨났다.

"크윽!"

비명과 함께 하이단의 그 큰 거구가 몇 미터나 날아가 떨어졌다. 눈앞에 별이 반짝였다. 예전에 무전취식하다가 주인 아줌마한테 방망이로 얻어맞았던 때와 비슷한 충격이었다.

"쿨럭!"

아무래도 내장까지 흔들렸나 보다. 하이단은 검붉은 피를 토해냈다.

"이게 끝은 아니야!"

피 토하는 자신이 싫었는지 하이단은 되도 않은 소리를 지껄였다. 어깨의 살점이 뭉떵 떨어져 나가 피를 줄줄 흘리고 있던 유노가 어처구니없다는 표정을 지었다.

"이런 미친놈!"

그들이 싸운 것은 지극히 우발적이었다. 지나가던 행인에게 잠시 길을 물어본다는 것을 도적으로 오해한 유노가 공격을 가하면서 생긴 사건이었다. 그도 그럴 것이 하이단은 생김새로 보나 체구로 보나 영락없는 도적이었다. 거기에 며칠 동안 산야를 헤매며 제대로 씻지 못한 터라 오해를 일으키기에는 더 더욱 좋았다.

하이단이 도적이 아닌 것을 알고 유노는 공격을 중단함과 동시에 부랴부랴 사과하였지만 하이단은 불타오르고 말았다. 그의 호승심. 강자를 찾아 떠도는, 자칭 최강의 길을 걷고 있다는 하이단에게 그랑디아 교단의 교리를 무력으로 보여주는 최강의 전투 부대 스카우터의 일원인 유노는 너무나도 걸맞은 상대였다.

유노로서는 황당하기 짝이 없는 일이었다. 사과도 해명도 안 통하는 상대라니! 더군다나 상대가 사용하는 것은 법력. 신흥 교단이라 불리는 휘라인 교단의 힘이었다. 무력으로는 최강이라 불리는 힘! 결코 만만치가 않은 상대였다.

상상조차 해본 적이 없었던 하이단의 기상천외한 수법에 유노는 목숨을 걸어야만 했다. 때문에 가진 바 무력을 최선을 다해 선보여야 했으며 결과는 둘 다 중상. 결국 남는 것은 하나도 없었다.

"미련 곰퉁이 같은 놈……."

몸을 움직일 때마다 어깨에서 일어나는 극심한 격통이 유노를 감쌌다. 하지만 그런 유노의 투덜거림에도 하이단은 그저 웃을 뿐이었다.

"시원하다!"

가슴이 반으로 갈라졌음에도 저런 소리를 내뱉다니, 저놈은 필히 미친

게 틀림없었다. 하지만 한편으로는 그의 말에 유노도 조금은 동감했다.

그는 스카우터다. 여신의 진리를 수행하는 활. 순례라고는 하지만 그 자신을 내보여서는 안 된다. 그리고 그 힘도 내보여서는 안 된다. 하지만 그는 내보였다.

하이단을 보았을 때, 하이단을 도적이라고 오해했을 때 그는 그도 모르게 석궁을 빼 들었다. 정의를 실천한다는 생각이었지만 다른 한편으로는 자랑이자 확인이었다. 그가 얼마나 강한 것인가를. 이렇게 그와 비슷할 정도로 강한 사람과 맞붙어 피 터지게 싸우니 무언가 후련한 것이다.

"너, 이름이 뭐냐?"

"유노. 유노 R. 파인드."

"흐음……? 유노라?"

어느샌가 하이단이 상체를 일으켜서 그를 보고 있었다. 유노는 생각했다.

'괴물이야?'

저 정도면 중상이다. 막말로 뭐 나게 아파서 움직이지도 못할 지경인 것이다. 그런데 상체를 일으켜서 이쪽을 보다니. 기가 막혔다.

하이단은 엄지손가락으로 자신을 가리키며 말했다.

"내 이름은 하이단. 하이단 마르티어스. 기억해 둬!"

말을 마친 하이단은 다시 털썩 누웠다. 그럼 그렇지 상체를 일으킨 것은 그저 오기였다. 유노는 어이가 없어 웃고 말았다.

"하하! 으으윽, 하하!"

웃다 보니 양 어깨가 너무나 아파왔다. 비명과 웃음이 섞여서 괴이한 웃음이 만들어졌다. 하이단은 그의 웃음에 발끈하였다.

"뭐야! 기껏 소개했더니! 큭!"

가슴이 아파왔다. 하이단도 곰곰이 생각해 보니 황당하게 벌어진 일이었다. 단순한 오해가 목숨을 건 싸움이 되다니. 이런 경우가 있나.

"크크가하하하! 으아가꺅!"

웃다 보니 아프고 아프기에는 상황이 너무 웃겼다. 둘은 한참을 웃었다. 그때 숲 한구석에서 부스럭거리는 소리가 들렸다. 아무래도 그들이 요란하게 싸우는 소리를 들은 사람이 호기심에 온 모양이었다.

일단은 구원자다. 둘이 중상을 당한 터였는데 누군가가 왔다. 다행이었다. 유노가 도움을 청하려 입을 열 때 한 여자의 외침을 들을 수 있었다.

"제로크, 여기 이상한 사람 둘이 웃다가 비명 질러. 미쳤나 봐."

순간 둘의 얼굴이 잿빛으로 변했다. 미쳐? 누가? 목소리가 들림과 동시에 수풀이 갈라지며 수수한 여행복을 차려입은 한 여성이 그들 사이에 나타났다. 황폐화된 주변과 그 가운데 피를 흘리며 누워 있는 그들을 보더니 여인의 눈이 커졌다.

하이단은 쓴웃음을 지었다. 보기에 여행자 같은데 이런 것은 여자가 볼 광경이 아니다. 필시 크게 놀란 모양이었다.

"이봐요, 아가……."

"와아! 아프겠다!"

"……."

하이단은 입을 다물고 말았다. 사람이 반죽음 상태로 갔다. 온통 피범벅이다. 그런데도 고작 아프겠다란다. 뭔가 이상했다. 그런 하이단의 기색을 유노도 느꼈는지 유노의 얼굴이 기괴하게 일그러졌다.

"빨리빨리! 제로크, 어서 와봐!"

화사한 백금발의 여성이 뒤를 돌아보며 소리쳤다. 굵으면서도 저음인 남성의 목소리가 들려왔다.

"알겠습니다, 아가씨."

뭔가 기분 나쁜 목소리다. 목소리 톤으로 보나 말투로 보나 전혀 이상한 것이 없거늘 왠지 꺼림칙한 목소리였다. 수풀이 갈라지며 검은 로브를 걸친 사내가 모습을 드러냈다. 사내는 주위를 쓱 둘러보고 둘을 보더니 감정이 깃들지 않은 무심한 어조로 여성에게 물었다.

"흠… 아가씨, 제가 보기에도 그렇군요. 죽일까요?"

뭐? 죽여? 하이단과 유노는 순간 그들이 잘못 들었는지 귀를 의심해야 했다. 그리고 그 의심은 결코 거짓이 아니었다고 여성이 증명하였다.

"아니, 죽이면 안 돼. 나쁜 짓이잖아. 대신… 제로크가 고칠 수는 없을까?"

죽이는 건 나쁜 짓이란다. 태연히 죽인다고 말하는 사내나, 나쁜 짓이라며 말리는 여성이나 비슷하다. 뭔가 괴이했다. 여성의 고칠 수는 없냐는 말에 사내는 미소를 지었다. 왠지 모를 전율이 유노와 하이단을 스치고 지나갔다.

"그렇군요, 재미있겠습니다."

'싫어!'

'안 돼!'

하이단과 유노는 저도 모르게 마음속으로 비명을 지르고 말았다.

하이단과 유노의 나이 25세. 그들은 평생을 두고두고 기억할 두 사람을 만났다.

## 그들의 이야기 (2막 — 걷다)

그녀는 내게 천사였다. 하지만 그 인간은 내게 지옥이었다.    —하이단 마르티어스
자네가 더 끔찍해, 친구.    —유노 R. 파인드

"으아아아악!"

"크아아악!"

하이단과 유노는 목청이 떨어지도록 비명을 지르며
달렸다. 그들 뒤로는 엄청난 수의 오크들이 쫓아오고
있었다. 얼마 달리다 보니 만나는 것은 절벽. 뒤는 무
시무시한 몬스터 떼거리. 어찌할 수도 없는 상황이었
다.

뒤와 절벽을 번갈아 돌아보던 유노는 굳은 결심을
했다는 표정으로 하이단을 바라보았다.

"뛰어내리자, 하이단."

"미친놈아! 저번에 그래서 어떻게 됐어?!"

순간 저번의 기억이 떠올랐다. 끝없는 낙하. 그리고 절벽에서 떨어지며 달려들던 하피. 끔찍했다.

절벽과 몬스터를 번갈아 보던 하이단의 얼굴이 한껏 구겨지고 말았다.

"크아악! 제로크, 이 개자식아!"

하이단이 못 참겠다는 듯 검은 하늘을 향해 욕설을 퍼부었다. 그러자 괴물들의 움직임이 갑자기 멈췄다. 검은 하늘이 갈라지며 붉은 빛이 오크 떼를 향해 떨어졌다. 그리고 번지는 섬광. 엄청난 연기가 휘몰아쳤다.

"뭐야!"

"뭐긴, 뭐야. 재앙이지."

대경하는 하이단을 향해 유노는 체념한 듯 중얼거렸다. 붉은 빛이 떨어졌으니 오크 떼는 약과였다. 이제 뭐가 보일까? 저 연기가 걷히는 것이 두려울 지경이었다.

크르르르르

가래 끓는 소리 같은 울림이 들려왔다. 불길한 느낌이 들다 못해 폭발했다. 드디어 연기가 걷혔다. 유노는 울상이 되어 하이단에게 소리쳤다.

"책임져! 이 자식아! 투 헤드 오거다! 이 멍청아!"

"제기랄……. 그것도 열 마리."

연기가 걷힌 자리에는 투 헤드 오거 열 마리가 무리 지어 있었다. 한동안 주위를 두리번거리던 녀석들은 하이단과 유노를 보고는 흉광을 뿜어댔다.

"하이단."

"…응?"

유노가 조용히 하이단을 부르자 오거를 보며 침을 삼키던 하이단이 뒤늦게 대답했다.

"정정하지. 가만 생각해 보니… 네놈이 재앙이다."

"……."

둘은 덮쳐 오는 오거를 보며 눈을 감았다.


"으허어억!"

"크아아악!"

하이단과 유노는 기괴한 비명 소리와 함께 눈을 떴다. 제아무리 환상이라고는 하지만 사지가 찢겨져 오거의 입속에 씹혀 들어가는 기분은 결코 좋을 수가 없었다. 절대 사양하고 싶었다.

"아아, 재미있었나?"

그리고 그 환영을 제공한 당사자인 제로크는 빙글빙글 웃으며 환상에서 깨어난 그들을 환영하였다. 매번 경험하는 일이지만 저 말을 들을 때마다 하이단과 유노는 복장이 터져 죽을 것만 같았다.

'재미? 그런 건 당신이나 경험하라고!'

거기다 무슨 수를 쓴 것인지 환상 마법에 빠져 있는 그들의 목소리를 모조리 들을 수가 있었다. 특히나 욕을 할 적이면 더욱더 흉포한 괴물들을 그들에게 안겨주었다. 그리고 그 결과는 언제나 사망. 씹혀 먹거나 밟아 터뜨려 죽거나 쥐여 짜이는 것이었다.

저번에 거대 슬라임의 몸속에 빠져 온몸이 녹아드는 느낌 이후로 최악이었다.

"자자, 오늘도 즐거운 수련이 끝났네. 수고했어."

수련이라 했다.

'지미럴!'

그따위 수련은 절대 받고 싶지 않았다. 하루에 한 번씩 죽어나는 수
련을 어떻게 감내할까! 환상이라고는 하지만 제로크의 환상은 현실 같
았다. 처음 그에게 잡혀와 경험했을 때부터 결코 떠올리고 싶지 않은
기억이었다.

살려고 온갖 짓을 다했다. 그들이 배운 것을 최대한 써먹었고 제로
크가 이따금 툭툭 내뱉는 것을 써먹었다. 하루가 다르게 몬스터 레벨
이 올라갔다. 몬스터와의 대결에서 패배는 여전했고 대가는 죽음이었
다. 아무리 환상이라지만 죽는 것은 사양이었다.

"수고하셨습니다."

다 죽어가는 목소리로 하이단과 유노가 인사를 건네며 방을 빠져나
왔다. 수고는 무슨 수고? 맘 같아서는 욕이라도 한바탕 퍼부어주고 싶
었지만 그랬다가는 보복이 두려웠다.

처음에 얼마나 고생했던가! 수고했다는 한마디 안 했다고 부단히도
괴롭혔다. 그리고 나중에 그 사실을 알았을 때 허탈감이란. 몸으로 처
절하게 깨달아 버린 그들에게 수고했다는 한마디는 절대 잊혀지지 않
는 교훈과도 같았다. 그들이 나가는 모습을 본 제로크가 그제야 침묵
의 마법을 해체하였다.

방을 빠져나온 둘은 여관의 식당을 향해 내려가기 시작했다. 솔직히
잠을 자고 싶었지만 내려가야 했다. 식당에는 그녀가 기다리고 있었다.

테이블 하나에 홀로 앉아 음식을 깨작거리던 그녀가 그들을 보더니 손을 흔들며 소리쳤다.

"여기여기! 하이단! 유노!"

"여어, 라이라."

한껏 지쳐 버린 하이단이 대충 오른손을 흔들며 계단을 터벅터벅 내려왔다. 그 반응은 그녀가 원하던 것이 아니었다. 지금껏 기다렸다. 꽤나 오래. 라이라는 볼을 부풀리며 말했다.

"뭐어야! 하이단! 남자가 힘없게!"

"아아 됐어, 됐어."

완전히 탈진해 버린 하이단이 의자를 빼 앉더니 테이블 위로 엎어졌다. 유노도 마찬가지였다. 대신 유노는 의자에 몸을 한껏 실어 축 늘어졌다는 것이 다를 뿐. 맥없기는 마찬가지였다.

"이봐요, 남자 두 분. 재미없게 이러실래요?"

라이라의 불만이 가득한 어조로 둘에게 말했지만 지친 것은 지친 것이다. 하이단이 파리 쫓는 시늉을 하며 손을 휘젓자 그녀는 발끈하며 일어서려 했다.

"오호? 지금 뭐 하는 겐가?"

그들의 귓가로 한 사내의 음성이 들려왔다. 이제껏 축 늘어져 있던 하이단과 유노의 눈이 번쩍 떠지며 언제 늘어졌냐는 듯 정자세로 바뀌었다.

"아! 기다리고 있었어요!"

"네네! 맞습니다!"

그들 뒤로는 어느샌가 제로크가 서 있었다. 제로크는 믿을 수 없다는 눈으로 둘을 바라보았다.

'젠장맞을. 기다리긴 뭘 기다려! 거기다 언제 온 거냐고?!'

물론 이 말을 입 밖으로 내뱉을 용기는 하이단에게 없었다. 그저 속으로 욕설을 퍼부었을 뿐이었다.

"거짓말."

라이라가 뾰루퉁한 표정으로 중얼거렸다. 그러나 그녀의 말을 이 중에 못 알아들을 사람은 아무도 없었다. 유노는 속으로 비명을 질렀다.

'으아아악! 라이라!'

아무리 그가 사랑하는 그녀라지만 지금 이 순간에는 그저 원망스러울 뿐이었다. 다행히 제로크는 그녀의 말을 알아듣지 못했는지 대충 고개를 끄덕인 다음 음식을 주문했다. 주문한 음식이 나오고 두런두런 이야기를 나누었다. 그런 그들의 얼굴에는 미소가 흐르고 있었다.

## 그들의 이야기  (3막 — 헤어지다)

나는 뭐냐고! 나는 바보 멍청이야? 나는 아플 줄도 몰라? 어! —하이단 마르티어스

미안하다.  —유노 R. 파인드

하이단의 얼굴은 심하게 떨렸다. 얼굴뿐이 아니었다. 몸도 학질에 걸린 듯 심하게 떨고 있었다. 그가 얼마나 충격을 받았는지 짐작할 수 있을 정도였다.

"뭐, 뭐야! 라이라! 뭐야! 무슨 소리야!"

창백하게 질린 라이라는 그를 보지 않았다. 하이단은 그녀의 눈빛을 원했다. 언제나 청초하고 따스했던 그녀의 눈. 그 깊은 푸른색의 세계. 하지만 그 눈은 지금은 그를 외면하고 있었다.

"말 그대로야, 하이단. 미안해……. 나는… 유노와 함께 있을래……."

이제껏 눈이 풀려 멍하니 하늘을 쳐다보던 유노조차

그를 돌아봤을 정도였다.

하이단은 미칠 지경이었다. 그토록 사랑했던 그녀가 자신을 배신하였다. 상대는 친한 친구. 미칠 것만 같았다.

"나는, 나는!"

하이단은 말을 이을 수가 없었다. 그녀가 어떤 꼴을 당했어도 상관없다. 자신은 사랑해 줄 수 있었다. 세상 그 무엇보다도 아껴주고 사랑해 줄 수 있었다. 그녀에게 얼마 남지 않은 시간. 그 시간을 위해 그의 전부를 쏟아버릴 수 있었다. 그녀를 위해서 두 손에 피를 묻혔다. 이제와 그녀가 그를 배신하고 있었다!

"왜!"

천 마디 말보다 더 깊은 뜻을 지닌 단 하나의 단어. 그 단어는 라이라의 가슴을 헤집었다. 라이라의 눈에서 맑은 눈물이 흘러내렸다.

"나… 그를… 사랑해."

"……."

하이단은 말을 할 수가 없었다. 말문이 막혔다. 아니, 아무런 생각이 떠오르지 않았다는 것이 어울릴 것이다. 그리고 이어진 것은 미칠 것만 같은 분노.

"왜 저 녀석을!"

하이단은 최초로 유노를 죽여 버리고 싶다는 생각을 떠올렸다. 시뻘겋게 충혈된 눈으로 유노를 쏘아보았다. 그때 하이단의 눈과 유노의 풀린 눈이 교차하였다. 처참하게 죽어간 녀석의 가족이 스쳐 갔다.

"안 돼! 하이단!"

라이라가 몸을 날려 유노를 감싸 안았다. 그 모습에 하이단은 아무런 말도 할 수 없었다. 살기가 사그라졌다. 하이단의 눈에 피눈물이 흘러내리기 시작했다.

"으아아아악!"

괴성을 토해낸 하이단은 결국 집을 박차고 나갔다.

"크아아아악!"

하이단은 달리며 고함쳤다. 가슴속에 끓어오르는 절망과 분노를 어떻게 풀 수가 없었다. 그저 고함이나마 지를 뿐. 그렇지 않으면 진짜 친구를 죽여 버릴 것만 같았다.

라이라는 귓가로 들리는 절망에 찬 하이단의 고함 소리에 그저 눈물만 흘릴 뿐이었다. 라이라는 인형처럼 그저 멍하니 천장만 바라보는 유노의 가슴에 얼굴을 묻었다.

'이걸로 된 거야. 이걸로. 모두가 행복한 거야.'

라이라는 끊임없이 눈물을 흘렸다. 유노의 가슴팍이 그녀의 눈물로 흥건히 젖었을 무렵, 그녀의 머리 위로 따뜻한 손길이 느껴졌다.

"…미안하다."

유노는 가슴팍에 얼굴을 묻은 라이라의 머리를 쓰다듬으며 말했다.

행복하게 끝나고 싶었다. 하지만 그녀의 운명이 그것을 용납하지 않았다. 그도 아플 것이다. 가족이 처참하게 죽었다. 그리고 자신은 이렇게 되었다. 하지만 그런 건 아무래도 상관없었다. 어차피 죽을 목숨. 하나를 죽일 바에야 둘을 살리는 것이 나았다. 비록 하이단이 분노와 절망에 휩싸여 뛰쳐나갔지만 언젠가는 알리라. 그녀의 이런 생각을.

　'그는 강인한 남자니까. 미안해요, 하이단.'

　그녀는 호주머니 안에 들어 있는 작은 귀걸이를 움켜쥐었다.

　그렇게 그들은 헤어졌다.

『허공록』 6권으로…